魅丽文化 花火工作室

苏一姗
SU YI SHAN
WORKS

学长请吃药 3

江苏凤凰文艺出版社
JIANGSU PHOENIX LITERATURE AND
ART PUBLISHING, LTD

图书在版编目（CIP）数据

学长请吃药. 3 / 苏一姗著. -- 南京 : 江苏凤凰文艺出版社，2017.1
ISBN 978-7-5399-9850-3

Ⅰ. ①学… Ⅱ. ①苏… Ⅲ. ①长篇小说－中国－当代 Ⅳ. ①I247.5

中国版本图书馆CIP数据核字(2016)第299096号

书　名	学长请吃药. 3
作　者	苏一姗
出版统筹	黄小初　邹立勋
选题策划	丐小亥
责任编辑	胡小河　姚　丽
文字编辑	艾璐璐
责任监制	刘　巍　江伟明
出版发行	江苏凤凰文艺出版社
出版社地址	南京市中央路165号，邮编：210009
出版社网址	http://www.jswenyi.com
经　销	江苏省新华发行集团有限公司
印　刷	湖南凌宇纸品有限公司
开　本	880×1230毫米 1/32
字　数	224千字
印　张	9
版　次	2017年1月第1版，2017年1月第1次印刷
标准书号	ISBN 978-7-5399-9850-3
定　价	28.00元

目录
CONTENTS

目录

CONTENTS

第一章

一不小心电上你

“地址是泰安小区 11 栋 16 室……”

路痴程晨晨跟着手机导航绕了好几圈才找到了这个藏在“深闺”的小区，可刚过了门禁，望着摆在电梯门口“电梯维修”的牌子时就直接傻眼了。

十六楼！没事住那么高干吗！

程晨晨拎着工具箱气喘吁吁地爬到了十六楼，差点要瘫软在地。

她调整了一下呼吸，按下了门铃。

“叮咚——”

不一会儿，门打开了，屋内却是一片漆黑，一个男生走了出来。借着走廊上明亮的灯光，她仔细地打量了一下面前的男生，身材颀长，穿着最简单的白衬衫、黑长裤，恰到好处地衬托出他高挑的身段。领口微微敞开，露出一片小麦色的肌肤，锁骨若隐若现。俊秀高挺的鼻子，眼眸清倨淡然。他打量了她好久，问道：“你是电话里……”

“对，就是我！”程晨晨缓了口气，咧开嘴报以一个灿烂无比的笑容。

男生打量了面前这个瘦弱苗条的女孩，寡淡的目光尽显迟疑：“你行吗？”

“怎么不行啊！”

“你……有经验吗？”男生环抱着双臂，靠着门又问道。

程晨晨拍了拍胸脯，信心满满道：“放心吧，别看我身材小，我可是很专业的。”

“专业？”男生一双俊秀的眼眸略显困惑。

程晨晨晃了晃手中的工具箱，一板一眼道：“必须专业啊！你就放心吧！”

程晨晨的老爸是在工厂从业二十年的电工，街坊邻居但凡有什么电路故障第一个想到的一定是她家的老程。因这类业务不少，老程也就慢慢地接起了私活。今天正好老爸出去做事，所以接到突然而来的差事后，只能由她代父出征了。

男生面无表情地将她让了进去。偌大的公寓一片黑暗，程晨晨打开手电筒，仔细检查了一下电路，重新打开电闸。

“咻”的一声，客厅重新恢复光明，大功告成！程晨晨击掌表示满意，接着开始收拾工具箱。

“喝点饮料吗？”男生问道。

“哦，不用了。”

男生却执意朝餐厅走去。此时，程晨晨才有空环顾了一下整个公寓。公寓的装修风格是美式小清新，淡绿色的背景墙、白色的边桌和随处可见的绿色植物让整个屋子显得异常淡雅，唯独放在餐厅的已经泛黄的旧式小冰箱与整个公寓格格不入。

“你们家的冰箱还真是有点年代感啊！”程晨晨打趣道。

“有点纪念意义，所以没换。”男生淡淡地说。

“哦——”

男生慢慢打开冰箱门，问道：“你想喝……”

话还没有讲完，男生全身突然抽搐起来，像是被吸住了一样。

触电！

程晨晨猛然一惊，当机立断，合上电闸，房间又陷入一片黑暗。

完了！

一定是这台旧式冰箱漏电了！

程晨晨被惊得面如死灰，那人……不会就这样被电死了吧。

怎么第一天开工就碰到这个事？！真是衰！

就着手电筒射出的光芒，她小心翼翼地走到躺在地上的男生的跟前，屏住呼吸，将微凉的手指贴在他的鼻端，还好……

还有微弱的呼吸。

怎么办？怎么办？程晨晨脑子飞速地运转，可心里已经乱成了一锅粥。

程晨晨用力拍打男生的脸，没反应，用力按压心脏做急救，还是没动静。

算了！

程晨晨咬咬牙，只好自我牺牲了！

手电筒的光照下，男生的眼眸合上，浓密的长睫毛根根分明。

眼前这男生也算是秀色可餐，要是因此英年早逝岂不可惜了！

程晨晨捏紧男生的鼻子，深吸了一口气，用尽全身力量对着男生微凉的嘴吹气。

“呼——”一下。

“呼——”又一下。

“啪——”

猝不及防，一个巴掌把程晨晨打蒙了。她捂着脸，委屈地看着已经站起身的男生，他漆黑的眼眸里带着深深的嫌弃。

“你在干吗？”

“救你……啊……”程晨晨弱弱地说，顿了顿又问，“可是……你为什么打我啊？”

“这是出现生命危险的直接反应。”黑暗中，男生的话语极其平淡。

什么？生命危险！

程晨晨着急地解释道：“你该不会以为我在吃你豆腐吧？”

“难道是我在吃你的豆腐？”男生冷冷地反问。

程晨晨一脸窘态，好像也不算……

“我……我不是……”她面红耳赤，语无伦次。

男生捂了捂额头，冷幽幽道：“送我去医院！”

“哦……好……”程晨晨连连点头。

程晨晨在送男生去医院的途中才知道男生的姓名，他姓韩，名东昀。虽然在程晨晨看来，他应该没有什么大问题，可韩东昀要求做全面检查。她有些担忧。第一，她第一次遇到这样的情况，不知道会不会被敲诈；第二，自己身上并未带多少钱，肯定不够支付检查费。想来想去，她就打了个电话给弟弟程威。

程威接到电话，以为姐姐出了什么大事，火急火燎地赶到医院。见程晨晨在诊室门口失神地来回走动，程威猛拍了一下姐姐的肩膀道：“姐，你怎么了啊？”

“程威，出大事了！”程晨晨急得满脸通红。

大事？程威想了想，姐姐口中的大事应该是要花钱了吧！

程晨晨比程威早出生两年，简直就是现代版的葛朗台，抠门到了极致：能走路绝对不打车，能在家吃饭绝对不下餐馆。女孩热衷的染发烫发、美甲美容一概与她无关。她眼中最好喝的饮料是白开水，最大方的衣服是校服，明明是学花样滑冰的，冰刀鞋坏了也舍不得换。

看着姐姐含泪要哭的模样，程威问道：“姐，到底怎么了啊？你别舍不得花钱，有什么事跟我说，弟弟帮你撑着！”

“我……不……”程晨晨想起今早本想帮着爸爸赚钱，没想到弄巧成拙，就丧气地说道，“嘤嘤，程威，我真没用啊……”

“姐，你……你不会患了什么病了吧？不管多少钱，只要能治好你的病，我们都舍得花……”

说完，程威皱眉拖着程晨晨的手要往诊室走去。

程晨晨拨开了他的手，指了指诊室，说：“不是我……”

程威望了望诊室，狐疑道："那是怎么回事啊，你撞到人了？"

"不是……是……确切地来说，是电到人了。"程晨晨低下头郁闷地说。

"电到人？！"

"其实和我也没关系……"

"那到底是怎么回事？"

程晨晨就把前因后果详细地和程威说了一遍。早上父亲接了一单生意，韩东昀家的电路出现问题需要请人维修，而父亲手上还有别的活儿，来不及赶过来。程晨晨觉得白白流失掉一单生意可惜，而自己也在父亲身边耳濡目染多年，该会的电工知识她都会，便一把揽过来。没料到的是，竟然在别人家摊上了这样的大事。虽说冰箱漏电和她无关，但是她毕竟没有专业的电工执照，如此一来总是有些心慌慌。

程晨晨沮丧地坐在了诊室旁的长椅上，刚刚问过医生，韩东昀没有大问题，可这医疗费也得她全权负责。除了检查费，她担心韩东昀不会善罢甘休，借此向她索要一大笔的赔偿费。

如果就这样被讹上了，她该怎么办！

程晨晨把自己的心思告诉了程威，他当下就激动道："姐，你到底在担心什么？电路我们修好了，冰箱漏电我们根本不知晓。而且他莫名其妙地打了你一巴掌，我还没找他算账呢！你出于好意，给他做人工呼吸，吃亏的也不该是他啊，明明是你才对啊！"

程晨晨的脸庞泛起淡淡的红晕，她有些羞赧地挥了挥手："其实……我也没吃什么亏……"

"啊？"

程晨晨小声嘀咕道："不管怎么说，他长得还不错……"

"姐！你说什么呢！"程威大声叫道，"花痴！"

程晨晨尴尬地做了个"噤声"的动作："你那么大声干吗，等他出来，你准备怎么做？"

“先给他一巴掌再说！”程威蛮横地哼了一声。

“这样不好吧……”

话音刚落，诊疗室的门被推开。韩东昀拿着病历，阔步穿过长廊，走到程晨晨的跟前。

程晨晨紧张地看着韩东昀，他的双眼似寒星清澈闪亮，却又泛着凉意。

“帮我拿药。”韩东昀递过药方。

程晨晨战战兢兢地接过单子，手肘碰了碰身旁的程威。

关键时候怎么一个屁都没有啊！

程晨晨接过药方定睛一看，潦草的字迹密密麻麻地布满了整整一张纸。

“你……不是没什么事吗，怎么还开那么多药啊？”程晨晨问道。

韩东昀冷冷地吐出了两个字：“补药！”

“啊？什么？补药！”

“对啊。”韩东昀一脸冷淡，“最近身体有点虚……”

“可是……韩先生，你身体虚和我有什么关系？”程晨晨战战兢兢地问道。

“可是什么？小姐，你没有电工从业资格吧？”韩东昀挨近一步质问道。

“谁……说我没有啊？”程晨晨含含糊糊道。

“那……你给我看看啊！”韩东昀道。

韩东昀咄咄逼人，程晨晨心虚地后退一步。明明是她救了他，怎么还被反咬了一口啊！

担心的事情果然发生了！开这么多补药，不怕补得流鼻血吗？

程晨晨又碰了碰旁边傻傻地站着的程威，快说话啊！

“我……”

“你还想说什么？”韩东昀声音微扬，极具挑衅地问道，“还不去抓药！”

程晨晨咬着唇呵呵地傻笑着，小声对着旁边的人道：“怎么办啊，程威！”

“这位小姐，待会儿我还要去看心理医生。”韩东昀又道。

“心理医生！有没有搞错啊！”程晨晨终于爆发了，怎么能欺负老实人呢，这一天折腾下来得花多少钱啊！

“你别欺负我啊，你明明就完好无缺，怎么能得寸进尺呢！”程晨晨硬着头皮大声道，“而且……而且我也不怕你！我……我弟弟在这里！”

“哦？谁得寸进尺？”韩东昀冷笑一声，饶有兴致地反问道。

“当然……”

“姐姐，抓药！”

“啊？”

程晨晨侧过头，目瞪口呆地看着弟弟。谁想程威竟满脸兴奋地伸出双手握住了韩东昀的右手，激动不已道：“你……你……你就是韩东昀，对吧！”

“韩东昀！鼎鼎有名的韩东昀居然让我遇上了！”

程晨晨整个人都“斯巴达”了，而韩东昀更是怔住了。

“姐，你怎么不早说是哥啊！他是我男神啊！”程威崇拜地注视着韩东昀。

这到底是什么鬼！哥？男神！

“哥，我也好想和你在一起……”

程威整个人像麦芽糖一样，近乎变态地紧紧黏在了韩东昀的身上。这样就算了，他居然还伸手捏了捏韩东昀的脸，近乎崇拜地说道：“哥，你的皮肤也太紧实了吧，是经常做运动的原因吗？”

这……这简直是世风日下啊！

韩东昀微微侧过脸，一脸震惊地看着程晨晨，而程晨晨也已经被雷得外焦里嫩。

什么状况?

她的亲弟弟居然喜欢男人?

她可是从来没有怀疑过弟弟的性取向啊!

不可能!

程晨晨使劲拽过程威，拉到一边问道：“你干吗啊？他是谁啊？”

“姐！你居然不知道他？！他可是我们A城青年短道‘速滑之光’啊！”程威看着姐姐一脸不可思议的表情。

程晨晨扫了一眼不远处的韩东昀，嗤了一声道：“等等，什么……什么之光？”

“韩东昀在这一届澳洲的短道速滑超级杯竞赛中获得了亚军。不仅如此，他还特别热衷于极限运动，冲浪、攀冰样样精通。”

程威一脸“迷弟”的模样注视着韩东昀，程晨晨却不以为然地哼了一声，极限运动？不就是不怕死吗？

就在程晨晨走神的一瞬，程威又狗腿似的走到韩东昀身旁，说：“哥，你什么时候去攀冰带上我啊！”

韩东昀一副无动于衷的模样，连程晨晨都看不下去了。谁想程威居然道：“姐，你怎么能弄伤哥呢！你不知道哥的身体有多么重要吗？”

程晨晨气急败坏。竟然一口一个哥，刚刚不是说好要替我出气的吗！而且，什么叫弄伤？应该是我救了他啊！

“谁是你哥啊，程威，你只有一个姐！”程晨晨怒道。

“当然是东昀哥呀！”程威一副理所当然的模样。

韩东昀冷酷无情地立在原地，那两道清凉的目光看得程晨晨背脊直发凉。想来想去，三十六计走为上计，先把程威拖走再说。

她用力地拖着程威往回走，小声催促道：“走啊！”

“姐！去哪儿啊？”程威一副懵懂的模样。

程晨晨气恼得想撞墙，只能无可奈何道：“我们去帮你的东昀哥抓药啊！”

程威刚被程晨晨拖着走了几步，背后就传来了一个冷飕飕的声音：“演够了吗？”

“啊？”她怔了半天，这才转头看着韩东昀真挚地笑了笑，“演……什么啊？您别误会，我和程威这就按照方子给您抓大补药去！”

韩东昀迈着长腿走到程晨晨的跟前，微微俯下身来，棱角分明的薄唇微微吐出了几个字：“你一个人去就好了。”

“你还担心我和我弟跑了不成！”程晨晨气鼓鼓地嘟囔道。

“刚刚那么一出戏，不就是为了跑路做铺垫？”韩东昀嘴角抿出了一点清淡的笑意。

“怎么会呢！哥，我去帮你抓药！”

程威当下夺过程晨晨手中的药方兴冲冲地就往电梯奔去。

程晨晨想喊也喊不住，只能泄气地坐在了长椅上。她伸出手指算了算那些补药得多少钱。又是一笔不必要的支出，她得做好几天的兼职才能赚得回来。

真是越想越心痛！

就在她欲哭无泪的时候，韩东昀那个石膏脸却在一旁打了一个漫长的电话。

过了很久，韩东昀突然把她拽起来，一脸冷淡地说：“等等，你帮我个忙……”

“什么……忙？”程晨晨眨眨眼，不解地看着韩东昀。

韩东昀一本正经地说道：“待会儿有个人来找我，你就说我病得很厉害，根本起不了床。一定不要让他进病房。”

程晨晨困惑地眨眨眼，一脸茫然。

韩东昀看起来似乎有些难言之隐，但还是保持平静道：“是这样的，待会儿我保镖会来，你别让他进来就好。”

“保镖？”程晨晨哈哈大笑了起来。保镖？他还真当自己是富豪或大明星！

程晨晨笑得都快要岔气了，韩东昀却一如既往地保持着倨傲的神色，不动声色。

“好笑吗？”

程晨晨拢了拢嘴，咳了几声，又道：“可是我为什么要帮你啊？”

韩东昀递过来两百块钱，冷冷地抛出四个字：“劳务报酬！”

“两……”两百块钱就想收买我？程晨晨本想发作，却还是没骨气地接了过去。她转着眼珠又问：“那……那抓那些补药的钱呢？”

“算我的！”

程晨晨一听就眼睛发光，终于不用损失一笔钱了！可韩东昀突然那么好说话，仅仅是因为要她搪塞一个保镖吗？

算了，有钱赚就好！不想那么多了！

程晨晨一脸满足地收起那两百元钱，狗腿似的问道：“您有什么指示？说说看。”

接下来，也不知道韩东昀给医生塞了多少钱，居然霸占了个高档病房用来做全身检查。

程晨晨望着躺在病床上看着杂志的韩东昀，一阵腹诽，真是没病找病！

还有人巴不得住在医院的？

肯定有什么阴谋！

“你在想什么？”韩东昀冷幽幽的声音再次响起。

程晨晨猛地一惊，忙道：“哦……我在想……程威抓个药去了那么久，怎么还没上来？”

“哦……”韩东昀从杂志里探出一双深邃的眼睛，“刚刚你去上厕所的时候，他回来了。”

“那……他人呢……”程晨晨讶异地问道。

“走了！”韩东昀又淡淡道。

“走了？”

“他像只八爪鱼一样黏着我，所以我给他找了点事做。”韩东昀从容优雅地端起水杯喝了口水。

八爪鱼？

程晨晨怔了怔，那我岂不是八爪鱼的姐姐？想到这儿，程晨晨忍不住哆嗦了一下。

“我还得在医院待上好几天，让他帮我去超市买点东西。”韩东昀又道。

程晨晨狐疑地打量了韩东昀好几眼，韩东昀平淡地说道：“放心吧，我不会拖累你的。”

程晨晨舒了口气，那就好……

“虽然今天遭遇触电，说不定因祸得福了。”韩东昀的神情有些诡秘。

程晨晨听后一想，这人也太莫名其妙了吧！

程晨晨不解地问道：“你保镖缠着你？”

他面无表情地轻声吐出：“你的话有点多。”

程晨晨尴尬地低下头，抿起嘴呵呵地笑着。

韩东昀低头看了看表，手机突然响起。他不紧不慢地接起手机，“喂”了一声后，便直直地盯着程晨晨看，似乎有些不方便说话。

程晨晨识趣地出了病房，刚走两步就见到从长廊那头走来一个高大的男生，看上去比她大不了两岁，上身穿着黑色皮衣，内搭印着鲜艳骷髅头的白色T恤，下半身穿着破洞牛仔裤。

他的身上似乎挂满了金属的挂饰，叮叮咚咚响个不停，直到走到了程晨晨的面前，才停了下来。

走近了，程晨晨才发现他剪了个偏分头，头发染成了栗色，脖颈上挂着个金属项圈。程晨晨盯着那个金属项圈看了半天，惊奇地发现那个项圈好熟悉……

对喽！好像她给她家“阿达”戴的！

男生不耐烦地冲她“喂”了好几声，她才回过神来。

“喂，看什么看啊？”男生满脸戾气，语气不佳。

程晨晨认真地摇摇头，说：“没……没有啊……”

“我问你，韩东昀是不是住这里？”男生又问道。

程晨晨迟疑了两秒，问道：“你是他……的谁？”

“我是……”男生顿了顿，忽然想到了什么似的，反问道，“奇怪，我干吗告诉你啊！”

程晨晨局促地“咳咳”两声，暗自想，这位就是韩东昀的保镖吧！

她印象中的保镖不是满脸横肉、彪悍壮实，就是西装革履、面无表情的。这样朋克风格的保镖，她倒是第一次在现实中见到。

“韩先生受伤了，挺严重的，现在卧床不起，不想有人打扰……”程晨晨当机立断地挡在了病房前，振振有词道。

这位戴着项圈的“阿达”先生愣了两秒，皱着眉恶狠狠地问道：“你是他的哪位啊？”

“我是……”程晨晨转了转眼珠子，清了清嗓子说道，“奇怪，我干吗告诉你啊！”

“学人精！”“阿达”嗤了一声，就粗鲁地拽住程晨晨的衣领，想要让她离开。

程晨晨用力挣扎，大声喊道：“阿达先生，你赶快松手啦！”

男生终于松手，一只手撑着墙壁，把程晨晨逼入了墙角，拧着眉问道：“谁是阿达！”

“阿达……”程晨晨目光忽闪了半天，最后定在了男生的脸上。

“快说！”“阿达”一拳头用力地打在墙壁上。

“啊啊啊……不要……”程晨晨闭起眼睛，双手拼命地摇着，大叫道。

“不要什么啊？闭嘴！真是吵死了，别人还以为我对你做了什么呢！”

难道不是吗？这拳头都下来啦！

程晨晨乖乖闭嘴，微微睁开眼。

“阿达”怒气冲冲地看着她，又问：“谁是阿达，快说！”

“阿达……它是只哈士奇……五岁大，很好动，你的项圈和它的好像……”

“你说我的项圈跟你家狗戴的是同款？”

“看上去……可能是吧……”

“你说我是只狗？你找死吗？”“阿达”怒吼道。

“这是你自己说的啊……”

“到底哪里来的蠢女人！”

程晨晨捂着脸，“啊啊啊”地大叫了起来：“韩东昀，你的保镖真的好凶啊！好难缠啊！”

“靠！保镖又是谁啊？”

程晨晨困惑地看着他，老实说道：“这里……还有第三个人吗？”

“阿达”突然俯下身，锐利的目光凶恶地盯着程晨晨：“韩东昀说我是他的保镖？”

程晨晨认真地点头。

“阿达”狂躁地飙了句脏话：“Shit！”

“魏朗，你真的好吵！”

病房的门被缓缓推开，韩东昀一身白色病号服，双手抄在裤袋里，直直地立着，神色冷淡，丝毫不输气势。

“你在干吗？”韩东昀冷冷地问道。

此时的魏朗还保持着一只手撑着墙的姿势，把程晨晨紧紧地箍在他面前。

“我？”魏朗突然粗鲁地捏住程晨晨的下巴，脸庞慢慢逼近，侧着脸对着韩东昀笑道，“只是……突然觉得这个女生有点可爱。”

程晨晨心虚地看着面前的魏朗，他微微眯着桃花眼，张扬地大笑，斜着嘴角露出了两个不易察觉的梨涡。

这么看来，魏朗除了穿着诡异点，长得也还不错……

“想什么呢？”

魏朗暧昧地又靠近一寸，程晨晨尴尬得脸色通红，只能双手捂着眼睛不说话。

“我突然有点兴趣了……”

魏朗近在咫尺，他周身散发的热气，让程晨晨有点眩晕。下一秒，程晨晨就被韩东昀拉到了身旁。他的力气很大，把程晨晨的手臂抓得很紧。

“魏朗，你想干吗？”韩东昀面无表情地又问。

“这不是我和这位小姐的事情吗？”魏朗戏谑地说道。

“她是我的人。”韩东昀目光如炬，从容不迫。

“我什么时候是你的……”

程晨晨正欲反驳，下一秒，韩东昀就捂住了她的嘴，她折腾了半天，还是没有把那个“人”字说出口。

“你的人？”魏朗哼笑一声，又问，“什么人？”

“保姆。”韩东昀云淡风轻地答道。

她什么时候成了保姆啦！

程晨晨百思不得其解，她挣扎了半天，终于哼出个反对的声音，倏然之间，她的脖颈又被韩东昀用手臂紧紧一圈，再也无法发声。

程晨晨欲哭无泪，她今天到底走了什么霉运啦，遇到这两个变态男人！

“哥，我回来啦！”

程晨晨耳边传来了一个明朗少年的声音，她可爱的弟弟程威终于回来了，快来救姐姐呀！

谁想程威竟然直接忽略她的存在，直接狗腿似的蹦到韩东昀的面前邀功道："哥，你看这些东西还够用吗？如果不够，我再去买。哥得在这儿住下来，吃吃喝喝挺不方便的，要不……从明天开始，我给你熬汤带饭。"

程晨晨都快气得喘不过气了，她什么时候生了一个这样的弟弟！

不，她妈妈为什么给她生了这样一个弟弟！

韩东昀终于松开了她。她缓了口气，就冲过去抓住了程威的手臂，说："程威，你疯了吗？他又没病！"

"姐……姐，你说什么呢，哥触电就挺可怜的……"

"我觉得这个主意挺不错的。"韩东昀语无波澜地说道，"明天见。"

"明天为什么要见啊！"

程晨晨大力反对，而程威却依依不舍地冲韩东昀挥了挥手，道："哥，你要好好照顾自己哟，吃好喝好睡好，明天见。"

程威"脑残粉"的嘴脸简直恶心死了，程晨晨气得不行，正想找韩东昀理论几句，却被程威一路拖向了电梯。到电梯口时，程晨晨看到韩东昀和魏朗两个高大的男人仍面对面地站着，似乎在争论什么。

电梯门合上，程晨晨才问程威："那个'阿达'你认识吗？"

"阿达？我们家的狗？"程威困惑地反问。

"不是啦……就是那个叫魏朗的，你也认得吗？"

"魏朗啊，他就是个混混啊。"程威不屑道，"他之前也是短道速滑的选手，后来因为觉得评分不公，怒打了裁判，最后就没再比赛了。不过他这样的人也见怪不怪了。"

"他不是韩东昀的保镖吗？"程晨晨自言自语道。

"保镖？"程威好奇地问道。

程晨晨想了想，觉得韩东昀和魏朗的关系有些奇怪，可又说不出是怎么回事。

“姐，你自言自语什么呢！”走出电梯，程威忍不住问道。

“你明天还要来看韩东昀吗？”程晨晨停住脚步，问道。

程威突然拍手，认真道：“对哦，我得好好想想明天给哥带点什么，姐有什么好建议吗？”

程晨晨翻了个白眼，道：“王八汤。”

“王八汤？姐，王八汤是不是就是甲鱼汤啊？！”程威穷追不舍地问道。

“别跟着我，我今晚要去汉堡店上班。”

程威哀叹一句：“姐，你到底有多缺钱啊……”

“对，我什么都不缺，就缺钱！”

程晨晨想着存钱给自己买一双新的花样冰刀鞋，作为一名花样滑冰选手，没有一双像样的花样冰刀鞋也太丢人了。

程晨晨从小就在体校学习花样滑冰，她的妈妈从前也是花样滑冰选手，曾经获得过市里前三名，一直是大家敬仰的对象。但是程晨晨自己一直都是队里的候补队员，上场比赛的机会少得可怜，这也是程晨晨一直苦恼的地方。

这次她又无缘 SAN 杯的参赛机会，下了班，她偷偷地又回到学校的冰场。

这个时候训练已经结束，空落落的冰场凉气逼人。

程晨晨深吸了一口气，她喜欢这里的味道，对，久违的味道！

她拉开衣服拉链，露出了她的冰上战衣，然后穿起滑冰鞋，闭眼，慢慢地吐了一口气。

她打开音箱，轻巧地做完准备工作后，音乐响起，是柴可夫斯基的芭蕾舞剧《睡美人》。刚开始一切行云流水，接着勾手三周跳，顺利通过……

她像是在认真地面对着比赛，嘴角保持笑意，动作轻盈优雅。下一个动作是后外结环跳。

忽然，冰场的灯光骤然熄灭，传来了一声声尖锐戏谑的笑声。

“谁啊？”

没人回应，灯光又亮起，广播里继续传来刺耳的笑声。她恐慌地抓起随身背包就要逃窜，刚到门口就碰到一个戴着牛头面具的男生。

“啊啊啊啊……鬼啊……”

“鬼什么啊？”

她慢慢睁眼，面前的人不就是那个讨厌的“阿达”吗，他怎么会在这里？

“你……你……怎么会在这里？”

“我也是这个学校的学生啊。很巧吧……”

真是好巧……程晨晨生硬地扯了扯嘴角。

魏朗笑嘻嘻道：“新买的面具，不错吧。”

“有病啊！”程晨晨嗤之以鼻。

大半夜戴着面具吓人，这男人脑袋有毛病吧？

“你是学习花样滑冰的啊？”魏朗穷追不舍地问道。

“你管我！”程晨晨扭身就要离开。

“怪不得身材不错，韩东昀原来好这样一口啊……”魏朗继续跟着程晨晨。

程晨晨不予理睬，走了一段路，发现魏朗还跟着，她终于不耐烦地问道：“你干吗呀？变态跟踪狂。”

“你帮我个忙吧，你帮我下点药吧。”

“下药？给谁啊？”

魏朗耸耸肩，道：“韩东昀啊，趁着他昏迷的时候，好带他去看心理医生啊！”

“神经病，我看你才有病！你才需要看心理医生！”

“你难道不愿意帮助一位心理病患者吗？”

"关我什么事！"

"韩东昀，那么可怜，他在逃避人生，可是你不是他的朋友吗？"魏朗连珠炮似的发问，"我看你还在学校练习花样滑冰，是兼职做他的保姆吗？他的脾气很古怪吧？你没有发现他这里有问题吗？"

魏朗指了指脑袋，一板一眼道："他真的是有问题。"

程晨晨上下打量着魏朗，韩东昀这人是有点古怪，可面前的男人也不见得有多正常啊！

这是哪里来的神经病啊，竟然让她给韩东昀下药，是疯了吗？

她心里一路嘀咕着到了家门口，可魏朗明显就是个小混混，还不依不饶地跟在身后。她突然转身，指着魏朗道："你再跟着我，信不信我报警？"

"喂，小保姆，你好像很怕我的样子？"魏朗突然跨步截住了程晨晨，挑眉道。

"阿达——"

此时的救星阿达终于出现了。二哈呆萌地在程晨晨的脚边蹭了几下，乖巧地俯下身来，程晨晨摸了摸阿达的毛发，然后怒视着魏朗。

阿达也发现了这个外来的陌生人，看到主人怒目对着魏朗，它突然汪汪大叫着凶狠地冲向了魏朗。

"喂喂，你干吗？"魏朗一下跳得好远。

"快把你的狗赶走啊……"

没想到魏朗那副张扬跋扈的样子，竟然怕狗。

程晨晨知道阿达不会咬人，只会吓唬吓唬魏朗，她心想惩罚一下魏朗也好，省得他老是那么凶巴巴的。

"喂喂，该死的狗，快给我走开……"

"别舔了……"

"喂喂……我的限量版跑鞋，我的限量版袜子……"

程晨晨边往家里走边翻了个白眼，你还是限量版神经病呢！

第二天一大早，程晨晨就被程威拉了起来。她睡眼蒙眬地问道："你干吗啊？"

"炖好汤了，去看哥啊！"

她一脸怨气地瞪着程威，胡乱地抓了抓头发，一时竟发不起怒来。

真是天真可爱的弟弟啊，还真是对韩东昀死心塌地！

到了医院，程威又说要给韩东昀买些水果，让程晨晨带着汤先去病房。她即使心不甘情不愿，也得看在弟弟的面子上走这一次。她推开病房，正好看到韩东昀一只手拿着杯可乐，面前摆着个偌大的比萨。

而魏朗则悠闲地坐在病床旁的一张白色椅子上，目不转睛地盯着病床上的韩东昀。

那样的神情是不是在说，他下药成功了？

不会吧，魏朗真的给韩东昀下药了！

"危险——"

她一个箭步，差点就要腾空飞起，以迅雷不及掩耳之势拍掉了韩东昀手里端着的可乐。

韩东昀直惊得目瞪口呆。他还没有从她这突如其来的行为中回过神来，程晨晨又把整个比萨扔进了垃圾桶。

待到完成了这一系列动作，程晨晨才轻微地缓了口气。

"你干吗？"韩东昀眯着眼困惑地问道。

"韩先生，你要怎么感谢我？"程晨晨认真地说道。

"你有病吗？"韩东昀冷哼了一声。

真是不识好人心！

"有毒啊，韩东昀，魏朗打算给你下药啊！"

韩东昀望了一眼魏朗，魏朗耸耸肩忍不住大笑了起来，笑得差点喘不过气。

"你笑什么笑啊，还好你的奸计没有得逞！"程晨晨瞪着大眼，看着魏朗道。

魏朗仍然笑得停不下来，倒是韩东昀一脸阴沉，程晨晨觉得他就要发怒了。

“这是我的午餐。”韩东昀气道。

“可是魏朗在里面下药了，他说要给你下迷药，好带你去看心理医生。”

“这是我亲自点的外卖！”

“那……”程晨晨语无伦次了半天。

魏朗仿佛眼泪都要笑出来了，好不容易停下，平复了一下心情，才说道：“真是……有趣啊……”

他迈着大步，走到程晨晨的旁边，轻声道：“我是……开玩笑的。”

什么？开玩笑！

哪有人那么奇葩地开这种玩笑！

眼见魏朗潇洒地转身离开，程晨晨百口莫辩，只能傻眼地看着韩东昀。事情怎么会变成这样？

“我……我……”程晨晨不知道要说什么才好，突然想起此行的目的，“其实程威给你带了汤，可以当……作午餐……”

韩东昀一脸冷漠地盯着程晨晨，道：“真不知道……该说你单纯还是……愚蠢。”

“我真是好心……没好报……”程晨晨气鼓鼓地说。

韩东昀冷笑一声，道：“你的确有一颗好心，可惜……没有大脑！”

没大脑？

这个讨人厌的扫把星到底会不会说话啊！

程晨晨旋开保温瓶，自顾自地说：“程威炖的汤，你不喝，我喝！浪费可耻！”

程晨晨咕噜噜地喝着汤，一脸满足道：“这么好喝的汤，别浪费了。”

程晨晨喝到最后一口，突然大吃一惊道："完了！"

韩东昀微微抬头看她一眼，她的脸已经吓得变了色："完了，这里面有干贝！"

"干吗？干贝怎么了？"韩东昀不以为然地问。

"我不能吃干贝……"

"过敏？"

"不是！"

程晨晨弯着腰，捂着肚子，脸憋成了猪肝色，急急地说道："来不及了，厕所借我用下……"

韩东昀一脸无语地看着程晨晨夹着屁股冲进了厕所，接着厕所门后传来了惊涛骇浪声。

程晨晨双手捂着脸坐在马桶上，可是，身体里发出的声音无法控制……

完了，这回脸都丢光了。

为什么排骨汤里有干贝！为什么要加干贝！

她只要吃干贝就会拉肚子！

半个小时后，程晨晨虚脱地走出厕所，见窗户大开，韩东昀正捏着鼻子嫌弃地看着她："喂，你可以走了吗？"

"对不起，对不起，打扰了……"程晨晨气息奄奄地说道。

她刚转身，又急速地冲进了厕所，大声抱歉道："对不起，再借厕所一用！"

半个小时后，程晨晨从厕所出来时，韩东昀已经不见了。

他应该是嫌弃自己了吧……程晨晨想。

她虚弱地走了几步，干脆坐在椅子上准备歇息一下，最后肚子痛得直接躺在了床上，不知不觉地睡着了。

"喂……"

"喂，醒一醒！"

韩东昀本想躲避恶臭，没料到回来时，这个女生已经倒在了自己的床上，昏沉沉地睡着了。

他无语地深吸了口气，伸手碰了碰她，她侧了个身，打起了呼噜。

“呼呼——”

“呼呼——”

声音震耳欲聋！

算了，谁让他这么倒霉遇上了这么个奇葩的女孩！

他起身，迈开长腿要走，却突然停住脚步回望了一眼程晨晨，舒了口气，无奈地为她盖好被子。

好了，就这样吧！他也算够仁义了吧。

他刚准备收回手，却被程晨晨紧紧握住。他想挣脱，却被程晨晨握得更紧。

“妈！我会加油的啦！你放心！”程晨晨闭着眼喃喃自语。

妈！这又是什么鬼！

下一秒，程晨晨就张嘴咬住了他的大拇指。

他惊呆了！

这奇怪的女孩又是在干什么……

“吧唧吧唧——”

程晨晨的嘴里发出吮吸的声音，越来越用力。

韩东昀倒吸了一口气，敢情……她是在吸着自己的手指？

“妈，这酸奶真的好好喝啊……”

酸奶？

什么酸奶？那是我的手指！

韩东昀瞪大眼，涨红着脸叫道：“喂，快松开啦！到底在干吗……想喝奶别找我……”

“哥，我来了，我给你带的排骨汤好喝吗？”

韩东昀侧脸一看，推门而入的正是程威。程威一脸明朗的笑容，当看到此景后，吃惊地看着韩东昀，问道：“哥……你这是在干吗？”

这不是应该由他来问的问题吗？你姐到底在干吗？

“你姐在喝奶！”

“喝奶？”

“不，你姐咬着我的大拇指，快帮我！”韩东昀冷着脸催促道。

程威晃了晃程晨晨，程晨晨半梦半醒地微微张了张嘴，韩东昀这才抽出了手指，上面已经满是程晨晨的口水了。

真是恶心……

他的手竟然沾了这个女人的口水！

他匆匆去洗手间洗了手，程晨晨已经醒来，微微低着头尴尬地对着韩东昀道：“对不起，对不起。我没有咬伤你吧……”

“程威，为什么要放干贝……”程晨晨虚弱地问道。

“这汤是给哥喝的啊，姐……你怎么能偷喝了……”

这是亲弟弟吗？这时候还想着韩东昀……

这女生是朵大奇葩吗？韩东昀立在门口，单手插着口袋，很是无语。

因为喝了一碗排骨汤得了痢疾住院的程晨晨更是郁闷。

程晨晨憔悴地倒在床上看着天花板，真是倒霉啊！这两天怎么事事不顺心！

都是从遇到韩东昀和魏朗开始的！

一个石膏脸！一个大恶霸！

“晨晨……”

耳边响起了一个熟悉的声音，程晨晨侧头一看，苏岚希正小心翼翼地推门而入。

她捧着一束百合花，一进门就迫不及待地问：“晨晨，你怎么好好的突然就病了呀？我打了好多电话给你，你都不接，后来还是程威接了电话，我才知道你来了医院。”

程晨晨摸了摸手机，尴尬地笑了笑：“不好意思，没电关机了。”

“你怎么好好的突然就住院啦……”苏岚希一脸担忧。

程晨晨长叹一口气：“真是说来话长啊……本来也没什么事，偏偏遇上了那两个浑蛋……”

“哪两个浑蛋？”

一个阴冷的声音传了过来，程晨晨赶紧闭了嘴。进门的是韩东昀，他慢悠悠地说道：“所以，以后还是不要随便吃别人送的东西，特别是……”他停了停，接着冷脸说道：“不是送给你的……”

“你……”

程晨晨气得不行。可“石膏脸”放下冰刀鞋就道：“跟魏朗说别来了，我要出院了，冰刀鞋你还给他吧。”

“喂喂喂……什么冰刀鞋啊？跟我有什么关系，为什么是我啊！”她目瞪口呆地看着韩东昀把一双高档的冰刀鞋放在了桌上。

程晨晨冲着韩东昀的背影喊了好几声，他却头也不回就走了。

“该死的韩东昀！”程晨晨愤愤不平。

她望了望身旁的苏岚希，苏岚希正目光呆滞地望着病房的门。

“岚希，你怎么了？”程晨晨一脸迷惑地问道。

苏岚希回过神来，笑了笑，语无伦次道：“没事，我就是，他是……”

“他就是我刚刚说的那两个浑蛋当中的‘石膏脸’！”程晨晨愤愤地说道。

“哦——”苏岚希若有所思。

“怎么了，你认识他吗？”程晨晨疑惑道。

苏岚希冷着脸摇摇头道：“当然不认识这样的浑蛋。”

“我就想你应该不会认识这个‘石膏脸’。”

程晨晨回头看了看苏岚希，见她目光呆滞，神情落寞，显得有些失神。她伸手在苏岚希面前晃了晃，问道：“想什么呢？”

“没有……”苏岚希笑了笑，说道，“对了，晨晨，我听林教练说，这次的 SAN 杯交流赛，校长要让我和安小沫参赛……”

苏岚希气恼地为程晨晨打抱不平：“以前每次参加比赛都会有校内选拔赛，而这次连选拔赛都不用，真的很不公平！”

程晨晨略显怅然：“这也是没办法的……”

苏岚希气鼓鼓地说道：“要是参加选拔赛，结果还不一定呢！”

程晨晨本来觉得此事已经翻篇了，但是听到苏岚希再一次提起难免心里有些不舒服。

“只希望我不要是永远的候补队员就好了。”程晨晨轻叹了口气。

“就你软弱，老是被欺负。要是我，早就反抗了。凭什么这次没有选拔赛啊？”苏岚希边削苹果边说道。

程晨晨本来属于不喜欢惹是生非的人，而苏岚希属于爱憎分明，有话说话的人，一般程晨晨遇到事都是苏岚希替她拿主意。今天听苏岚希一说，她也有些热血沸腾，她也想通过公平的手段获得一次参加正式比赛的机会。

“这样可以吗？”程晨晨还是有些担忧地看着苏岚希。

“怎么不行啊！”她将手中的苹果递给程晨晨。

程晨晨推了回去，沮丧地说：“医生说我现在不能再乱吃了……”

“活该，让你之前乱吃！”苏岚希落井下石，故意啃得苹果咔咔响。

前一天在医院想得好好的，谁想刚过一天，重新回到校园后，原本准备争取比赛机会的程晨晨就萌生了退缩的意思。

在学校食堂，她乏味地吃着清淡的白粥，望了望苏岚希餐盘中丰盛的菜肴一阵唉声叹气。

“我已经想好了，今天下午校长会在办公室。我们去找他。”苏岚希说。

程晨晨望着不远处安小沫和身旁的同学有说有笑的模样，清了清嗓子道：“我想……算了吧，校长委派安小沫参赛总是有道理的。”

苏岚希放下筷子，训斥道："你这人怎么就不知道争取机会呢？明明能力差不多，凭什么偏偏看重她！"

程晨晨知道好友苏岚希肝胆相照，为自己抱不平，可是她内心还是挣扎着拿不定主意。

"晨晨，每一次比赛的机会对我们来说都是弥足珍贵的。我知道你的梦想就是成为阿姨那样的人，成为一名优秀的花样滑冰运动员啊。"苏岚希目光灼灼，期待满满，"而且我很想和你在赛场上正式比一次！"

程晨晨咬了咬手指头，深吸一口气，道："算了，死就死吧！人生自古谁无死！"

"干吗搞得跟上断头台似的。"苏岚希鄙夷道，递过一盒茶叶，"礼物！"

她没料到贴心的苏岚希已经为她准备好了送校长的礼物。虽说自己从来没做过这样的事，但是人难免不能免俗，如果这样做真的能改变些什么，她就硬着头皮去做吧。

两人吃完中餐，就前往校长办公室。

到办公楼时，苏岚希在长廊上停下来，为她鼓劲，她冲着苏岚希点点头，一人拎着东西往前走。经过秘书处时，秘书告知程晨晨校长外出，校长的儿子也在里头等候校长。

她犹豫了一会儿，坐在外面的长椅上等候。不一会儿秘书也有事离开，只剩下她一人干坐着。

这样干等了大半个小时，程晨晨觉得应该等不到校长了，就萌生了打退堂鼓的冲动，不料此时，校长室的门却打开了。

她匆忙起身，整理好衣服袖子，惊讶地看着面前的男生，怎么会是韩东昀！

等等！他怎么会在这里？

刚刚秘书说的是什么来着？在里面坐着的人是校长的儿子！

她怀抱着一盒茶叶，脑袋飞速运作了半天后，怔怔地看着韩东昀。

面前的男人还是一双漠然的眼睛，他淡淡地问道：“你怎么会在这里？”

程晨晨转悠了一下眼珠，迟疑了半天：“我……”

真是冤家路窄！

如果早知道他是校长的儿子，她就会对他好一点了！

唉……真是悔不当初啊！

“你是来给校长送礼的吗？”韩东昀开门见山道。

程晨晨“嘘”了一声，一把把韩东昀推回了校长办公室，紧张兮兮道：“啊！你怎么知道我是来送礼的啊！”

韩东昀冷冷地嗤了一声：“你怀里抱着一盒东西，已经告诉全世界你要给校长送礼了。”

“我……”程晨晨摸了摸头发，一副一言难尽的模样。

“你有什么事要求校长？”韩东昀顺势往沙发上一坐，一副洗耳恭听的模样。

“你愿意帮我？”程晨晨眨了眨眼，问道。

“看情况。”男生轻轻吐出三个字。

“你愿意帮忙就好了。我一直以来都是花样滑冰队的候补队员，难得有一次大赛的机会摆在面前……如果你能够在你爸面前……帮我美言几句……”程晨晨低着头怯生生地说道。

韩东昀许久没有反应。程晨晨徐徐抬头看了看他，说道：“是不是很为难？”

“你想让我怎么帮你美言？而我有什么好处？”韩东昀又问。

“你说的好处是……”程晨晨纠结道，“可是……我没有什么钱……”

“那你想用区区的一盒茶叶让我为你美言？”韩东昀步步紧逼道，“你觉得校长会看得上吗？”

程晨晨愣愣地看着韩东昀，竟一时无以言对。

“即使校长看得上，我也未必看得上……”

“那我该怎么办？”

程晨晨皱眉显得有些烦恼，自己没什么钱，连这份礼物都是岚希为她准备的。

难道要像电视里那样牺牲自己，被潜规则？

程晨晨猛地捂住胸前，紧张地看着韩东昀。

韩东昀冷冰冰地笑了一声：“白痴！”

白痴？干吗骂人啊！程晨晨正欲反驳，韩东昀已经走到门口，微带嘲弄地丢下一句话：“别想着送礼，还是好好练一练你的花样滑冰。你不会想做一辈子的候补吧！”

“韩东昀！你为什么会在我爸的办公室！”

门打开的一瞬，魏朗站在了门口。他嚼着口香糖，瞪大了眼睛，一脸吃惊地问道：“怎么还带着小保姆啊！”

小保姆？程晨晨真是郁闷，正欲反驳的时候，突然猛地反应过来。

爸？等等！

原来，韩东昀不是校长的儿子，自己却跟他说了那么多有的没的！

而魏朗才是校长真正的儿子！

程晨晨上下打量了魏朗好几遍，他一身朋克牛仔衣，还是戴着那个项圈，整个人玩世不恭，没点正形，说话凶巴巴，简直就是小混混啊！

这个恶霸竟然是校长的儿子！

我的妈啊！校长怎么没被他气死啊！

韩东昀不急不慢地道：“校长找我有事。”

“我爸找你，他找你什么事？是不是恳求你返校啊？”魏朗激动不已地问道。

返校？程晨晨纳闷地望着韩东昀。他也是明光体校的学生？

韩东昀不予理睬，魏朗又转向程晨晨：“那……小保姆呢，你在我爸办公室干吗？”

“我……”程晨晨真是要被自己气死了，来送礼就算了，还差点送错了人！

她都快被自己蠢哭了！

“哦，她是来给你爸送礼的。”韩东昀意味深长地说道，“我想校长是不方便收的，也许你可以代替他收下。”

“你送什么礼啊？”魏朗来了兴趣，说道，“买什么茶叶啊，怎么也得买点零食给我吃啊！下次送礼直接送给魏朗我就好啦……说着突然觉得现在有点饿了，要不然你去买个下午茶吧。”

“我想想吃什么……冰火菠萝油吧！然后……再来杯柠檬茶！对了，韩东昀你吃什么啊？叫小保姆一块儿去买！”

“幼稚！”韩东昀冷冷道，接着他又道，“没想到，过了这么久，魏朗你还是把无聊幼稚当有趣。”

程晨晨目瞪口呆。

韩东昀冷冰冰地说完这句话后，迈着大步，面无表情地从魏朗身边走了过去。

魏朗涨红了脸，显得有些气恼。

程晨晨顿时感到办公室里的气温骤然升高，火药味浓重。

要是他们两个在校长办公室打起来，她该怎么办？

真是令人头疼啊！

“我无聊幼稚？那你呢？胆小懦弱无能吗？”魏朗微微扬眉，挑衅地说道，“不再参加比赛的原因是什么？”

“懒得理你。”韩东昀迈出大步，准备离开。

“那你有本事跟我比一局！”魏朗叫住了韩东昀，“这么久没有滑了，难道不痒吗？”

“没兴趣！”韩东昀停住脚步，冷冷道。

程晨晨眼见情形不妙，缩着肩膀要从两人身边逃离时，被魏朗硬生生地拖住了手臂。

“你不跟我比，我只好跟你的小保姆比喽？”

“什么呀，我不是他的保姆！”程晨晨据理力争，可魏朗死死钳住她的手臂不放。

谁想，韩东昀的反应万分冷淡：“和我无关。”

韩东昀！竟然不管她的生死，也太绝情了吧……

魏朗就是个大恶霸啊！

“韩东昀，你是个胆小鬼！”魏朗叫嚣道，“你不就是怕输吗？你要是还有点骨气，就不应该退缩，就应该应战啊！”

“你难道是怕输得难看吗？没关系啊，就算你真的在冰场上摔成了狗啃屎，我也不会笑你的。”魏朗继续说道。

程晨晨闭着眼睛，叹了口气，魏朗真是毒舌啊，韩东昀这还不被他激怒就怪了啊！

“你想激怒我？”韩东昀轻描淡写地说，“没用的。”

魏朗真是气得牙痒痒一副无计可施的模样，又道：“好啊，既然如此，程晨晨你就不要怪我了……”

“啊……这事和我又有什么关系？”

程晨晨真是郁闷，她是无辜的好吗！

“我爸做校长以来一直清廉，你觉得你来送礼，他会开心吗？”

程晨晨大惊失色，这下要得罪校长了！

以后会不会连替补的机会都没有了呢……

“也许程晨晨的命运……小的话就是口头教育，大的话处分教育，更为严重的话，被勒令退学，也不一定……”

“啊，不要啊！阿达，你别害我啊！不，魏同学，我现在就走，当作什么事都没发生过，我没来过校长办公室，也没送过礼……”程晨晨低眉顺眼道，“拜托，拜托！”

魏朗没有放手，而是把她的手臂抓得更紧："现在你的命运就取决于你眼前的男人！"他不再说话，只是看着韩东昀。

程晨晨默默地看着韩东昀的后脑勺。

他不会答应的吧！

他应该已经很烦她了吧，怎么会为她去做他不想做的事？

可是……

魏朗真的会那么对她吗？他真的会告诉校长自己做的蠢事吗？

如果这样的话，她不能够再留在学校，妈妈一定会很失望的吧！

她真的想认真地当个花样滑冰运动员！

程晨晨越想越悲观，仿佛冬日的阳光慢慢地暗了下去，只剩下了一道阴影。

这样沉默了很久。

"没胆量？反正就当作场游戏。"魏朗又道。

"好。"韩东昀突然道，"比什么？"

"虽然我很想和你比一场短道速滑，但是也好久没有打冰球赛了。明天早上八点，冰球场见。"

魏朗松开程晨晨的手，转身要走。程晨晨长长地舒了口气，不料魏朗又丢下一句话："哦，小保姆，明天你也来。"

见魏朗嚣张地离开，程晨晨望了望韩东昀，小声道："刚刚……谢谢你了。"

韩东昀低头看了她一眼，目光依然冷酷："虽然我不知道你要谢我什么，但是，我接受了。"说罢，他便头也不回地离开了。

见韩东昀高大的背影渐行渐远，她立刻合上了校长室的门，松了口气。

第二天八点，她准时出现在了冰球场。魏朗已经换好了厚重的蓝色冰球服，穿戴好了各种护具，显得异常笨重。

程晨晨正想打个招呼，魏朗打开头盔望了望程晨晨，道：“今天找不到人，你就当守门员吧。”说完，他转身便离开了。

“我？”程晨晨冲着魏朗的背影喊道，“可是我不会啊！”

魏朗不理会她的叫声，径自往器械室走去，只剩下她一人形单影只地留在原地。

“快去换衣服吧，你做我的守门员。”

程晨晨一转身，见来人是韩东昀，他穿的是红色冰球服，冷淡地对她说道：“再不换就来不及了。”

“可是……我不会啊……我只玩过《桌上冰球》……”程晨晨怯怯道。

“桌上冰球？”韩东昀困惑地反问。

“就是一款手机游戏。”程晨晨认真解释道，“就是控制球滑来滑去，最后……推到对方的框里就是胜利。”

“哦。”

“你玩过吗？”程晨晨又问。

“没有。”韩东昀冷淡地回复道，“我一般对幼稚的游戏不感兴趣。”

“嗖——”

韩东昀的话就像一道冷风袭过，无形却足以让人身体抖三抖！

“那你就将这个当成手机游戏来玩吧。”

“可是……桌上冰球并没有守门员啊！”

韩东昀冷眼看她：“你不是学花样滑冰的吗？会滑冰就行。”

“可是……”程晨晨欲言又止。

“可是什么？我并不指望你会接到魏朗的球。”

“这……”

“因为我不会给他这个机会。”韩东昀的话非常傲慢。

啧啧！还真是狂妄自大啊！程晨晨暗自腹诽道。

比赛正式开始。正式的冰球赛每队应该上场六人，可今天的比赛，除了魏朗和韩东昀，就剩下程晨晨和魏朗找的另一个守门员，还有一个裁判。

这样的冰球赛并不正规，也没有队员的帮忙和配合，因而魏朗和韩东昀要同时担任前锋、后卫。

因此，这时候主要比的是滑行的速度，其他冰球场上的规则和技术都可以暂时忽略。

谁的速度快就能最先射进球！

因此，这可以算作一场并不正规的短道速滑比赛。

“既然来了，就来场赌注吧。如果我赢了你就归队，如何？”魏朗冲着韩东昀叫道。

韩东昀轻笑一声，并不作声。

“怎么了，害怕了？”魏朗声音微扬，挑衅道。

“如果我赢了呢？”韩东昀问道。

“如果你赢了，以后的午餐都我请。”魏朗喊道。

“那你得准备够钱了！开始吧！”韩东昀又道。

听到这话，程晨晨显得焦灼又不安。她从来没有做过冰球的守门员，而穿着超过二十五斤重的护具她简直要哭了，不合身就算了，重得就快压得让她窒息了，为什么她要摊上这样的事情！

随便找个男生当守门员就好了！

为什么偏偏是她！

比赛正式开始，裁判在中圈内开球，二人争夺首球不可开交，最后韩东昀夺到球。

“吱——”

冰刀在冰面上发出刺耳尖锐的摩擦声，转眼间，韩东昀已摆脱魏朗，运球直奔球门。

他的速度极快，双足交替十分洒脱，行云流水，仿佛不是踩在光滑的冰上而是飞在白色的云朵上。

魏朗不甘示弱，用力蹬着冰面，急促追上。

他的动作轻松利索，很快越到韩东昀跟前，用球杆揽过冰球要往回走，刹那间冰球又被韩东昀截下，迅速滑开。

一时间，冰球被韩东昀牢牢地控制在手中，而魏朗也不断追赶，寻找可乘之机。

两人仿佛是冰上的大侠，而球杆就是他们最厉害的武器。

程晨晨深吸一口冷气，嘴里都是冰的味道，眼睛却紧紧盯着两人。

她只是从程威口中得知，韩东昀是短道速滑的佼佼者，今天一见，果然名不虚传，而魏朗也是冰上好手。这个小小的冰球场不足以让他们充分发挥，她十分期待能在短道速滑的赛道上看到他们一较高低。

在程晨晨恍神的瞬间，韩东昀运球急速停住，第一个球瞬间滑入球门。

场上得分一比零，魏朗开始焦躁起来，他把韩东昀逼入角落。

魏朗用身体用力地碰撞韩东昀。

“砰——”

两个高大的身体之间的撞击发出巨大的声音。

韩东昀急停，准备变换方向，冲出魏朗的包围困境。

“砰——”

魏朗气势凶猛紧紧追随，又是一个激烈的冲撞，趁着韩东昀重心不稳，他迅速夺过冰球。

他快速运球，大刀阔斧地往程晨晨的方向而来。

程晨晨一脸大大的蒙。

当又黑又扁的球飞来时，程晨晨手忙脚乱，要伸手抓住那个球……

“啊——”

程晨晨放声大叫。她的身体因为被沉重的护具困住移动困难，只能两脚用力蹬冰，重心不稳，只能俯身抱着膝盖维持平衡。

“砰——”

她晕头转向，重重地往后倒，冰球落在了她的旁边，而她则重重地摔倒在地。

身上的护具太多，她连疼痛都感觉不到，只是觉得胸口闷，呼吸十分困难。

最后她连话也说不出来……

“喂——醒一醒啊！”

“喂，程晨晨！”

“胸口好闷……好难受……”程晨晨大口呼气。

她觉得自己的脑袋白茫茫的一片，明明在冰场，她却觉得自己大汗淋漓，胸前好像压了一大块石头，喘不过气来。

她意识到自己很久没患的病偏偏此时发作了。

“她……怎么了？”魏朗担忧地问道。

“如果不想她死，快来帮忙！”

“你在干吗，韩东昀！”魏朗问道。

“帮她脱掉衣服！”

“什么！脱掉衣服？”

“快点！帮忙！”

程晨晨昏昏沉沉地听到耳边有人说话，而自己的头盔不知何时已经取下，她急速地呼吸，终于缓过劲了。

可是，她睁开眼的一瞬，看见韩东昀正在帮她脱掉身上的护具……

“啪——”

“无耻！流氓！”

她闭起眼，只是不管不顾地挥动手掌，一巴掌用力地打在了韩东昀的脸上，最后两巴掌胡乱地拍在了韩东昀的身上。

顿了几秒，韩东昀厉声喊道：“停！”

程晨晨停下手，站着的魏朗忍不住放肆地笑了起来。他“哈哈哈”地大笑着，差点喘不过气：“韩东昀，我真是心疼你。”

“所谓的好心没好报就是这么回事吧。”韩东昀没好气地说。

魏朗耸肩放声大笑，他拿着头盔和球杆径直往更衣室走去，回头的一瞬丢下一句话：“对了，愿赌服输，我等着你报到。”

“你……”程晨晨保持距离地看着韩东昀。

“我……我什么？”

“你干吗？”

“干吗把你的护具脱下？难道要看着你被压得喘不过气吗？”韩东昀皱了皱好看的眉，无奈地深吸了口气。

程晨晨张了张嘴，却无言以对。她心里大为后悔，她刚刚干了什么？不仅骂了韩东昀无耻流氓，还打了他巴掌……

怎么会这么白痴啊！程晨晨用力地捶捶自己的额头，快给她个乌龟壳吧！真是尴尬死了！

程晨晨从地上站起身，有些瑟瑟发抖，冲着韩东昀呵呵地干笑了半天。

“不想冻死的话，赶紧去更衣室换衣服吧。”韩东昀面无表情地站着。

“对不起……我刚刚误会了你……”程晨晨低头小声地说道。

“你的确想太多了，就算……”韩东昀冷幽幽地望了程晨晨两眼，“我……真的对你有兴趣，也不会在冰场。”

程晨晨欲言又止：“我……”

韩东昀别有深意地打量了她几眼，转身要走，却冷不防地落下一句话：“何况我对你没兴趣，并且……你也太高估自己了吧。”

没兴趣？高估自己？

程晨晨望着韩东昀的背影，气得吱不出声来。

没兴趣？这是一个男生对一个女生最大的羞辱好吗？

第二章

蜻蜓点水一个吻

程晨晨食之无味地搅拌着饭盒里的菜，自己怎么那么背，参加比赛已经成了泡影了，偏偏又被韩东昀奚落。

可仔细想想那天的事，她应该向他道歉才对。

如果不是他当机立断脱下她的护具，她真的有可能出现什么事……

在她兀自瞎想的时候，一双筷子径自从她饭盒里夹走了一块鱿鱼。程晨晨猛地抬头，面前的人是程威。

程威一脸笑意："姐，你的鱿鱼圈怎么做的啊？真是好吃到爆啊！"

程晨晨冷冷地瞥了程威一眼，程威从来都在食堂吃饭，而她为了省钱都是自己带便当。她本也为程威准备过几次，可是程威不是嫌弃麻烦，就是觉得食堂饭菜花样多，带了几次就放弃了。

"我新学的酥炸鱿鱼圈，不错吧？"程晨晨扬扬自得道。

"真的不错呢！"程威又夹了几个鱿鱼圈，问道，"姐，你还会做什么关于鱿鱼的菜啊？"

"青椒炒鱿鱼，红烧鱿鱼卷……"程晨晨狐疑地看着程威，"干吗问这个……"

"向你学做鱿鱼啊！"

"神经！"程晨晨又看了程威两眼，恍然大悟道，"哦，你有女朋友了！"

程威害羞地摸了摸后脑勺，含含糊糊道：“不是啦……”

“真的不是？”程晨晨怪声怪气地问道。

程威从来十指不沾阳春水，怎么会突然想好好学做菜，肯定有其他隐瞒着她的事情。

“哎呀，好啦好啦，你就当作我为未来的女朋友做的行了吧。”

程晨晨嗤之以鼻：“真的假的？突然那么热心地想做菜！”

程威今天心情显得很好，他捧着脸笑道：“姐，你知道吗？哥要转学到我们学校了。”

程晨晨抬起头莫名其妙地看着程威，问：“谁啊？！”

“就是哥啊！韩东昀啊！”

“噗——”

程晨晨嘴里的一口饭差点喷了出来。她努力咽下饭菜，问道：“他，来我们学校？”

“对啊，终于可以一睹他速滑的风采了。”

程晨晨真是难以明白，为什么每次程威说起韩东昀，总是一脸“迷弟”的神情。真是怪恶心的！

“也不知道哥为什么会改变主意来体校的。据说他本来已经决定再也不参赛的，不懂是什么契机促使他重新返回短道速滑赛场的。”程威兴奋异常地说道，“不管怎样，我真是太开心了。哥要是真的不参赛就可惜了。他那么厉害，一定是大赢家！”

“小子，谁是大赢家还指不定呢！”一头栗色头发映入眼帘，魏朗轻轻拍了程威的肩膀，对程晨晨说道，“你弟就是太单纯了，你觉得我会让韩东昀成为大赢家吗？”

“魏哥……你……吃饭了吗？”程威战战兢兢起身，让出位子。

“还没有呢，要不你帮我打饭？我不挑的！”魏朗顺势坐下，冲着对面的程晨晨坏笑个不停，而程威早已飞奔去给魏朗打饭去了。

“你欺负我就算了，干吗欺负我弟！”程晨晨心有不平。

“你这可是冤枉我了，我是来感谢你的。”

程晨晨一副难以置信的表情：“感谢我？”

“如果不是你要给我爸送礼，他就不会答应进行那场冰球赛；如果不是你在赛场晕倒，他也不会认输的啊。”魏朗微微扬着嘴角道。

程晨晨怔怔地看着魏朗：“我……”

“你……和他到底有什么仇啊？”程晨晨忍不住追问道。

“我和他没有仇啊！我们是挚友，又是对手。只是他突然退出短道速滑的赛场，我有点寂寞……”

原来如此，怪不得韩东昀要这样躲着魏朗。

可是韩东昀为什么要退出短道速滑的赛场？现在他因为自己而回归，她突然有些惭愧，而对韩东昀的反感也慢慢消失。她心里五味杂陈，不再说话。

魏朗忍不住问道：“你在想什么？”

“我只是……只是好奇，他当时应该是个优秀的短道速滑运动员，为什么要放弃？”程晨晨问道。

魏朗兴味浓浓地问道：“你好像对他的事情很感兴趣？”

“我……只是随便问问，而且……我还欠他人情……”程晨晨结结巴巴道。

“是吗？你该不会喜欢上韩东昀了吧？”魏朗不动声色又问。

“你胡说些什么啊？怎么可能！”

“你那么紧张干吗？不会是心里有鬼吧？”魏朗又靠近一步，逼问道。

“懒得跟你说！”程晨晨收起饭盒，转身要走。

魏朗又道：“也是，你大概不知道他的问题。”

“他有什么问题啊？”程晨晨诧异地看了魏朗一眼。

“我不是说过他有心理问题吗？”

“你别骗我了，这回我才不会信你！”程晨晨冷哼一声。

魏朗抿着嘴，露出诡异的笑意。他突然俯下身来，凑到程晨晨的耳边低低地说：“这回货真价实，他……他不喜欢女人……”

“咳咳咳——”程晨晨直接被魏朗的话呛到。韩东昀不喜欢女人？这是什么意思？难道他……

“这……怎么可能？你开玩笑吧！”程晨晨低下头道。

“你不相信他喜欢男人啊？那我试给你看啊！”他朝程晨晨挤眉弄眼。

程晨晨顺着他指的方向看过去，韩东昀正端着餐盘坐在一个偏僻安静的角落。接着，她看到魏朗得意扬扬地走到了韩东昀的身旁，也不知道他同韩东昀说了什么，韩东昀的手已经伸进了魏朗的衬衫，把魏朗的后背摸了一遍，魏朗还表现一副特别 enjoy 的模样。

简直是个大写的污啊！

食堂里的目光齐齐地转向韩东昀那儿，下一秒，魏朗竟然俯下身来，两人耳鬓厮磨，亲密异常。这……这简直是食堂现实版的“断背山”啊！

魏朗满意地朝着程晨晨眨眼，他猜想，这个天真的女孩一定误会了韩东昀。他一副捉弄得逞的模样，开心地哼着小曲，走出了食堂。

程晨晨踌躇了半天，还是咬着牙走到韩东昀的面前，坐下。

韩东昀根本没有抬头看她，他嘴角紧抿，面无表情。

程晨晨哈哈笑了两声：“听说你也在这个学校上课了，恭喜你啊！”

“有什么好恭喜的？”韩东昀瞪了她一眼。

这人就不能好好说话吗？

程晨晨紧张地咽下口水，尴尬道：“那天……谢谢你，要不是你，我可能会没命……”

“哦。”韩东昀轻描淡写地应了一声。

程晨晨感觉自己好像吃了闭门羹一样无趣，只能灰溜溜地道：“那我……先走了，不打扰你吃饭了……”

她刚要起身，男人又平静地说道："你的教练知道你有病吗？"

她大惊失色，语无伦次："你……你说什么？我不懂……"

韩东昀轻轻抿了口水，淡淡道："看来你的教练并不知道。"

"我没有！你……你不要胡说八道！"程晨晨激动道。

"那么，你那天在冰场的反应是怎么回事？"韩东昀又问。

"我……我只是突然喘不过气……没有什么大事，我……真的没事！"程晨晨顿时脸涨得通红，大失方寸。

"哦，如果是这样就好。"

"不是如果！是，就是这样！"

"哦……"韩东昀又轻描淡写地"哦"了一声。

她有些恼怒，冷不防说了句："其实……你也有病啊！"

"我有病？"韩东昀突然抬头，冷冷地看着程晨晨。

"哦，其实也不是病啦！"程晨晨意识到自己口误，又道，"其实性取向不同不是什么病，现在社会那么开明……"

"你放心，我不会……带着歧视的眼光……"她顿了顿，忽然觉得有些失落，这么美好的一个花美男怎么能是……

"真是可惜！"她哀叹了一口气。

"可惜什么？"韩东昀对程晨晨无厘头的一句话感到莫名其妙。

"没有啦，其实就是……我现在一时无法接受……"

程晨晨支支吾吾，语无伦次，连自己都无法硬着头皮说下去，只能起身道："算了，我……先走了……"

韩东昀感到一阵蒙，今天是怎么了？先是魏朗死皮赖脸地求他配合演出gay情侣，以逼走爱慕他的女生，再然后又是一个傻女孩来找他，大谈性取向……

过了一会儿，他恍然大悟，忍不住笑了起来。

那天冰球赛上，她已有五年没有发病的哮喘来袭，她也很是意外。那套冰球装备应该是过敏源，可是她还是很担心她患哮喘一事被教练知道。她加入花样滑冰队时，就故意隐瞒了这点。她知道，这个秘密很有可能影响她成为一个优秀的花样滑冰运动员。

而现在，这个秘密却被韩东昀察觉到了，她更加担忧了。

其实她还有点失落，韩东昀怎么看都不像魏朗口中说的那样啊！

他的口味竟然是那样……

世界怎么变成了这样乱糟糟的！

她惶惶不安地回了家，到了门口，阿达立马摇着尾巴冲着她狂奔而来。她立马一把抱起它来，这小家伙眉头紧皱，看似因为主人的忧愁而忧愁，接着伸出长长地舌头把她的脸舔了一遍，以表安慰。

“哈，知道你在安慰我啦，阿达，不用那么热情！”她笑嘻嘻地放下了阿达，忍不住感叹道，“还是家里的阿达比学校的阿达好呀！”

刚刚才忘记忧愁，偏偏这时又想到魏朗那张凶神恶煞的脸，程晨晨忍不住哆嗦了一下。

“姐！你终于回来了！”

“嗯。”

程晨晨进屋换上拖鞋，抬头的一瞬看见程威围着粉嫩的 Hello Kitty 的围裙冲着她傻笑。

她一脸莫名地望了望四周，眨眼问道：“今天妈不在吗？你做饭？”

“别管妈了，她聚会去了！”

“那爸呢？”程晨晨随手放下书包，问道。

“今天有急活，出去了呢！”程威一把拉过程晨晨的手，兴致勃勃道，“姐，我今天可是去了市场把阿伯摊上的鱿鱼都买了！”

“你说什么！”程晨晨趿着拖鞋，紧张地走到厨房，看见一个竹篓里满满堆积着的都是鱿鱼，惊讶道，“你疯了吗？买这么多鱿鱼干吗啊！”

“做鱿鱼大餐啊！”程威拿着锅铲，煞有其事地摆出了一副大厨的姿势。

程晨晨头痛地扶额，她没料到弟弟早上说让她教他做鱿鱼的话是认真的。她只听说别人追女生送花送甜品，却没有想到程威追女生竟然要用上一大篓的鱿鱼。

那女生该是有多喜欢吃鱿鱼啊！

“你女朋友不会吃鱿鱼吃傻了吧？”程晨晨神情古怪地瞥了程威一眼。

程威犹豫了一秒，哈哈笑道：“哈哈哈，其实他也就这点喜好啦……”

程晨晨折腾了一晚上，教会了程威三道和鱿鱼有关的菜：海鲜意面、香酥鱿鱼圈以及照烧鱿鱼酿糯米。

程威不知疲惫地忙活到大半夜，第二天早上，程晨晨刚起床，就闻到一股刺鼻的焦味。循着味道，程晨晨冲到厨房门口一看，被眼前的景象惊呆了：黑烟弥漫，锅碗瓢盆到处都是，整个厨房就像个垃圾场。

程晨晨被刺鼻的油烟呛到：“咳咳……程威，你在干吗？”

程威灰头土脸地持着铲子冲了出来，尴尬地笑了笑：“姐，吵醒你了啊？”

“你的便当做好了吗？”程晨晨问道。

“姐，差不多了，就是样子差了一点……”程威递过一盘意面。

程晨晨看着盘子里一团黑漆漆不可名状的东西，样子何止差一点，简直就是一坨屎！

程晨晨摊摊手，哀叹了一口气：“算了！我帮不了你！”

程晨晨转身准备回房间换衣服，却被程威死死拽住，说：“姐，你就帮帮我吧！”

“帮你？”程晨晨环抱着双肩，笑着问道，“那你得坦白从宽！”

“坦白什么？”程威问道。

“你说你是不是交了女朋友？是不是我们学校的？长得怎么样？学什么的？”程晨晨难以按捺住心中沸腾的八卦血液，一股脑儿问了一大堆问题。

程威摸了摸后脑勺，僵着嘴角道：“姐……你一下子问这么多问题，我回答哪一个啊？”

“你不回答，我就帮不了忙了！”程晨晨转身就走，故意叹了口气，说，“本来还想让你女朋友来家做客，我亲手做几道拿手好菜的……”

“来家就不必了。”程威死皮赖脸地挡在程晨晨的面前，“我的女朋友真的真的很害羞，他不喜欢见陌生人，不过……下回我会带给你看的。”

程晨晨眨眼看他，问道：“真的吗？”

“真的啊，他这人不爱说话，人有点冷酷，却真的很棒。他就是我的偶像呢，对，我最爱的偶像！”

“偶像？”程晨晨对程威这么形容自己的女朋友感到奇怪，但还是答应道，“好吧，我替你的偶像做菜喽……”

程晨晨手脚麻利地做好了三道菜，程威看得目瞪口呆，大声赞叹道：“姐，你简直太厉害了！你是我的偶像啊！”

“泡到妞算我一份功劳哟！”程晨晨笑眯眯地拍了拍程威的肩膀。

“嘿嘿，谢谢姐啦！”程威摸了摸后脑勺，面露绯色道。

“害羞什么呢！哈哈……”程晨晨觉得弟弟害羞的模样真好笑。

“姐，我先走了啊！”

程晨晨看着程威提着便当，笑盈盈地出了门，她连忙紧跟了上去。她难以按捺住八卦的心情，一定要看看这个女生到底是谁！

到了学校，程晨晨发现程威并不着急回到班级，而是拐到了学校的冰场。

程威小学毕业后顺利升入初中，但是他偏偏不喜欢初中繁重的学业，就来到了体校。

在体校六年，他仍然难改半途而废的脾气，学习花样滑冰一年就放弃，好不容易坚持下来的短道速滑也差强人意。

程晨晨看着程威提着便当往后面的休息室走去，她蹑手蹑脚，像做贼一样紧跟其后，心中暗自窃喜，哈哈哈，这回肯定逮住这个女生了。

据她所知，程威喜欢的女明星大多是童颜巨乳型的。

嗯，她在脑海里渐渐形成了个画面：这女生一定是有一头黑色长发，肤白如凝脂，前凸后翘，最重要的是一定是大眼睛！

就在程晨晨遐想联翩的同时，程威拐进了男更衣室。

她望着“男更衣室”四个字，一脸大写的蒙。

约会约到男更衣室？

不管三七二十一了，进去看看就知道了！

清早的更衣室很是冷清，很快，程晨晨就找到了程威，可是……

可是他的面前站着的并不是一个长发白肤大胸的女生！

而是一个男生！

她大张着嘴，看着那个高大的男生转过身。

我的天哪，怎么会是韩东昀！

怎么会是他！

接下来的一幕，让程晨晨感到更加惊愕的是——程威用力地抱住了韩东昀！

韩东昀干干地站着，程威说了一大堆话，她只听到了程威说的最后那句话：“哥，你一定要接受！”

接受你？不可以！

她抓狂想哭，难道他的弟弟真的喜欢男人？

Oh, my God！为什么老天爷要这么对她，她要怎么跟妈妈说弟弟喜欢男人的事情呢？

见程威恭敬地递过便当盒转过身来，程晨晨连忙找了个角落藏了起来。

不行！不管他们是什么关系，她一定要断了弟弟的念头，产生这么暧昧不清的关系还了得！

她越想越激动。他们程家可是只有一个男丁，为了对得起爸妈，她必须拯救自己的弟弟，不能让程家断后！

见程威远走，她壮着胆子，昂着头，大步地走到韩东昀的跟前，用力地咳嗽了一声："咳咳……"

韩东昀迅速套上运动鞋，抽空看了程晨晨一眼，道："这里是男更衣室，你走错地方了。"

"我没有走错，我就是来找你的！"程晨晨义正词严道。

"找我？什么事？"韩东昀站起身，饶有兴致地问道。

程晨晨又清了清嗓子，指了指放在椅子上的粉色便当盒，说："这个……是程威给你的，对吧？"

"对啊。"韩东昀不以为然道。

程晨晨又问："你喜欢吃鱿鱼，对吧？"

"嗯。"他又点点头。

这就对上了，程威这个臭小子真的是为了韩东昀做的便当！

"你知道这个便当是我做的吗？"

"哦？不知道。"

"他买了一篓鱿鱼，做到了半夜还没有学会，今天早上他又特意早起，就是为了给你做这个便当，最后我实在看不下去了，才帮着他做的！"

"哦，谢谢！"

"可是……"程晨晨感觉有一根鱼刺梗在喉咙般万分难受，半天说不出口。

"可是什么？"韩东昀不耐烦道，"没什么事的话，请便。我要换衣服了！”

“我……”

“其实……韩学长……”

“嗯？”

“你……你知不知道我弟弟喜欢你啊？”程晨晨艰难启齿。

韩东昀怔了两秒，冷笑了一声：“你在说什么？”

“既然说开了，我就实话实说吧。今天我跟踪了程威一路，以为他的便当是送给女朋友的，可是到这里才发现他所谓的女朋友竟然是……”程晨晨顿了顿，继续道，“你能不能拒绝我弟弟？我弟只是一时迷途，他会知返的。我看……我看你也不愿意深陷这样的困局吧？”

“困局？”韩东昀反问道。

“就是……在魏朗和我弟之间难以抉择的困局。”程晨晨继续道。

“你知道你在说些什么吗？”韩东昀哼笑一声，道。

程晨晨低眉顺眼道：“对不起，我……是不是伤害了你？”

韩东昀轻轻靠近了一步，半眯着眼，俯下身来说道：“我——不——喜——欢——男——人！”

“你不喜欢男人？”程晨晨反问道。

过了两秒，程晨晨哈哈大笑，坚决道：“不可能！不然我弟干吗对你那么好？虽然在医院那次我就怀疑过，还有那次在食堂，魏朗说你不喜欢女人，然后他就亲了你……正是那次让我更加坚信……”

只听到“嗯”一声，两片清凉的薄唇已经贴了上来，程晨晨震惊地瞪大了眼睛，心跳加速，呼吸急促。

等等！

她是被吻了吗？

蜻蜓点水的一个吻，足以让程晨晨心神荡漾，灵魂出窍。

等韩东昀若无其事地抽离开来，程晨晨还没回过神来。

他刚刚竟然吻了自己！

他怎么能这样！

“你干吗……干吗亲我啊！”程晨晨咽了咽口水，面红耳赤地问。

“为了证明我喜欢的是女人啊。”韩东昀轻轻扬眉道。

“可是你和魏朗……那天……”

“假的。”紧接着，韩东昀旁若无人地解开白衬衫的纽扣，一颗、两颗、三颗……

程晨晨清了清嗓子，又问：“假的？”

“为了配合他躲避追求他的女生。”他冷着一张脸，又说道，“没办法，他很难缠。”

原来这一切都是魏朗故意搅局啊！程晨晨猛拍了下自己的后脑勺，自己怎么那么笨，魏朗的鬼话，也能信！

很快，韩东昀小麦色的肌肤显露出来，瘦削的锁骨，圆润的线条，骨窝深浅到 perfect！

这回大发了！程晨晨不自觉地吞了吞口水。

这是干吗啊！使用美男计？

不，不能上当！得保持头脑清醒！

“你……你要干吗啊？”程晨晨结结巴巴道。

“换衣服啊。”韩东昀冷静地看她。

“你……你怎么能在我面前换衣服啊？”程晨晨双手遮着眼睛，又道。

“我不在男更衣室换衣服，难道去女更衣室换？”

韩东昀话音刚落，外面就传来了密集的脚步声。

“听说今天来了个新队友。”

“对，就是韩东昀，听说很厉害。”

“比魏朗还厉害？”

“……”

说话声慢慢逼近，程晨晨本能地回头一看，一群衣衫不整的男生站成一排，全用着一副疑惑的眼神看着程晨晨。

她用力地咳了两声，然后硬着头皮迈出了脚步：“不好意思，走错门了……”

真是糗大了！

程晨晨气喘吁吁地跑了一路，可是脑袋里浮现的还是刚刚的那个蜻蜓点水般的吻。

感觉好像还不错呢！

他除了冷漠了点，长得还不错，而且他滑冰的样子好有魅力呀！

几天过去了，程晨晨仍然被那天的事搅得心神不宁。她不止怨自己笨得居然会相信魏朗的无稽之谈，更多的是想起那天的吻。韩东昀只是想用一个吻证明他喜欢的不是男人？

到底在想什么呢！程晨晨用力地摇着头，不许想了！

阳光炙热，程晨晨不由得伸出手来当临时扇子。一早上，她就被林教练念叨得耳朵都快起茧子了，可教练依然不放过她。

“啊，好痛，痛……”程晨晨骤然大叫。

“程晨晨，你是不是当我的话是耳边风！”林教练是个到了四十岁还风韵犹存的女人，偏偏说起话来一点也不优雅，她凶巴巴地拧着程晨晨的右耳吼道。

“教练……我没有啊……”程晨晨委屈道。

“我问你迟到是不是有错，你竟然敢摇头啊！”

“林教练，我……我不是那个意思！”程晨晨痛得嗷嗷大叫，“教练饶命啊，耳朵都快不是我的了！”

林教练人称“狂躁林”，狂躁起来不是人。她松开了手，严厉地说道：“你今天的晨练多跑五圈。”

队员们已经投入到训练中，唯独程晨晨一人还在跑道上大汗淋漓地跑着。

“晨晨，你最近怎么啦？”耳边传来一个熟悉的声音。

程晨晨回头一望，跟上来的人是苏岚希。她担心地问：“岚希，你怎么在这里？小心被林教练抓到！”

“我陪你跑一会儿吧。”苏岚希紧跟了上来，“反正今天我不想待在冰场。”

“不用了，等会儿林教练找不到你，不仅要罚我，还得罚你了。”

“晨晨，那天校长室的事情都怪我！”苏岚希道。

那天校长室发生的事情，程晨晨含含糊糊地和苏岚希说了一半，说是遇上了校长的儿子，所以不了了之。

“怎么能怪你呢？是我自己急于求成，很想获得这次机会，所以……”程晨晨停下脚步，笑道，“算了，都过去了呢！”

“程晨晨！”跑道的另一端有人在叫她。

程晨晨循着声音看去，气势汹汹的来人正是程威。

“这个臭小子，姐都不叫了啊，没大没小！”

程晨晨骂骂咧咧地迎了上去。程威看来气得不行，他大声叫道：“程晨晨，你干吗去找哥啊，你胡说些什么啊！”

“我……我这不是担心你误入歧途……”程晨晨结结巴巴道。

“什么误入歧途！你脑子里装的东西才邪恶！哥是我的偶像，我生怕你会拒绝我，才瞎编了个女朋友，没想到你……”程威涨红着张脸气急败坏地说道。

“谁让你骗我……”程晨晨自知理亏，但碍于面子还是死撑着。

“姐！”程威大声叫道，“我是有求于哥，才要做便当送给他，而你去那里做了什么啊！”

程晨晨不语。

“太丢人了！”程威又道。

“你……你什么都知道了？”碍于苏岚希在现场，程晨晨只能隐秘地问道。

“不仅是我，差不多全体校的人都要知道了！”程威大声说道。

程威递过手机，在晃动的画面下，她看到了自己冲着韩东昀喊道，能不能拒绝她弟弟。接着，韩东昀说，他不喜欢男人……

接下来的画面，她瞄了一眼就不敢再看了。

程晨晨紧张地收起了手机，大声叫道：“到底是谁拍的？他……他怎么能这样！”

她在男更衣室的一举一动都被拍了下来！

整个体校的人都知道她被韩东昀吻了！

“这不是重点，重点是姐，我真是替你觉得丢人！”程威又道。

程晨晨的表情如便秘般难看，她真想重新穿越到过去，收回所有的话……

“你们在干吗？都不要训练了吗？”林教练不知何时出现了，她气急败坏地指了指程晨晨，又指了指苏岚希，最后指尖落在了程威身上，大声道，“真是一样的不务正业！”

“苏岚希，立刻换装备去冰场！”林教练对苏岚希说道。

苏岚希望了一眼程晨晨，只好转身走开。

“你没事做是吧？那好，陪你姐再跑五圈！”“狂躁林”气愤得声音提高了八度。

“林教练，我好像不归……你管……”程威低头小声道。

“再说一句话，加五圈！”

“快跑啦！”

程晨晨赶紧推着弟弟往前跑。好汉不吃眼前亏，要是惹怒了“狂躁林”，都得吃不了兜着走。

一个早上都浪费在了晨跑上，完成任务后，程威的气还没消，他抛下程晨晨，独自一人往家里走去。

程晨晨厚着脸皮跟了上去，问道："程威，虽然我误会了你，可是你对韩东昀也太暧昧了吧。还那么殷勤地做了个爱心便当，你说我能不误会吗？"

"姐，你是小说看多了吧？"程威顿住脚步，生气地回头说道。

"那……那你到底为什么对韩东昀那么好？"程晨晨又问道，"难道仅仅是因为他是你的偶像？"

程威深吸了一口气，说："哥不仅是个出色的短道速滑选手，他还擅长跑酷。我根本不喜欢短道速滑，也不喜欢成为一名运动员！"

"程威，你不知道妈妈就是个运动员吗？她曾经可是一位优秀的花样滑冰运动员！那是多么荣耀的一件事！"

"不喜欢就是不喜欢，不管多么荣耀的事情，我就是不喜欢！"程威道。

"我们小时候不是说好了吗？要收获许多许多的奖杯，摆在家里，满满当当的……"程晨晨又道。

"对，我从前是按照妈妈的想法活着，自以为那样多么荣耀。可是妈妈还不是嫁给了爸爸？爸爸不过是个电工！"程威毫不留情地说道，"运动员的职业生涯很短暂，没有名次、没有奖杯就不会有人记得。妈妈只是在你眼中那么优秀！"

程晨晨慢下脚步，不再追赶程威。她没有想到，朝夕相处的弟弟一直以来抱有的是这样的想法。

程晨晨一整天都没精打采的，天慢慢黑了下去，她想找个人说心事，却怎么也找不到。岚希即将参加比赛，一定没空陪她，她只能一个人在街上四处闲逛。全体校的人大概都知道她的糗事了，她不知道明天要如何面对那些同学。而现在回家，她也不知道该怎么面对程威，怎么告诉妈妈，程威并不想在体校继续学习。

妈妈会失望吧？她年轻时因为受伤，走路有些跛脚，才会嫁给爸爸的吧？

可是爸爸也是个努力的好人，程威这么说真是太过分了！

可是如果妈妈没有跛脚，一定会迈向更高的职业生涯，那时候的她还会嫁给爸爸吗？

她神情落寞地坐在了家附近的街心公园。城市的霓虹灯亮了起来，她却有点忧愁。

“喂——”一个戏谑的口哨声响了起来。程晨晨抬头一看，冤家路窄，竟然是魏朗。

他骑在自行车上，身上的橘色冲锋衣在路灯下异常显眼。他停下单车，问道：“嘿，小保姆失恋了啊！”

失恋！

“你胡说什么啊？”

“难道不是因为知道了韩东昀是gay有些失落吗？”魏朗幸灾乐祸道，“其实你也不必如此，韩东昀是，可是我不是啊……”

一听到这个，程晨晨就来气。要不是魏朗使坏，她也不会相信韩东昀喜欢男人，也不会有更衣室那么一出。

“你干吗胡说八道啊！韩东昀什么时候喜欢男人了啊？”程晨晨气不过，忍不住大声说道。

“哟，小猫咪发怒了啊？”魏朗一双桃花眼笑波微起，“你生气的模样还蛮有意思的啊。”

“没事的话我要回家了！”

程晨晨抬步要走，转眼又被魏朗抓住了手：“对了，你是怎么知道我骗你的啊？”

程晨晨愣了愣，魏朗没有看过那些视频，那是不是被删了呢？对啊，韩东昀也不会允许让别人误以为他是gay的视频公布于众啊！

“想什么？”魏朗再次显出戾气十足的表情。

“没有没有。”程晨晨看着俯下身来的魏朗，躲避开他的目光，用力摇头。

“快说！”魏朗大声叫嚣道，“听到了没有！”

“汪汪汪汪汪——”

一阵急促的狗叫声打断了魏朗的话，他突然上蹿下跳了起来：“啊……又是这只该死的狗！”

程晨晨定睛一看，不就是她家蠢萌的阿达吗！她开心地叫道：“阿达，你怎么来了？”

阿达冲着魏朗疯狂地吠着，“汪汪”个不停。魏朗的行为滑稽极了，他像只惊慌失措的兔子躲在程晨晨的背后，警惕地看着阿达。

原来看似什么也不怕的魏朗这么怕狗啊！

程晨晨冲着阿达伸出食指，喊道：“Sit—”

阿达乖乖地不再叫，规规矩矩地坐在原地。

“看，没事吧。”程晨晨转头对魏朗说道。

她又笑眯眯地俯下身，顺了顺阿达的毛：“Good boy！”

“阿达？”

“对啊，你看你身上的项圈跟阿达的很像吧。”程晨晨又道。

魏朗低头看了看脖颈上的项圈，又凶巴巴地喊道：“你找死吗？怎么说话的！”

“汪汪汪汪汪——”阿达冲着魏朗的方向就要一跃而起，魏朗吓得面如土色，连连后退。

程晨晨忍不住大笑了起来：“哈哈……看到了吧，你再敢欺负我，我家阿达可是会为我出气的！”

“那个……快把它叫回去啊，姑奶奶，求你了还不行啊！”魏朗被逼到了墙角，不敢回头。

程晨晨真是觉得好笑极了，没料到魏朗那么一个恶霸竟然如此怕狗，这要是说出去得让多少人笑到肚子疼。

“阿达，回来……”她拍了拍手掌，阿达乖乖地摇着尾巴回到她身边。

魏朗这才略微地缓了口气，但还是保持着一定距离看着阿达。程晨晨笑了笑，道：“真的没事，它不咬人的。”

魏朗稍微靠近了一步，表情严肃地咳了一声，道：“我怕狗的事，不许你乱说，不然你……”

“知道啦！”程晨晨从书包里掏出狗链给阿达套上，然后牵着它往前走，告别道，“我要回家了。”

“你看这么晚了，我还是发发慈悲之心送你一程吧。”魏朗歪了歪嘴角微笑道。

程晨晨生怕魏朗又莫名狂躁起来，只好应了下来。

两人慢慢沿着街心公园走，魏朗似乎心情很好，时不时哼几段歌，而程晨晨却魂不守舍。

走到一半，程晨晨突然停下脚步，捂着肚子尴尬地笑了笑：“呃，我想上个厕所。”

“哦……”魏朗迟疑片刻，又紧张地看着程晨晨背后的阿达道，“狗也带进厕所吧……”

“阿达怎么能上女厕所，它是个 boy！”程晨晨义正词严道。

“我不管它是男孩女孩，反正你得带着它！”

“我不行了……”

程晨晨肚子疼得不行，迅速地把阿达的狗链拴在了魏朗的单车上，急急地跑向公园的移动厕所。

“喂！程晨晨！你……快点啊……”魏朗冲着她的背影喊道。

一定是今天喝了很多生冷的饮料，大姨妈才会提早的，程晨晨疼得出了一头冷汗。

从厕所出来时，程晨晨一脸苍白，可眼前的景象让她更是一惊：魏朗不见了，连阿达也不见了？

“魏朗——”

“阿达——”

她对着马路大叫，好半天才看见魏朗一个人骑着单车朝着她飞奔过来。她看着魏朗在她面前停下，才发现魏朗的一只脚上的运动鞋已经不翼而飞。

“阿达呢？”程晨晨问道。

“你还说呢，你家的野狗也不知道发什么疯，直接追着另外一只狗跑了，还咬走了我的鞋……”

“那你怎么不追啊？”程晨晨着急了。

“已经追不回我的鞋啦，它跑得那么快，一眨眼就不见了……”

“我说的不是你的鞋，我说的是阿达！”

“它玩够了自然会回家啊，倒是我，现在没了一只鞋，狼狈死了！”魏朗满腹怨气。

程晨晨气愤不已，甩下魏朗独自一人跑到了马路一头奋力大喊：“阿达，阿达……”

她漫无目的地从大街绕到了小巷，不放过任何的角落，可是依然没有看到阿达。

“喂……不是说了吗？狗也要谈恋爱的，你也得给人家足够的自由，有必要这么着急吗？”不知何时，魏朗骑着单车跟了上来。

程晨晨狠狠地瞪了魏朗一眼，大叫道：“我求你别跟着我了！”

“喂，好心没好报，我只是……”

程晨晨顿住脚步，冷冷地盯着魏朗：“之前我真的说错了！”

“啊？你说错什么？”

“你不是阿达，你连阿达都不如！”程晨晨大声叫道。

说完，程晨晨昂首阔步地从魏朗身旁走过，只剩下怔怔地站着的魏朗。

那个奇怪的女人到底在说什么？连阿达都不如？她是在骂我连狗

都不如吗？

魏朗暗自发笑，这女孩还真是胆大，竟然敢这么骂他，看来是不知道他生气的模样！

今天他穿的可是限量款的新鞋，却莫名其妙地被一只狗叼走了一只！

该生气的应该是他好吧？

韩东昀的右手灵动地在象牙白的书桌上游走，仿佛在弹钢琴，但对于赵谦予来说有着无形的压力。

“大哥，你别在旁边催促，快了快了……”

韩东昀默不作声，还是冷着脸盯着赵谦予看。

“搞定！”赵谦予伸了伸懒腰，把目光转向了韩东昀，一副邀功的模样说，“韩东昀，我可是帮了你大忙，你怎么感谢我啊？”

“请你喝水。”韩东昀淡漠地甩了一瓶矿泉水给赵谦予。

“喂，有没有点良心啊？你那个视频足以在校园网掀起惊涛骇浪，要不是有我，谁能在这么短时间内让这个视频消失？”赵谦予沾沾自喜道。

“废话那么多。”

韩东昀拧开一瓶矿泉水，靠在沙发上喝起来。如果不是因为程晨晨，也不会有这样的视频吧？更可笑的是，竟然有人以为他是 gay？说出去，体校人可以笑上整整一年了吧。

至于那个视频，还好，没有扩大化。

“不过……那个女生是谁啊？很有趣啊！”赵谦予坐在韩东昀的身旁，好奇地问道。

韩东昀漫不经心道：“不认识。”

“不认识？骗谁啊，那样的对话像是不认识的吗？还有……你真的是为了证明自己不是 gay，所以亲了人家？”

赵谦予同韩东昀是多年好友，难得逮到八卦韩东昀这样冷冰冰的人的机会，当然不能手下留情。

"嗯。"韩东昀反问道，"要不然你以为？"

赵谦予就知道不可能从韩东昀的嘴里探出什么消息，只能悻悻地说："嘁！谁信啊！"

程晨晨和阿达相处了五年，有的时候她也会嫌弃自己的狗蠢笨不够机灵，但是阿达是她最好的小伙伴，无论难过还是开心，它永远陪伴在她身边。

阿达从来不会不回家，这次不回家，她很是担忧。

第二天，程晨晨一大早就在校内的打印店等着将阿达的"寻人启事"打印出来。她捧着一沓单子走出打印店的门，刚走两步，却迎头撞上了一个男人。

"寻人启事"散落了一地，她一边埋头捡传单，一边不停地道歉，面前的男人也俯下身来帮忙捡着传单。

捡着捡着，她抬头一看，不看不知道，一看吓了一跳，是韩东昀！她一下子慌了神："你……你……怎么是你啊？"

"就允许你来打印店吗？"韩东昀冷冰冰地回道。

她面红耳赤，突然想起那天的吻，心怦怦怦地跳个不停。

"那天……"她犹豫纠结了半天，那天似乎是她不对，可他也强吻了自己啊，难道她真的要认错吗？

"那天……我……"她结结巴巴了半天，还没说出下一句话。

"那天的视频我已经处理好了。"韩东昀轻描淡写道。

"真是抱歉，那天的闹剧我……我好像有点蠢……"程晨晨低着头有些不敢面对韩东昀。

韩东昀又淡淡道："的确有一点……"

这人怎么老是嘴不留情呢！程晨晨在心里埋怨道，抬头一瞬却对着韩东昀傻笑起来。

“不过……谁让我长得那么像gay。”

程晨晨直接被韩东昀的话逗乐了，忍不住笑了起来。

“很好笑吗？”韩东昀冷眼看她。

“没有，没有，一点都不好笑……”她慌里慌张地拾起地上的传单，站起身不敢看韩东昀。

“这是你的狗？走丢了吗？”韩东昀问道。

程晨晨缓缓点头，解释道：“对，昨天刚走丢的。”

韩东昀轻笑一声：“你真的以为这些传单能找到狗吗？”

“那还有什么办法？朋友圈，微博，我都用了。可是到现在还没有消息……”程晨晨弱弱地叹了口气。

“有个专门寻狗的网站，那里有很多爱狗人士，应该能帮上你。”韩东昀又道。

程晨晨眼睛一亮，忙不迭问道：“那网址是什么？可以告诉我吗？”

“当然可以。”他的声音一如既往地平淡。

“太感谢你了。”程晨晨仿佛看到了一线曙光，激动地说道。

“你要怎么感谢我？”韩东昀冷不防问道。

“啊？”程晨晨吃惊地看着韩东昀。

韩东昀又道：“你上次的鱿鱼大餐做得很不错。有机会再做给我吃吧。”

程晨晨偷偷侧头看了一眼韩东昀，他还是一副面瘫的表情，可程晨晨的内心如同小鹿乱撞，他刚刚是在夸我吗？

做给他吃？这是什么意思？

真的好难猜啊！

“喂，小保姆！我找到你家的蠢狗了！”

程晨晨朝着远处望去，魏朗牵着一只哈士奇朝着她和韩东昀走来。程晨晨激动不已地迎了上去，叫道：“阿达……”

“阿达，你终于回来了！你知不知道我有多担心，你到底跑到哪里去了啊？你知不知道……”程晨晨走近一步，诧异地问道，“奇怪了，为什么我叫阿达它却没反应呢？”

魏朗坏笑了两声，道：“离家出走那么久，不认得你也是正常的，而且你家阿达不是很蠢吗？”

“可是……”程晨晨俯下身来，仔细地看着面前的阿达。

背后的韩东昀突然冷笑一声：“嗬，鱼目混珠！”

“喂，韩东昀你不要乱说啊！”魏朗急躁地大声叫道。

“前段时间听说有人用萨摩耶扮作哈士奇！”韩东昀淡淡地说。

“喂，韩东昀，这是货真价实的哈士奇好不好！你当我眼瞎啊！”

“不……它不是阿达！”程晨晨仔细观察面前的哈士奇后，起身说道，“它不是阿达，阿达的耳朵上有块伤疤。”

“这……这也能发现啊……”魏朗目光闪烁道。

“魏朗，你干吗骗人！”程晨晨气得直跺脚。

魏朗漫不经心地说道：“我这不是看你那么爱狗，狗丢了后那么难受吗？不然我才不会花钱去买一只狗呢。而且反正都是哈士奇，没差别啦！”

“怎么会没差别！它们在你的眼里都是狗，可是阿达在我心里是亲人，请你不要浪费我的时间！”程晨晨愤愤不平地离开。

魏朗站在原地一阵郁闷，韩东昀却轻巧地勾了勾唇：“不是怕狗吗？为了程晨晨买了一只狗？”

“有意见吗？”魏朗睨了一眼韩东昀。

韩东昀微微耸肩，道：“没意见。”

见韩东昀走远，魏朗和脚下的庞然大物立即保持一定的距离。他一阵惆怅，好不容易鼓起勇气去宠物店买了只狗，现在要怎么处理这只狗？

从早上忙活到晚上，程晨晨总算把手中的“寻人启事”贴在了阿达走丢的几条相邻的街道，这样一来，回到家已经很晚。她活动了一下生硬的肩膀，看到沙发旁只亮着一盏小壁灯，而程威坐在沙发上似乎在等自己。

“姐，你今天没去训练吗？”程威问道。

“阿达丢了，我今天去找阿达了。反正我最近没有比赛。”

程威看着程晨晨，半天才道：“姐，对不起，那天我的态度有问题。要不是我那样对你，你也不会那么晚不回家，阿达也不会去找你了……”

程晨晨也对自己的冲动行为感到懊恼：“其实我也有错，我……我不该怀疑你的性取向的，还误会了你和韩东昀……”

“姐，其实刚刚哥打电话过来了。”

“哦。”

“他说他找到阿达了！”

“什么！这是真的吗？”程晨晨惊喜地大叫道，“那阿达呢？是不是在韩东昀家里？我要去接阿达！”

程晨晨打了辆的士，到了韩东昀住的小区。她站在韩东昀的家门口，按下了门铃。

“叮咚——”

门被打开，程晨晨首先见到的不是韩东昀，而是跃到她身上的庞然大物。

阿达！

这回真的是阿达！

阿达热情地扒在她身上舔来舔去，程晨晨被阿达逗得“哈哈”大笑，想起面前还有韩东昀，程晨晨这才收拾起了这一阵狂笑。面前的韩东昀穿着一身格子的家居服，整个人显得修长有型，他表情淡然地说道：“正好邻居捡到了一只流浪狗，我对比了下你的‘寻人启事’，应该是阿达。”

“原来是你邻居找到的啊！可是阿达怎么会跑到这么远的地方啊？”程晨晨疑惑地问道。

“因为我的邻居也养了只哈士奇，不过是只母的。”韩东昀淡淡地回道。

“阿达，你还真是重色轻友啊，有了女朋友就不要主人了啊！”她用力地揉了揉阿达的头发。

“有问题吗？”韩东昀面无表情地问。

“没有没有，当然没有……”程晨晨高兴地摸了摸阿达的头，说，“能找回阿达我很开心。”

“我也很开心。”

“嗯，谢谢你啊……”程晨晨抿嘴道谢，指引着阿达回家，“走吧，阿达，回家了……”

程晨晨走出一段距离，回头一望，阿达没有跟上来，竟然仍在门口依依不舍地站立在韩东昀的身旁。

“阿达，我们要回家喽……”程晨晨半蹲着身子，拍拍手，催促道。

阿达仍然没反应，一脸的懵懂，杵在了原地。

程晨晨不得不往回走。阿达越来越坏了，离家出走就算了，现在还不想回家。

“还是在我家再坐会儿吧。”男人突然建议道。

她愣了愣，望了望殷勤地看着她的阿达，只能答道：“那麻烦你了。”

上次是为韩东昀修电路，这次是来他家做客，程晨晨显得稍许紧张。她慢慢参观了一下韩东昀的公寓，突然想到了什么，特地往饭厅一望，那台旧冰箱的位置已经换成了台新的大冰箱，她这才放心地坐回了沙发。

韩东昀递过来一杯茶水，程晨晨接过茶水，笑道：“你们家的冰箱终于换了啊。”

韩东昀点点头说："我哥是个很念旧的人，那台旧式冰箱是他用第一份工资买的，所以他一直舍不得换，直到上次发生漏电事故。"

"上次……"程晨晨尴尬地摸了摸头。

"上次还是要谢谢你……救了我。"韩东昀轻轻啜了口茶，语气薄淡地说道。

韩东昀突然的一句话，让程晨晨微微有些吃惊。她似乎没有料到韩东昀会说这些话，他上回在医院的时候对她可不是这副模样啊……

"不好意思，上次因为魏朗，在医院我不得已利用了你。"韩东昀端起白色透亮的骨瓷杯，轻轻地抿了口茶说，"其实我应该和你说声谢谢。"

客厅的灯光并不够明亮，有些偏淡偏黄，半靠在沙发上的韩东昀姿态舒服地融入这样的暧昧的光晕中。

虽然，这人说话总是不怎么好听，但是此刻，她还是有点莫名的感动。

是从什么时候开始，她见到韩东昀心里就会有一种"怦怦怦"小鹿乱撞的感觉的呢？

她偷偷咽了咽口水，骤然间，客厅陷入了一片黑暗。

阿达不安地"汪汪汪"了好几声，程晨晨迅速起身，想去看看出了什么问题。

"你去哪里？"

她的手突然被一只温热的手握住，她舌头打结道："我……我去看看电路是不是又出了问题……"

"你忘了你没有执照吗？"韩东昀反问道。

程晨晨刚才的反应，完全出于一种从小开始的本能行为，而男生却把她按回了沙发上："你先坐吧，我去看看。"

黑暗中，她静静地坐着，正想掏出手机，一只烛台已经立在了矮几上照亮了她周围。韩东昀拉开窗帘，望了望窗外，又打了个电话，坐回了沙发，淡淡道：“这回是小区停电。”

“原来如此……”程晨晨摸了摸身旁的阿达毛茸茸的下颌，向韩东昀告别道，“既然停电了，我也不打扰你了，我带阿达先回家吧。”

“别走，这里……黑漆漆的……”

程晨晨突然感到一只温热的手紧紧地握着她的右手，烛光摇曳，她感到自己的脸庞温热了起来。

难道这位“短道速滑之光”还怕黑?

“我还没吃晚饭，你等我吃完再走吧。”

“啊？”等你吃完?

韩东昀也不顾程晨晨的反应，兀自去了厨房准备，她只能愣愣地和阿达待在一起。可是没有电，韩东昀能吃什么呢!

不一会儿，韩东昀端来了两大盆沙拉，而在程晨晨眼里就是两大盆草，她客气道：“不用不用，我真的不喜欢吃草……哦不，沙拉……”

韩东昀听罢，转身又去了厨房。程晨晨只好望着两盆沙拉发呆，没想到阿达却对两盆草很感兴趣，前爪往前一伸，低头一叼，一口西红柿到了嘴里。

程晨晨忙不迭地端起那盆沙拉要躲开，阿达却抬头眼巴巴地盯着它伸出了舌头，万分可怜的模样。

她把沙拉移到远点的地方，阿达向前一扑，又从另一盆沙拉里叼出了一个西红柿。

“阿达，你什么时候也吃草了？不许，不许！”

她又夺过这盆沙拉，阿达不满地冲着她狂吠，一下，两下，越吠越大声，她不明所以地放下沙拉。

可阿达仍然狂吠不止。

程晨晨这才回头一看，这一看，她大吃一惊，沙发上什么时候冒起了火苗?

一定是刚刚和阿达抢沙拉的时候碰倒了烛台。

看着歪倒在沙发上的蜡烛，程晨晨慌了神，她迅速拿起身边的靠枕一阵狂拍。

她手忙脚乱地扑灭了火苗，此时客厅骤亮。

来电了！

程晨晨抱着抱枕回过头，韩东昀正捧着两杯橙汁目光沉郁地盯着自己看。

那样让人生畏的目光让程晨晨变得语无伦次起来："我……刚才……对不起……我也不知道怎么就着火了……"

她硬着头皮看了看铺在皮质沙发上的沙发垫，上面有个被火烧出来的洞。

"沙发垫……和抱枕……贵吗？"她僵笑着问，心想要怎么赔偿人家。

韩东昀耸耸肩，淡淡地说道："不贵，打完折一千多。"

一千多！她咬着唇，默默地把刚刚的念头吞了下去。

闹了这么一出，她无心再在韩东昀家待下去，只能低头连续说了几十遍对不起，缓缓地退出了韩东昀的家门。

"如果你真的想补偿什么，以后机会很多。"

"啊？"

韩东昀莫名其妙的一句话，让程晨晨觉得一阵不解。

"到时候在集训基地再见吧。"韩东昀又道。

集训基地？她没有机会去基地参加集训啊。她解释道："对不起，我还没有资格去那里训练。"

"会有机会的。"韩东昀微微扬起嘴角，不动声色地笑了笑。

"阿达，回家了。"她俯下身摸了摸阿达的脑袋，埋怨道，"你今天特别不乖哟。"

她给阿达上了狗链，正准备牵着它走，阿达却以迅雷不及掩耳之势蹿进了韩东昀的家。

程晨晨震惊不已，阿达从来没有这样过，它竟然不愿意回家！

离家出走就算了，现在赖在别人家不愿意回家是怎么回事啊！

程晨晨大为震怒，她想进去追回阿达，却被韩东昀拦在了门口。

“算了，今晚阿达就在我这儿睡吧！”

程晨晨望了望朝着她吐舌头一脸得逞模样的阿达，又问道：“你确定可以吗？”

“嗯。”韩东昀轻描淡写地“嗯”了一声，“那就这样，晚安吧。”

伴随着一声关门声，程晨晨寂寥地独自一人往回走。全世界喜欢韩东昀就算了，为什么连她家的狗都喜欢韩东昀！

送走了程晨晨，韩东昀看了看沙发垫上的破洞，长叹了口气，突然他又觉得客厅多了一股难闻的味道。

他循着味道，侧头一望，阿达已经跳上了另一边的沙发，安静地抬起了右后腿，不一会儿，沙发上多了一大摊热流。

“Oh，my God！”

阿达竟然在他的沙发上撒尿！

这款真皮沙发可是他那有品位的哥哥亲自挑选的，现在好了……

韩东昀郁闷地抓了抓头发，看来主人麻烦，宠物也麻烦。

他怎么会主动要求收留这只狗呢？韩东昀自己都不明白了……

第三章 你是我的3C产品

第二天一大早，阿达就被送回了家。她开门抱起狗想邀请韩东昀吃早餐，还没来得及多加挽留，韩东昀却匆匆骑着车走了。

她望着韩东昀的背影有些发呆，倒是程威咬着面包，眉眼一弯，笑意浓浓道："姐，看什么呢？"

"啊？"她看着背着书包的程威，语无伦次道，"你……大……早上说什么呢！"

程威耸耸肩，道："我才要问你呢！一大早受了什么惊吓，话都说不清了！"

程威说完撇撇嘴。程晨晨也有些纳闷，她到底怎么了，总觉得看到韩东昀就有些脸红心跳呢。

谁想到，第二天，韩东昀那句"会有机会的"就得到了验证。程晨晨被林教练叫进办公室，告诉她，这次集训有她的名额。

她喜不自禁，简直难以置信。难道是她前两天踩到了阿达的狗屎，才会有这样的狗屎运吗？

算了，先不想那么多，来之不易的机会一定得好好珍惜。她开始筹谋去集训要带些什么。这次去集训主要有三支队伍，一支是男子花样滑冰队，一支女子花样滑冰队，第三支就是男子短道速滑队。这么一看，她极有可能遇到韩东昀和魏朗。

到了郊外的集训点，程晨晨首先想找的人是苏岚希。苏岚希和安小沫已经提前两天到达了集训地点，不知道两个人的集训成果如何，她一下车就忍不住奔向冰场。

果不其然，苏岚希正在进行训练，翩翩起舞的苏岚希宛若电影里穿着蓝裙的爱丽丝。

跳跃，旋转，连接步，简直完美无缺，让人为之着迷。

程晨晨忍不住欢欣雀跃地鼓掌，不料身旁有掌声先响起。程晨晨侧头一看，身旁站着一位穿着黑色毛衣的男生，狭长的双目含着微笑，看起来是位温润如玉的男生。

程晨晨又望了望不远处的苏岚希，看来这位男生是苏岚希的倾慕者，貌似还不错呢。

程晨晨忍不住对照着前段时间看过的言情小说想了一大段情节，却突然被一个拍掌声吓了一跳。

“嘿，晨晨，好久不见啊！”一头齐耳短发的安小沫穿着队服，笑盈盈地打招呼道，“你是来这里帮忙的吗？”

程晨晨不解地问道：“帮忙？”

“教练不是叫你上食堂来帮忙的吗？”安小沫反问道。

什么啊，她来这里不是参加集训的吗？怎么会变成厨房帮工？

“这里集训基地的食堂阿姨缺人帮忙，听说你的厨艺不错呢。”安小沫尾音轻轻上扬，却不像夸奖。

“你应该是胡乱听说的吧。”程晨晨闷闷地回道。

“晨晨，你到了。”

程晨晨和安小沫同时回头一看，是林教练站在了她们的面前。

“是啊。刚到不久，想看看自己是不是跟得上进度。”程晨晨安安静静地立在原处。

“晨晨刚刚还说要去食堂帮忙的。”安小沫夺过话头道。

“我……”

“也是，现在你还没开始集训，你今天就先去食堂看看有什么可以帮忙的吧。”林教练赞同地说道。

“可是……”

程晨晨看了看身旁幸灾乐祸的安小沫，只能忍气吞声道：“好的，教练。”

她跺着脚气急败坏地往回走，此时在一旁的穿黑色毛衣的男生早已把一切看在眼底，他微微扬着眉，冲着程晨晨笑了笑。

唉，她怎么那么倒霉啊，陌生人都能笑自己！

安小沫！真是气死人了！

食堂的饭菜已经做好，厨师长安排她给队员们打菜，一个接着一个，有条不紊。她自己明明也饥肠辘辘，看到喷香的饭菜更是忍不住流口水，可是只能先帮着打完菜。

“下一个。”她喊道。

一只干净的手徐徐递来餐盘，她迅速接过，问道：“同学，要什么菜？”

“只要青菜和胡萝卜。”

“其他呢？”

“不要。”

她视线不经意一抬，发现这个清冷的声音来自韩东昀，他的目光也如声音一般清淡。

只吃两个素菜，这样可以支撑下午的训练吗？

她担忧地看着韩东昀，他却淡淡地接过餐盘，转身离开。

是因为鱿鱼卖光了吗？

那他不吃其他的肉吗？

她有些走神，直到后面的同学不断地催促着她，她才回过神来。

韩东昀今天的确没什么胃口，他来到食堂时，鱿鱼已经打完。本来可以退而求其次，吃鱼也不错，可惜和鱼沾边的菜早已打光。

算了，他一直那么挑食，宁愿饿死也不委屈自己。

程晨晨帮同学们打完菜，才轮到自己吃饭，可惜菜已经所剩无几，她只能将就地打了两个菜，想在食堂里寻找位子坐下。

本想着这个时候学生应该散得差不多，没料到这个破旧的食堂其实才五十平方米，是个旧职工宿舍改造的，就餐位子本就不多，根本容不下所有集训同学同时吃饭。

她端着餐盘想了想，要不然回到厨房去吃好了。刚准备离开，背后就有人在叫："嘿，小保姆。"

到底要说多少遍，她不是小保姆！

她不用回头也知道，一定是那位痞气十足的公子哥儿魏朗。

她挣扎着不想回头，后面的男生却坚持不懈地喊得越来越大声："嘿，小保姆，你去哪儿？"

程晨晨硬着头皮转过身，看见魏朗坐在一个单人的位置上，对面的男生已经被他驱赶走了。

"坐这儿吧。"他口吻霸道十足。

她内疚地看着起身离开的男生，忙不迭地道："不用了不用了，我有地方坐。"

"小保姆！你还在生气吗？"

魏朗越叫越大声，恨不得整个食堂都听到，她只能越走越快，半路却被一个黑影拦了下来。

喂喂，别挡路好吗？

"程晨晨吗？"

不是熟悉的声音，她认识吗？抬头一看，面前的男生竟然是在冰场内观看苏岚希练习的穿黑毛衣的男生。

怎么会是他？

"我们那儿有位置，一起坐吧。"他指了指角落的位置。

程晨晨顺着男生手指的方向一望，角落坐着的人是韩东昀。

二选一，那么她宁愿选择和韩东昀这个冰山坐在一起。

“好啊。”

“赵谦予！”魏朗不耐烦地站了起来，走到男生的跟前，问道，“没看到我想邀请她吗？”

真是莫名其妙……

程晨晨郁闷至极，怎么不见岚希？她在的话，肯定能够解决这个尴尬的境地了。

“可是人家女生不想和你坐啊。”赵谦予一脸平静地笑了笑。

“是吗？”魏朗定定地看着程晨晨，目光中带着强烈的不容拒绝的意味。

魏朗和赵谦予面对面僵持了很久，两个大男生，如两棵耸立的大树般站着，半步都不动弹。

食堂刹那间变得安静极了，听不见说话声，连碗筷和餐具的碰撞声都变得小心翼翼。

程晨晨动了动喉咙，却什么也没有说。她迅速转身，朝着韩东昀的位置走去，然后顺势坐在了他的面前，埋头一言不发地吃起来。

也不知道这样的僵持过了多久才结束，赵谦予端着餐盘坐在了程晨晨的旁边。

他嬉皮笑脸地八卦道：“嘿，你就是视频里的那个女主角啊！今天正好可以面对面地八卦一下，你哪里觉得韩东昀喜欢男人？”

程晨晨直接被饭呛到，半天憋不出一句话，只能偷瞄了一眼韩东昀，他却显得若无其事并不接腔。

“你……你是怎么知道的啊？”程晨晨问道。

“视频是我解决的，我能不知道吗？”赵谦予笑意盈盈，继续追问道，“嘿，我看你跟魏朗也很熟啊？你是他家的保姆啊？他怎么叫你小保姆？”

“小保姆”这个称呼还不是因为韩东昀吗？她又把目光转向了韩东昀。他终于抬头看了一眼赵谦予，说：“赵谦予，你怎么这么多八卦？”

“无八卦不娱乐嘛，是吧？”赵谦予又转向了程晨晨，道，“魏朗，该不会是喜欢你吧？”

“怎么可能！”他们互相讨厌都来不及。

“哦，他刚刚说了吃完饭可是要找我算账的。你看我为你牺牲了这么多，是不是有什么好玩的消息和我交换啊？”赵谦予眉飞色舞，笑意满满。

程晨晨觉得这个刚刚认识的赵谦予跟韩东昀简直就是两个极端，一个话多得惊人，一个话少得可怜。这两个人怎么会成为好朋友呢？世界真是无奇不有！

韩东昀瞪了赵谦予一眼，赵谦予笑了笑，却忍不住又问程晨晨：“你跟苏岚希很熟吗？”

“干吗？”程晨晨警惕地看着赵谦予。

“哦，我想追她啊！”赵谦予倒是坦白从容。

程晨晨惊奇地看着赵谦予，这人还真是坦白！

赵谦予一脸坏笑地反问道：“很奇怪吗？”

“也没有……只是……”

“什么？”赵谦予继续问道。

此时，韩东昀突然搁下汤匙，端起餐盘要走。

“东昀，你就吃这么一点啊？”赵谦予问道。

“嗯，你话这么多，让我没胃口。”

“可是下午要训练啊。”

韩东昀背过身去，只留下瘦削坚毅的背影，走了两步，他突然回头对着程晨晨语重心长道：“你可以不用理他。”

说完，他继续迈着长腿离开。

“喂，东昀，到底是不是哥们儿啊！”赵谦予一副苦大仇深的模样。

程晨晨突然觉得有些好笑。

赵谦予撇撇嘴，道：“你不要理他才对！”

“为什么？”程晨晨认真地问道。

赵谦予扬眉笑了两声：“因为他一点也不幽默啊。”

幽默，好像韩东昀真的一点也不幽默。

程晨晨吃完饭，回到宿舍收拾行李。教练安排她和安小沫一间房，虽说她并不乐意，但也只好听从安排。

午休的时候，安小沫不在宿舍，苏岚希来看她，谈论的大多是她这段时间短曲和长曲的训练成果，还有这次比赛最大的竞争对手。这种小比赛对于苏岚希来说应该是志在必得，看到苏岚希兴致勃勃的模样，程晨晨有些插不上话。

苏岚希似乎察觉到这一点，立转换话题问道：“咦，你不是今天早上就到了吗？怎么都不在训练场上啊？”

“我看了会儿你的训练就去食堂帮忙了。”程晨晨一面认真地铺着被子，一面答道。

“是吗？我都没看到你。怎么会去食堂帮忙了？”苏岚希问道。

“反正今天我还没开始训练，闲着也是闲着。”程晨晨虽说因为这件事有些不开心，但是又不想苏岚希因为自己和安小沫弄得不开心。

“今天教练带我们去外面开小灶，所以没在食堂吃饭。”苏岚希笑了笑，然后坐在床上说道，“我看到短道速滑队也来了，你看到韩东昀了吗？”

“看到了，今天还在食堂一起吃饭了。”程晨晨随口答道。

“你们一起吃饭？”苏岚希惊讶地问道。

程晨晨忽然想到了什么，她盘膝坐在了床上，说：“还有一个……你的倾慕者哟……”

苏岚希“嗤”了一声，道：“真的假的啊！”

“真的啊，他早上还在冰场看你训练，长得还不错，就是油嘴滑舌了点……”

她们这个年纪的女生听到有人喜欢自己，难免会有点春心荡漾，也会想知道那男生长什么模样，苏岚希却对这个男生毫无兴趣，似乎心有所属。

程晨晨似乎也觉察到了这一点。虽说她和苏岚希两人做闺蜜多年，但苏岚希很少透露心事给她，也从未和她提过她喜欢的男生是什么样的。不过苏岚希的眼光应该很高吧，毕竟她就是程晨晨心中真正的冰上公主。

应该很少有男生不喜欢她吧？

整理完宿舍，程晨晨望了望楼下的小道，空荡荡的没有人。严寒的冬天，那些花早已过了花期，很多灌木也只有萧条的模样。

程晨晨轻叹了口气，唉，真是无聊！算了，还是去食堂帮忙吧！

不能训练，也只能当厨娘了！

食堂的人对程晨晨的到来也感到好奇。大多来集训基地的学生都在火急火燎地忙着训练，大概只有她这么无聊。

张大厨是个五十岁的大叔，食堂本来就缺人，见有程晨晨这么能干的小姑娘帮忙，自然乐得轻松。重点是，她还是免费的人手。

晚上，韩东昀还是很晚才到食堂，依然没有吃上他喜欢的鱿鱼，所以也只是吃了两个素菜。她应该提醒他，早点来才能打到喜欢的菜吗？可是，她以什么身份呢？！

她忙完后，发现食堂后厨正在吃饭，张大厨热心地让她一块吃。她本不想多打扰，但是一眼就看到了酱烧鱿鱼圈，于是喜滋滋地打了一小碟。

希望他还在食堂吃饭！程晨晨穿梭在拥挤的食堂，目光在不同的脸庞上搜索，看到赵谦予！他对面那个男生就是韩东昀！

“嘿，好巧啊……”程晨晨努力装作偶遇的模样。

韩东昀仍然低头吃饭，倒是赵谦予很热情地邀请道：“快快，一起坐吧！我跟个木头一起吃饭，怪无聊的！”

“你打了什么菜？一起分享啊！”赵谦予迫不及待地探头到程晨晨的餐盘。

“哇，有酱烧鱿鱼圈呢！这可是东昀最爱吃的东西。”赵谦予夸张地笑了两声，“该不会是特别为韩东昀准备的吧？”

“才不是呢。”程晨晨显得有些羞涩，解释道。

她把那碟酱烧鱿鱼圈递到了餐桌中央，说：“我从后厨的工作餐打来的。是他们剩下的，一起吃吧。”

“原来是特别待遇啊！”赵谦予毫不客气地夹了一片鱿鱼，又问韩东昀，“怎么？不吃啊？”

“谢谢……”韩东昀目光清明，“可是我没什么胃口。你们吃吧。”

韩东昀端起餐盘，起身就走。程晨晨望着韩东昀的背影，有些怅然若失。她的心意好像就这样被辜负了……

她忍不住轻轻叹了口气。

赵谦予托腮注视着程晨晨，又望了望走远的韩东昀，突然恍然大悟。看来，这女孩的目的不纯粹啊，应该是喜欢韩东昀的吧。

“吃饭啊，干吗看我？”程晨晨转头注意到赵谦予奇怪的目光。

“东昀最近和他哥哥吵架了，心情有点不好，你不要介意啊。”赵谦予解释道。

“他哥？为什么啊？”她忍不住问道。

“其实具体我也不知道。认识这么久，我也没见过他哥。不过，别看他这么冷漠，有主见，好像他对他哥哥的事情很在意，都有点唯命是从了……”赵谦予扬着眉，又道，“是不是觉得很奇怪？”

“哦……”程晨晨若有所思。

“要不然我们做个交易吧。”

“交易？”

赵谦予凑近了一点，小声道：“我帮你追韩东昀，你帮我追苏岚希，如何？”

“神经病啊！”程晨晨立即起身，红着脸心虚地骂道，“不知道你在说些什么！”

她连饭都没吃完就急急离开，这样的局促却不经意地透露出她内心的紧张。赵谦予望着离去的女孩的背影，独享着那份酱烧鱿鱼圈，忍不住意味深长地笑了起来。

待到傍晚，程晨晨一人背着书包来到了冰场。她还是忍不住想滑一滑，集训基地的冰场按照正式比赛的标准来维护，冰面的质量会好很多。这个时点训练已经结束，空落落的冰场凉气逼人。

程晨晨深吸了一口气，她喜欢这里的味道，对，久违的味道！

她拉开衣服拉链，露出了她的冰上战衣，穿起滑冰鞋，闭了闭眼，慢慢地吐了一口气。

她打开音箱，轻巧地做了准备工作后，音乐响起，还是柴可夫斯基的芭蕾舞剧《睡美人》。

熟悉的动作做了一遍又一遍，她记得很清楚，生怕遗漏。

她嘴角保持着笑意，动作轻盈。

下一个动作是后外结环跳。

天旋地转，头晕眼花，呼吸急促，她重重地坠落在冰上。

失败了！

她坐在冰上，捂着脑袋感到无比泄气。

“你可能不适合吧。”

她抬头看见韩东昀穿着身白色冲锋衣，轻靠在栏杆旁边，目光干净纯粹。

“什么？”她站起身，问道。

“不适合从事花样滑冰这项运动。”男生环抱着双肩不急不慢道。

她动了动唇，有些不甘心：“为什么这么说？”

“只是个人观点。”他淡淡道。

“个人观点？”她皱眉看着韩东昀，他不知道他这句话对她来说太过严重了吗？

“人应该从事身体所能承受的事情。”他的眼睛漆黑幽深，看起来无比认真，“如果强迫自己，也许会输得很难看。”

“我的情况我自己清楚。”她有些生气，瞪着眼说。

她知道，他想说的是自己的过敏性哮喘。

韩东昀没有料到眼前的女生看似那么软弱，可是戳到她神圣不可侵犯的地方时，会恼怒得像一只小老虎。

可是他也不知道为什么觉得这样的她可爱得很。

他忍不住轻笑着背过身，迈开长腿，就要离开。

她望着他的身影欲言又止。她脱下冰刀鞋，在休息区休息。可再次抬头的一瞬，她看到一个高大的背影在门口轰然倒下。

韩东昀？

她大叫一声，急急地冲到了门口。只见韩东昀平躺在地上，双眼紧闭，嘴唇发白，脸色难看。

又是这样猝不及防的晕倒……

第一次是触电，这一次是什么情况？

她俯下身，轻轻摇了摇韩东昀，叫道：“韩东昀，喂，醒一醒啊！”

怎么办？按照上次的办法做急救？

她微微低头，整个人坐在了韩东昀的身上，两只手放在韩东昀的胸腔处，一下一下有力地挤压。

可是，人还是没有苏醒的迹象。她俯下身来，想听听他心脏的跳动，似乎没有问题……

难道还要人工呼吸？

上次被他打了那一巴掌还不够啊？程晨晨腹诽道。

“你在干吗？”一声大喝把她吓了一跳。

她猛地停下动作，抬起头来，迎接她的是凶神恶煞的目光。

“韩……东昀，他……他晕倒了。”她皱眉紧张地说道。

眼前的女生柔柔弱弱，语无伦次，可是那忧愁的眼神，真是让魏朗又心疼又恨得牙痒痒。

为什么她身下的那个人是韩东昀！

为什么她担心的人不是自己呢？

“让开！”

他暴躁地拉起她，迅速地背起韩东昀就往医务室的方向跑去。程晨晨只能紧紧地跟在其后。到了医务室，医生做了些检查，过了一会儿，韩东昀就苏醒了，问题不大，是低血糖晕倒。

“因为没有好好吃饭才晕倒的吧。”程晨晨站在一旁忍不住小声嘀咕道。

韩东昀要留在医务室挂水，她望了望他苍白的脸，竟然有些失神。

“干吗还站着，还不走？”魏朗恼怒道。

她还没反应过来，就被魏朗一把拖出了医务室。她疼得嗷嗷大叫，用力地甩开了魏朗的手，显得有些厌恶：“你干吗那么大力啊！”

魏朗的一双眼睛深邃看不见底，他直直地盯着程晨晨，问道：“你担心他啊？”

程晨晨心虚地移开目光，怯怯道：“我……回宿舍睡觉……”

“我送你。”魏朗斜唇微笑。

这么好心，还是不要了吧……

她干笑了两声，没有应答。魏朗又用了一种命令的口吻道：“你知道你拒绝不了我的。”

好像是那样，程晨晨倒吸了一口冷气。

她不急不慢地和魏朗往宿舍的方向走去。集训基地的宿舍本来就少，只能按照几支队伍安排，不可能严格按照男女宿舍制度管理，所以魏朗也能来到女生宿舍的楼层，他直接陪同程晨晨到了宿舍门口。

她有种解脱的感觉，笑道："那我进去了，拜拜。"

夜已经深了，屋内的灯都已经熄了，安小沫应该早已入睡，只剩下走廊里影影绰绰的灯。她还在想着，要怎么轻轻进入宿舍，才能不打扰到安小沫。

魏朗却打断了她的思考："你今天中午为什么不和我一起吃饭？"

"啊？"程晨晨眨巴眨巴眼睛，还说呢，不就是不想面对着凶巴巴的他吃饭吗？

"还在因为阿达的事情呢？"

"没有。"

"讨厌我？"魏朗又问。

程晨晨目光飘忽，她不想撒谎，她就是不喜欢凶巴巴的魏朗啊。

"是吗？"魏朗提高声调追问道。

"没有啊……"她拧巴地解释道。

"那我们在一起吧！"他突然说道。

"啊？"她震惊地盯着魏朗看。

他十分认真地盯着程晨晨看了半天，再次重复道："你不讨厌我，那就和我在一起吧。"

程晨晨此时的所有心情就是个大写的蒙。开什么玩笑啊？不讨厌你，所以要和你在一起，这又是什么道理！这男人的脑回路有问题吧……

她哈哈大笑两声，掏出钥匙边准备开门边说："你就别开玩笑了，一点也不好笑。"

"我没有开玩笑，我想和你在一起。"他夺过程晨晨的钥匙，下巴轻抬，口吻凶恶地说道，"我让你走了吗？"

被困在魏朗和门之间的程晨晨脸蛋涨红，手足无措，魏朗却心情大好。他也不知道自己这种欺弱的快感从哪儿来的，可是欺负面前的女生让他感到心情莫名的好，这么想，好像自己是个变态一样。

他俯下身，轻描淡写地在程晨晨的额头上轻轻啄了一下，像是一个象征性的吻。程晨晨惊恐地睁大眼，说不出话来。

“程晨晨，你到底还让不让人睡……”

宿舍的门被人用力打开，穿着睡衣的安小沫吞下了最后一个字，惊讶万分地看着魏朗和程晨晨。

“吵到你了吗？”魏朗半眯着眼，不耐烦地冲着安小沫问道。

安小沫怔了怔，用力摇头：“没有……”

“那就好……”

他暧昧地推着程晨晨进了屋子，嘴角噙着明朗的笑意，道：“明天一起吃早餐吧，晚安……”

直到魏朗的背影消失在楼道，程晨晨还是目瞪口呆，她根本还没有从刚刚那瞬间发生的事情中反应过来。倒是安小沫先帮着合上了门，笑着说：“别恋恋不舍了，明早不是还要一起吃早餐的吗？”

她望着安小沫，猜想她一定误会了她和魏朗的关系。可是这要从何说起呢？好像真的很难解释清楚。

“不过，晨晨，你真的很了不起……”

安小沫侧身挨着洗手间的门，对着正在洗脸的程晨晨道。

噗，了不起？这又从何说起？

她放下洗脸巾，说：“小沫，其实我和魏朗……”

“魏朗那样的纨绔子弟，你能抓住他的心真了不起……”安小沫声音一扯，又道，“对了，之前要是多有冒犯，晨晨你可要大人不记小人过哟。”

程晨晨一个字都没听进去，躺在床上打了哈欠，倒是安小沫仍喋喋不休道：“不过，跟校长的儿子谈恋爱也挺不好的。你想啊，校长那个老头就挺难搞定的，要是在学校传得沸沸扬扬的，指不定还会有什么话题。而且，魏朗也有蛮多倾慕者的，要是那些女孩子因爱生恨也说不定的……”

程晨晨翻了个身，这么一说，和魏朗扯上关系就是没好事！

“小沫，其实我跟魏朗根本没有在一起啊。”程晨晨忍不住说道。

她话音刚落，就听到隔壁床上传来了参差不齐的呼噜声。唉，安小沫八卦到一半居然睡着了。

第二天清晨，趁着安小沫还没醒来，程晨晨早早就收拾完毕，准备出门。她特地戴了顶黑色棒球帽，罩了个白色口罩，谨慎小心地出了门。

她可不想和魏朗吃什么早餐。要是正如安小沫所说，本来她和魏朗没什么，到时候真的传出什么才要命。

她还是躲着点魏朗好了。

她小心翼翼地下楼梯，偏偏一眼就看到站在楼下等候的魏朗，一头栗色的头发想不显眼都难。她紧张地朝着相反的方向走去。

这么早她能去哪里？算了，晨跑一下再去吃早餐吧。

想了想，她就直接跑了起来。

“喂，同学……”

魏朗在叫她？她越跑越快，可是魏朗三步并作两步就拦住了她：“同学，跑那么快干吗？哪个队的啊？花样滑冰的吗？”

她闷声地摇头，魏朗饶有兴致地问道：“晨跑啊？一起吧？”

程晨晨拉低了帽檐，咳了两声，也不管魏朗，径自快走了起来。

真是太难缠了。

“程晨晨，你家的阿达还好吗？”

“好啊，怎么不好了……”

她家的狗有弟弟看着，怎么不好了？

等等！

她顿住脚步，捂住额头，沮丧万分。完了，这回露馅了！

魏朗迅速地摘下了程晨晨头上的帽子，扯下了她的口罩，坏笑道：“干吗打扮得跟纵火犯一样？”

“像吗？”程晨晨干干地笑了笑，“有点冷而已。”

“那肯定也饿了吧，一起去吃早餐吧！”

魏朗顺势抓起程晨晨的手就要走。程晨晨瞪大了眼，环顾四周，还好没什么人。她紧张地挣脱了魏朗的手，咽了咽口水，道：“还是不用了吧，我还不饿。”

“那你现在要干吗？”魏朗问道。

“我啊……晨跑一会儿好了……”

她正准备要走，却发现魏朗用一种恶狠狠的眼神看着自己。她深吸了一口气，说：“魏朗，你别玩了！”

“你还当我是在玩吗？”魏朗反问道。

“难道不是吗？你就别戏弄我了，我没空陪你玩这样的游戏。”

程晨晨刚要走又被魏朗拖住了手臂，他深深地注视着她的眼睛，道：“我是认真的，我一直都是认真的，没有在玩！”

程晨晨心里乱成了一团麻，魏朗是认真的？可她根本理不出一条思路来。

“你在想什么？”魏朗追问。

“你昨天的话我还没想清楚……”她抬起头对上了魏朗的目光。

魏朗没有说话，眼里一闪而过的是一丝失望。他这样默不作声让程晨晨微微有些忐忑。

“你需要多长的时间想清楚？”魏朗问道。

“啊？”她只想找个缓兵之计，并没有仔细地想过这个问题。

“一周，两周，还是一个月？我和韩东昀有一场比赛，那场比赛之前你告诉我答案。”

魏朗根本没有给她任何反驳的机会，又俯下身拧眉强调道："我的耐心可是有限的。"

程晨晨倒吸了一口气，魏朗一定是玩玩而已，可是为什么对象是她呢？为什么呢！

韩东昀终于在医务室里睡了个好觉，他吃得少，睡得少不是没有原因——哥哥已经给他下了最后通牒，为他申请的美国学校已经有了回复，他应该立马回家准备办理入学手续，而不是待在体校。

可是他根本舍不得放弃穿在脚上这么久的冰刀鞋，他热爱的短道速滑怎么能说放弃就放弃，即使魏朗不逼他，他想他也应该会重新回归。

但他似乎做不到忤逆哥哥，因为他欠哥哥太多太多，已经无法还清了。

"喂，大英雄，你也会有这一天啊？"

哼着口哨来看笑话的人是赵谦予，他幸灾乐祸道："在宿舍睡不着，倒是来医务室睡了个好觉啊。"

韩东昀一副懒得理他的模样，迅速起身，穿好鞋子说："走吧，要训练了。"

"喂，教练难得给你放一天假，训练什么啊！"赵谦予紧张地说道。

韩东昀冷冷地望了他一眼，问道："我放假跟你有什么关系？"

"我特别向教练申请来照顾你的啊。"赵谦予得意道。

"偷懒还拉上了我？"韩东昀冷冷地白了赵谦予一眼。

赵谦予尴尬地笑了两声，又道："我昨天听到了一个世纪大新闻啊。据说，是魏朗背着你来医务室的。"

"是吗？"韩东昀只记得昨晚跟程晨晨在冰场，最后居然是魏朗送他来医务室的？

"不是冤家吗？这回怎么基情满满的？"赵谦予忍不住发笑道。

“哥，你没事吧！”

医务室的门猛然间像是被踹开一样，一个白衣少年背着一个书包，怀中抱着各种保养品，紧张兮兮地冲进了医务室。

“哇，这位是谁啊？”赵谦予目瞪口呆。

“哥，我一听到你晕倒了，就过来看你了。你看，这是蛋白质粉、奶粉……”

韩东昀一副无动于衷的模样，倒是赵谦予配合地看了几眼，惊讶地问道：“哥们儿，你该不会是暗恋东昀吧？”

“你是谁啊？”程威好奇地问道。

赵谦予不客气地从程威带来的礼品中打开了一盒养乐多，直接喝了起来。罢了，他勾着嘴角，兴致满满地道：“我啊，是你哥的好基友中的一个……”

“嗬——”韩东昀冷哼了一声，回头对着程威道，“你来基地，你姐知道吗？”

“不知道啊，我是特地逃课来看哥的啊……”

“我没事，你把东西带给你姐姐吧，别浪费了……”韩东昀起身穿好衣服，径自出了门。

赵谦予耸耸肩，看着程威道：“需要我帮你找你姐吗？”

“千万不要，程晨晨会砍死我的！”

赵谦予托腮思考了会儿，程晨晨是你姐？你姐明明就是只小猫咪，有这么凶悍吗？

程晨晨满心欣喜地投入训练后才知道，她这次能来基地，主要是排练短道速滑中场休息的列队滑表演，此时列队滑正好缺少人，她就被教练排了上来。

训练的地方和短道速滑的队员安排在了同一个冰场，她们十六个女生只能趁着短道速滑的队员休息的片刻排练。

列队滑主要考验队员的配合和默契程度，就像是冰上的群舞一样，步伐和手势必须协调一致，伴随着音乐变换方阵和队形，给人一种在冰上翩翩起舞的美感。列队滑难度低，程晨晨也觉得不难配合，倒是觉得有点尴尬。因为她们一众女生高抬起大腿，露出底裤的时候总是惹来现场男生调戏的口哨声。

后来，口哨声和欢呼声愈演愈烈，身后的女孩突然掉了队，程晨晨的脚尖脱离了支撑，失去了重心，也脱离了队伍，整个队伍散乱成一团，惹来阵阵哄笑声。

"喂喂——"

音乐戛然而止，广播里响起了一个声音，霸道异常："谁笑了？刚刚谁笑了？这么好笑，等会儿在我面前笑一个小时，听到了吗？"

程晨晨仔细一听，这声音不是魏朗的吗？

也只有这么暴躁的他才能让场上突然变得安静下来。

中场休息时，她找到一个偏僻的角落坐下来休息，身上突然多了一件黑色外套。

她抬头一看，魏朗已经坐在了她的身旁："穿这么少！表演就算了，其他时候我就不希望你被别人看了。"

程晨晨清了清嗓子，偷偷望了望四周，尽量挪开身子和魏朗保持距离。

"水。"

魏朗递过矿泉水，程晨晨接过来站起身，说："我去换衣服，你好像要开始训练了，拜拜。"

"3C，给我站住！"

程晨晨冷不防地怔住了，魏朗什么时候又给自己起了个外号，3C？

魏朗绕到程晨晨的跟前，下巴微扬，抑扬顿挫地宣布："我想了想，之前说的话都不算数了，我不想等你那么久了。"

开什么玩笑，一天就变了？程晨晨一阵无语，只能弱弱地说道：“那……你想干吗？”

“从现在开始你就是我的 3C 产品。”

“噗——”

打破尴尬的是一个窃笑声。穿着藏蓝色开衫的赵谦予徐徐从前面的座位起身，笑得眉眼弯弯的。他举起双手道歉道：“不好意思，忍不住笑了。请问，程晨晨是哪一类型的电子产品呢？”

“是不是时时刻刻不能离开身边的手机？还是……”

蒙了！

赵谦予什么时候坐在了前排的位置？程晨晨捂着额头一阵懊恼，刚刚的一切不是都被他听到了？

“你不是去照顾韩东昀了吗？为什么会在这里？”魏朗生硬地问道。

“啊，对啊。他没事了，我不就没事做了……”赵谦予目光含笑，冲着程晨晨眨了眨眼。

“没事做？”魏朗语调微扬，更是不悦了。

“也不是，我要借你的 3C 产品一用。”

这话一出，魏朗的脸色都变了，似乎有些杀气腾腾。

“开玩笑呢，”赵谦予一副玩笑得逞的模样，又道，“喂，3C，你弟来了。”

“啊？你说什么？我弟？”程晨晨一脸吃惊地看着赵谦予。

“你弟是程威吧，这回正缠着韩东昀呢。”赵谦予耸耸肩，道，“说起来你弟还蛮有意思的，哦，不，你和你弟都挺有意思的。”

程晨晨这时候哪有心情管有意思没意思，先去找她弟弟才是王道。

程晨晨忙不迭去更衣室换了身衣服，跟着赵谦予就去找她的傻弟弟了。

韩东昀没料到程威是只如此难缠的八爪鱼。他跑个步，程威紧紧跟着；吃个晚餐，程威就喋喋不休地问他曾经参加的各种极限运动。他很是不耐烦，让赵谦予去找的程晨晨怎么还不来！

“哥，你吃得这么少？要不要我帮你再打点饭啊？”程威殷勤地问道。

韩东昀灵机一动，说：“也好。”

见程威端着餐盘去打饭，韩东昀立刻往食堂的出口处快步逃离。终于可以耳根子清净了。

从小程威就不靠谱，没想到长大后更是不靠谱到家了。而程晨晨也没料到，自己今后的命运是不仅要给他当姐还得当妈。

程威从小最大的偶像就是科比，不料现在这个最大的偶像变成了韩东昀。

她紧跟着赵谦予进了食堂，一到门口，她就认出了那个熟悉的身影，叫道：“韩东昀——”

“哦，终于来了。”韩东昀寡淡地回道。

程晨晨急切地望了望韩东昀的背后，问道：“我弟呢？”

“排队打饭。”

倒是赵谦予一眼就望见了程威，指了指人群道：“那儿呢……”

程晨晨简直气急败坏。弟弟不好好待在学校，为了一个男人特地跑到距离学校有两个小时车程的郊外基地，这像话吗？

她一把就拧住了程威耳朵，怒道：“程威，来这里干吗呀？”

“姐，松手啊！大庭广众，丢人不丢人啊！”程威赶紧求饶道。

“你还怕丢人啊？”程晨晨怒目道。

站在一旁的赵谦予冷不防地笑出了声，没想到小猫咪对弟弟居然这么凶狠。他不禁冲着身旁的韩东昀使了使眼色，竖起了大拇指。

程威望了望程晨晨，找了个位子坐下来，一脸忧愁地对韩东昀说道："哥，你怎么还是把我姐找来了啊？"

"你姐也得吃饭啊。"赵谦予代替韩东昀回道，"早晚得遇到。"

"姐，你饿了吗？"程威低声下气地问道。

"早被你气饱了。"程晨晨吼道。

"哥生病了，作为他的铁粉，我来探望探望不是很正常的吗？"

"啧啧，听了这温情十足、倍感煽情的对话，说实话我也会以为他和韩东昀是一对。"赵谦予感慨道。

韩东昀冷不防地瞪了赵谦予一眼，赵谦予只好乖乖地闭了嘴。

"我还以为你来集训基地，能帮我好好照顾照顾哥。要不是有眼线和我说，我都不知道哥病了！"

程晨晨一下被程威噎得无话可说，倒是赵谦予说起了风凉话："你姐忙着照顾别人，哪有空理你哥啊！"

"你这话是什么意思？"程晨晨别扭地看着赵谦予。

"难道不是吗？你不是魏朗的3C产品了吗？"赵谦予一副讳莫若深的模样。

"什么3C啊，姐，你怎么会跟魏朗扯上关系？"程威吃惊地问道。

"哦，你姐现在是魏朗的女朋友了呢，刚刚被宣誓了主权呢……"赵谦予解释道。

程晨晨被噎着，目光却不自觉地望向韩东昀，舌头打结地解释道："你……不要胡说八道！"

"胡说八道？"赵谦予耸耸肩，道，"我明明听到魏朗情意绵绵地让你做他的3C产品啊！"

"姐，你眼光有问题吧！怎么样也得跟哥在一起，你跟魏朗在一起算什么啊！"

程威一副语不惊人死不休的架势，让程晨晨直接目瞪口呆，哑口无言。

她猛地咳了两声，一下子面红耳赤起来。赵谦予却乐不可支地笑了起来："嘿，我发现你小子有头脑，东昀怎么样也比魏朗强吧。"

"玩笑开够了吗？"韩东昀冷冷地说道。

"开玩笑吗？程威？"赵谦予转向程威。

"当然不是啊，哥！"

"就是，人家可是一心一意地想做你的小舅子呢……"赵谦予不怀好意地笑道。

韩东昀面无表情，看似万分冷静，可心里还是暗暗地起了波澜。小猫咪什么时候就成了魏朗的女朋友，就在集训的这几天？为什么他一点都没察觉到？

真是没意思！可是韩东昀转念一想，这到底关自己什么事？

"姐，我今晚不回去了，得在这里住下了。"程威小声对程晨晨说道。

"为什么啊？"

"这个点哪有进城的车啊！"程威嘟囔道。

"那你想怎样啊？"

"我跟哥睡啊……"

程威眼巴巴地望着韩东昀，韩东昀躲避不及，冷森森地对赵谦予道："走不走？"

"我还没吃饭呢……"赵谦予委屈道。

韩东昀冷冷地瞥了赵谦予一眼，起身就走。程晨晨急急忙忙地追了上去，拦在了他的跟前。

"那个……"她面色通红，显得难以启齿。

"怎么了？"韩东昀淡淡地问道。

"你知道……我弟弟在集训基地也不认识什么人，能不能将就和你睡一晚？"她咬着嘴唇，怯怯地开口。

他目光灼灼地盯着程晨晨看，这一瞬间他竟然有点失神。她这样恳求自己的模样，还真是容易让人心有点动摇。

他忍不住伸出手，摸了摸女孩挡在额头的刘海，那样的手感，丝丝绒绒，还真是像摸着一只乖顺的小猫咪。

程晨晨被他猝不及防的动作搅乱了心神，眼睛瞪得就要掉到地板上了。

这，就是传说中的“摸头杀”吗？

程晨晨暗自庆幸，还好今天洗头了，洗头了！

那样宽厚修长的手，那样轻微温柔的动作，简直让人灵魂出窍啊！

啊啊啊，世界真美好！

程晨晨努力告诉自己要冷静，要矜持。可下一秒，这样美好的气氛偏偏被韩东昀冷冽的话吹散了。

“其实我很想帮你，可惜……不能……”他显得轻描淡写。

“啊！可是……”她一时之间不知如何是好。

接着，他俯下身，靠近她的耳边，冷冷吹风：“对了，你可以找魏朗啊！”

“我……”韩东昀拒绝了她，那么赵谦予呢，她把期待的目光转向了赵谦予。

赵谦予无奈地看着她，说：“抱歉，我真是不习惯和一个大男生挤一张床。”

她瞪大眼看着他们，韩东昀却轻巧地耸了耸肩，和赵谦予一前一后地走出了食堂大门。

和自己的弟弟睡一晚怎么了？亏程威还对他那么好！

程晨晨顿时觉得自己受到了一万点的伤害，而她只有一万零一点血，最后一滴血还要想着怎么应付自己的弟弟。

“那我怎么办啊？姐！”程威可怜兮兮地问道。

“睡大街！”程晨晨毫不留情地吼道。

赵谦予一想到韩东昀轻描淡写就让程晨晨这只小猫咪气得龇牙咧嘴、面红耳赤的模样，顿时觉得有点好笑。

韩东昀看到赵谦予偷笑的样子，不爽地问道：“笑什么？”

“笑你撩妹的技巧高超啊！”赵谦予扯开嘴笑道，“特别是‘摸头杀’啊。”

韩东昀皱眉冷冷地看了赵谦予一眼，不说话。

“看来心情恼怒啊。该不会是因为魏朗追求3C吃醋了吧？”赵谦予一副十分自得的模样。韩东昀这人做事一贯的平和冷淡，难得发现引起他心情波动的人，是这样一个普通的女孩。他像是终于发现这个多年的好伙伴的短板一样，忍不住想笑。

“无聊！”韩东昀耸肩，淡淡地说，“我回宿舍了。”

“靠，我还没吃饭呢，回什么宿舍啊？”赵谦予埋怨道。

今天的韩东昀觉得莫名其妙的心烦，难道他还真是因为那只小猫咪影响了心情？下一秒他又立即否认，笑话，怎么可能！

程晨晨气急败坏，这荒山野岭的鬼地方根本找不到旅馆，她要让弟弟这一晚怎么过呢？思来想去，还是不要麻烦魏朗，省得最后剪不断理还乱，还欠了个人情。

她最后只能找到苏岚希商量，两人和安小沫游说了半天，安小沫才同意和苏岚希睡一晚。这样她就可以睡安小沫的床，让弟弟睡自己的床将就一晚了。

程威奔波了一天，倒在程晨晨的床上，立马呼噜声大起，倒是程晨晨被弟弟的呼噜声搅得无法入睡。

她翻来覆去，怎么也睡不着，只能打开台灯打算看会儿书，这时却听到了屋外有敲门声。

她本来不怎么在意，敲门声并不大，但是一声接着一声有些急促，她不得不下床去看看。难道是安小沫遗漏了东西。

“谁啊？是小沫吗？”她小声问道。

外面没有应答，又响起了轻微的敲门声。她回头看了看弟弟，程威翻了个身，似乎没被敲门声吵醒。

她打开门一看，不由得一惊，来者不善，竟是魏朗。

魏朗靠着门框，挑眉扬笑地晃了晃手中的便当盒：“夜宵！”

程晨晨生硬地扯开嘴一笑：“这么晚吃什么夜宵？会胖，你自己吃就好了。”

说完，她正要关门，却被魏朗堵住，问道：“安小沫不在吗？”

“在啊，在睡觉呢，所以你小声点。”程晨晨有些心虚道。

“是吗？那你刚刚不是在问是不是小沫敲门吗？”魏朗准备探头到宿舍看看，却被程晨晨用力堵住。

“你听错了啦。”程晨晨打了个哈欠，又道，“很困了，明天再说吧……”

“等等！”魏朗挡住了门，望了望里面，又凶巴巴地问道，“里面的人……真是安小沫？”

程晨晨暗自觉得瞒不过魏朗了，可是在这里大声地说自己的弟弟睡在女生宿舍总是不好，而且弟弟还是逃课来基地的。她只好把魏朗拉到了阳台一边，谨慎小心道：“魏朗，那我跟你说，你别跟别人说，这事的影响不好……”

魏朗一听这话，全身的神经都警惕了起来，原来和程晨晨睡在一间屋的人真不是安小沫。

“他是谁？”

“他的确……不是小沫。是……”

“我就知道，那双鞋根本不是女人的鞋！我倒要看看，到底是谁敢跟我魏朗的女人共处一室，不想要命了吗？”

魏朗直接甩开程晨晨，大刀阔斧地推门而入。程晨晨一把拖住魏朗的手，却被魏朗甩开，她一个重心不稳，重重地摔在了水泥地上。

这边，魏朗已经掀开了程威的被子。黑暗中，程威整个人趴在床上睡得呼呼响，浑然不觉危险临近。

"魏朗，你干吗，那是我弟！"

程晨晨还来不及感受屁股的疼痛，就跌跌撞撞地起身冲了过去，可惜已经来不及了……

伴随着程晨晨那个"弟"字，魏朗已经潇洒地挥拳而下，重重地砸在了程威的半边脸上。

"让你不要命！"魏朗边打边骂。

"砰"的一下，深夜里突然响起了撕心裂肺的鬼叫声。

"救命啊……救命……"

看来，今夜注定无眠……

第四章 退学风波无力改

灯光亮起，程威疼得嗷嗷大叫，迷蒙的双眼盯着魏朗看了看，又望向了程晨晨：“姐，我这睡得好好的，到底发生什么事了？”

魏朗彻彻底底地体会到了“冲动是魔鬼”这五个字的真谛，他看着程晨晨心疼地查看程威的伤，心想，好了，3C这回彻底要不理他了！

程威在集训基地女生宿舍过夜的事情最后还是没被隐瞒过去，当晚就被请到了宿管主任的办公室。主任一边打着哈欠，一边训斥着当事的三人。程威因私自跑到基地的行为，得到了口头批评警告。而魏朗，碍于他是校长的儿子，宿管主任也只能把这件事大事化小，就让魏朗写了个书面检讨，同程威道了个歉就草草了之。

三人灰头土脸地走出办公室，程晨晨一路上都阴着一张脸，程威摸了摸额头显得异常委屈。

魏朗尴尬地清了清嗓子，揽过程威的肩膀道：“刚刚是哥对不起你，要不然现在换你打我吧。”

程威愣了两秒，涩涩地笑了笑：“魏朗哥，你就别开我玩笑了。”

“哥说话算话，刚刚打了你肯定是哥的错，你打我，我绝对不还手！”魏朗硬气道。

“你神经病啊！”程晨晨终于忍不住爆发了。

程晨晨刚刚已经忍了够久，虽说她胆小怕事，但是现在想起魏朗的所作所为，她心里就有股无名火促使着她爆发。

“你要我就够了，干吗连带上我弟啊！我们两姐弟是不是特别好欺负啊？”她仰头，满脸通红地瞪着魏朗。

魏朗此时竟然被程晨晨质问得有些理屈词穷，半天才缓过神：“3C，我没别的意思，我是真心想道歉。”

“这就是你道歉的方式吗？让我弟弟打你一顿，然后他被学校处分，这样你就开心了吗？”程晨晨狠狠地哼了一声，气急败坏地说道。

“我……”

魏朗又气又好笑，他长这么大，除了被自己的爹棒棍教育过，还没有人能胆大到如此训斥他，而现在面前这位弱弱的女流之辈竟把他骂得如此不堪。

他暗自觉得自己是不是“变性”了！竟然能脾气好到现在都没有发作！

“魏朗哥，没事，这事是个误会，我不会记仇的。”程威眼看第二次世界大战就要爆发，忙不迭说了几句打圆场的话。

“喂，程威，你还有没有点骨气啊，还帮他说话！”

程晨晨一把拉过程威的胳膊，小声地说：“你没记性啊？这会儿怎么又拍马屁拍得啪啪响了？”

“姐，我都被打了，能不向恶势力低头吗？”程威苦着一张脸，压低声音道。

程晨晨冷冷扫了程威一眼，这孩子什么时候学会见风使舵了？

她拉着程威就走，魏朗猛然叫道：“3C，我还有话和你说。”

她只能先让程威去医务室敷药，然后语气不悦地对着魏朗道：“干吗？很晚了，我要去睡了，有什么话明天再说吧。”

“我知道你生气了，对不起，我是真心道歉的。”魏朗难得在一个女生面前低声下气。

可程晨晨全然不领情，转身就走。想到这一闹，整个基地的人都已经在揣测她和魏朗的关系时，她就觉得很是烦恼。

男朋友来女朋友宿舍抓奸，结果抓到的人却是女生的弟弟，这个笑话足够让人笑上一年了吧。

重点是她和魏朗什么也不是啊！

反正她也睡不着，干脆去医务室看看程威，然后赶早上最早的班车把程威送走，省得程威一直留在训练基地无所事事，给她增添烦恼。

做好这一切后，她终于舒了口气。这个点去哪里呢？早上五点多，食堂都没开呢。

韩东昀睡眼惺忪地打了个哈欠，要不是为了昨晚跟赵谦予打的赌，他也不至于这么早起。赵谦予让他猜测，程晨晨最后会让弟弟去哪里睡。他本不愿参与这无聊的话题，赵谦予却先下了赌注：我猜她今晚不会再来求你、我，还有魏朗……

当时他冷不防地笑了一声。如果真是这样的话，她在集训基地还认识谁，可以把弟弟安排跟谁睡？

他其实宁愿程晨晨再来找他，他喜欢小猫咪恳求他的模样。

他没料到的是，程晨晨居然出此下策，让弟弟住在女生宿舍。

他愿赌服输，却也没有很不开心，主要是因为小猫咪最后没有去拜托他。

两人已经穿戴好了头盔、连身服和手套，空荡荡的冰场没有人气，此刻更是显得阴森寒冷。

“开始吧。”韩东昀不耐烦道。

两人踩着冰刀，屈膝半蹲，一下，两下……接着做原地提膝踏步，冰刀平起平落。

从后门进入冰场的程晨晨没料到这么早就可以在滑冰场上看到人，而那两人的身影十分熟悉，竟然是韩东昀和赵谦予。

几组练习完毕，韩东昀迫不及待地想来一次实战练习，而赵谦予却突然拦住了他，似乎另有准备。

韩东昀早知道不会那么简单，不会只是陪赵谦予趁着空隙加强训练，赵谦予也不会那么勤奋。

可他没料到，赵谦予竟然想让他帮忙追求女孩子。当他看到现场的道具时，都有点想甩手走开了。

程晨晨本想离开，可是当她看到赵谦予戴上了猪猪侠玩偶头套时，忍不住想大笑。

更让人发笑的是，韩东昀这么高冷的男人，居然也戴上了维尼熊的玩偶头套。她根本不知道，那个猪猪侠头套本来是赵谦予安排韩东昀戴的，但是韩东昀当即甩手要走，赵谦予才同韩东昀换了个头套。

他们在干吗呢？程晨晨困惑不已。只见两人双腿交替，平行转弯，两人在冰上形成一个巨大的波浪曲线。

他们两人好像在排练什么。直到她看到冰场进来了一个熟悉的身影，似乎才明白了什么。

来人正是苏岚希，她穿着冰刀鞋来到冰场，没有察觉到看台上的她。

“猪猪侠”很是激动，伸出两只带着玩偶手套的笨拙大手，朝着苏岚希挥了挥手，然后迫不及待地蹬冰朝着她滑了过去，那样子真是滑稽极了。“维尼熊”紧跟其后，漂亮地在原地绕了个圈，递给了“猪猪侠”一张黑色硬纸板，黑底上写着“苏岚希”三个白字。

“猪猪侠”别有用心地在苏岚希跟前轻盈地绕了个圈，接过“维尼熊”递来的第二张纸板，上面写着“我关注你很久了”。

接着，是第三张纸板，“想跟你交往……”

字体十分 Q 版可爱，“你”字上面还加了个“爱心”。

全程一气呵成，连程晨晨都被赵谦予别有用心的表白所感染。原来赵谦予是说真的啊，他还真是想追求苏岚希，只是她没料到赵谦予还有那么浪漫的一面。

最后，“猪猪侠”绅士地半屈膝，递上一束玫瑰花给苏岚希。

空气里飘浮的仿佛都是粉色泡沫，程晨晨不禁也在心中催促苏岚希赶紧接过花来。

可苏岚希没有接过玫瑰花，而是望着“猪猪侠”背后的“维尼熊”。这样呆滞的几秒钟，她蹬着冰刀鞋越过“猪猪侠”，站在了“维尼熊”的前面。她伸手摘下了“维尼熊”的头套，露出的是韩东昀一贯清冷倨傲的脸。

程晨晨有些吃惊，苏岚希在做什么？她好像知道谁是谁一样。

“啪”的一声，苏岚希毫不留情地给了韩东昀一巴掌。

程晨晨吃惊地看着眼前的局面，怎么会这样，岚希怎么会给韩东昀一巴掌？

这到底是怎么回事？

最后，苏岚希头也不回地离开冰场，赵谦予摘下头套，紧紧地追了上去。看到这一切，程晨晨尴尬得有些不知所措。

等韩东昀收拾完毕，背着书包准备离开时，她才迎了上去。她知道自己的心像是五味杂陈，苏岚希刚刚的表现不仅说明她拒绝了赵谦予的表白，也似乎暗示着苏岚希的心意。

她喜欢的人一直都是……

“刚刚……”她看着韩东昀，迟疑地说。

韩东昀漫不经心地问道：“刚刚怎么了？你都看见了？”

“你……没事吧？”她用了个疑问句。

韩东昀淡淡地回道：“没事，谢谢。”

“那，刚刚……”她想证实些什么，比如岚希不会莫名其妙地打一个陌生人的巴掌，她同韩东昀应该早早就认识了。

可是苏岚希为什么什么都不说？

“我去吃早餐，你去不去？”韩东昀突然问道。

“啊？”她愣愣地看着韩东昀。

“要是不去，我就先走了。”

韩东昀一副若无其事的模样离开，只剩下程晨晨一脸呆滞地站在原地。

一大早闹了这一出，韩东昀除了疲惫还是疲惫。他本来觉得帮谦予向女生献殷勤也没什么，可偏偏来的人竟然是苏岚希。

“你开心吗？有趣吗？有意思吗？”

苏岚希一连的质问，愤怒不已的目光，他依然历历在目。虽然他并不喜欢解释些什么，可好友赵谦予估计现在比他还郁闷。

今天列队滑训练很快结束了，反正只是一个表演项目并不是正式的比赛项目，也不会有教练愿意多花心思。

她更换完衣服，走出冰场，想到早上的一幕，还是有点魂不守舍。她朝着食堂走到一半时，接到了苏岚希的电话，说正在食堂等她吃饭。

她到达的时候，苏岚希竟然帮着她打好了饭。程晨晨诧异地问道：“你今天怎么这么早就结束训练了？”

“我今天请假了。”苏岚希淡淡地说道。

“为什么啊？”程晨晨问道。

“早上太早起了，没精神。”苏岚希打了个哈欠，看似一脸疲倦。

“我……”

程晨晨本想说出今天自己就在现场，目睹了那一幕。可好姐妹没有提，她突兀地提一句会不会显得很尴尬？

“你，今天干吗那么早起？”她低头喝了口汤，今天的例汤是她喜欢的海带汤。

“遇见了一只猪向我表白，还好被我打发了。”

苏岚希轻松地耸耸肩，似乎并未把早上的事情放在心上。倒是程晨晨成了心里有疙瘩的人，她托腮上下打量了苏岚希半天。

“看什么看，没看过美女啊？”苏岚希不改泼辣本性。

“那……你喜欢怎样的人？”程晨晨忍不住又问。

“不是猪的队友就行。”苏岚希掏出镜子照了照，朝着她吐了吐舌头。

还说是好朋友，可程晨晨连她和韩东昀是不是认识这句话都问不出口，她也不知道自己在担心什么。担心他们是曾经的恋人？担心苏岚希喜欢韩东昀？然后自己呢？自己和韩东昀又没有什么，为什么那么介怀？

“岚希，难道你都没有喜欢的人吗？”程晨晨又小心试探道。

苏岚希抬头看了程晨晨一眼：“有，可惜已经是很久以前的事情了。”

“那……后来呢？”

“后来，分手了呗。”苏岚希坦荡荡答道，她抿着嘴又笑，“拜托你，别那么八卦好不好啊？”

程晨晨不再说什么，笑了笑，埋头吃了起来。

下午训练结束，程晨晨没去吃饭就直接在基地的周围逛了逛。虽说在这里训练，但是她还没好好欣赏过这里的风景。这样的集训基地也算是世外桃源，除了有专业的大型室内冰场，旁边还有个大型水库，虽说人烟稀少，但是水库的对面就是个私人度假山庄。

除了冰场被租下集训，经常有业余的滑冰选手来到这里玩耍，然后乘船到对面的山庄度假。

她沿着水库周围慢慢踱步。虽是傍晚时分，还是有很多钓鱼者在垂钓，很多人都是收获满满。

只是垂钓者当中有一人显得格外突出，明明天色已晚，还戴着一副遮住大半张脸的太阳镜，轻松惬意地躺在躺椅上，放了个自由钓鱼竿，旁边的水桶似乎没有收获。

程晨晨走近一看，这人怎么这么面熟？

“韩东昀？”她试探着问道。

韩东昀摘下太阳镜，直起身子一看，也有些愕然：“是你？没去食堂吃饭？”

“那你呢，你这个点在这里干吗啊？”程晨晨好奇地问道。

“没看到吗？钓鱼啊。”韩东昀认真地说道。

“钓鱼？这大傍晚的戴个太阳镜钓鱼？”韩东昀这身钓鱼装备还真是奇葩，程晨晨忍不住发笑。

“不打扮成这样，被教导主任发现了怎么办？白痴！”韩东昀动了动嘴，反问道。

没想到韩东昀还会怕教导主任！

程晨晨忍不住笑道：“可是我并没看到一条鱼啊。”

“鱼啊？”韩东昀顿了顿，突然道，“看，来了！说曹操曹操就到了！”

韩东昀话毕，钓鱼竿果然有了动作，他轻松地往回收。咦，果然钓上来一条有三四斤重的大鱼。

“看来我是给你带来好运的人呢！”程晨晨看到放在水桶里活蹦乱跳的鱼，眼睛放光，嘻嘻笑道。

“你厨艺如何？”韩东昀直率地问道。

“你不是吃过吗？我弟给你带的鱿鱼便当是我做的啊！”程晨晨眼睛一闪一闪的，得意扬扬。

“那你会做什么鱼？”

“红烧鱼、清蒸鱼，还有水煮鱼……”

“哦，那就水煮鱼吧。”韩东昀收拾好鱼竿，扬了扬高傲的下颌。

“啊？”程晨晨眨眼看着韩东昀。

韩东昀突然笑了，那是程晨晨第一次看到韩东昀大笑，好像身边的路灯一盏盏亮起来，灿烂又温暖，照亮了整个水库。

“有什么问题吗？”韩东昀接着问道。

程晨晨思索片刻，道：“有问题啊！”

问题是没有厨具也没有地方做水煮鱼啊！

程晨晨灵机一动，有了主意。还好之前在食堂帮过忙，和食堂张大厨的关系不错，在她的恳求下，张大厨答应借厨房给她一用。

从杀鱼、切鱼到腌鱼、煮鱼，她一手包办，虽说食堂的调料有限，但她还是找了些替代材料做出了一大盆水煮鱼。

不一会儿，鱼端上了桌，香气扑鼻而来。程晨晨都不自觉地佩服起自己来，太了不起了呢！

程晨晨托腮看着韩东昀尝第一口鱼，急切想听他的赞赏，便迫不及待地问：“怎么样？美味吗？”

“又辣又嫩的鱼片，我喜欢。”

韩东昀面无表情的夸奖，让程晨晨忍不住“嘁”了声：“你就不能有点表情吗？”

韩东昀皱眉看着她，说：“饿死了，还需要表情？”

程晨晨笑得明媚，原来韩东昀也不是什么阳春白雪，一样的吃喝拉撒，就是平时正襟危坐、面无表情的模样让人觉得有距离感。

“笑什么？”韩东昀抬头扫了她一眼。

“你今天晚上又没吃饭吗？”程晨晨啜了口可乐，沁爽冰凉。

“食堂的饭千篇一律，没有我喜欢的。”

还很挑食嘛！程晨晨暗自想道，又说：“我记得你喜欢吃鱿鱼，难道你也喜欢鱼吗？”

“与‘鱼’字有关的食物我都喜欢。”韩东昀又道。

程晨晨眨了眨水汪汪的明眸，又说：“那……那如果今天没有遇见我，你岂不是没有晚餐吃？”

“这么一说倒是真的，我就缺少一个厨师。那以后的鱼，我负责钓，你负责煮吧。”韩东昀倒是不客气。

“喂，我又不是你的保姆，凭什么天天给你做鱼啊？”程晨晨嘟着嘴气鼓鼓地说道。

韩东昀细嚼慢咽，一双明眸专注地盯着程晨晨看，半天才轻轻说道：“你要是愿意做我的保姆，我也不反对啊！”

程晨晨被韩东昀噎得说不出话来。这人还真是想得美啊，他给一条鱼，她就得变成一道菜，凭什么啊！做菜可不仅是体力活，还是脑力活，要想着把菜做得不仅好看还得美味。

“哎，你不是应该先想着怎么感谢我才对吗？”程晨晨放下筷子，双手交叉撑在了桌上。

韩东昀没有停下筷子，而是淡淡地望了程晨晨一眼，问：“感谢你？好啊，说说看。”

“我能问你个问题吗？”程晨晨动了动喉咙，看似很庄重的模样。

“问什么？”

程晨晨咳了两声，道：“关于……我的好朋友苏岚希。”

韩东昀突然停下手中的动作，他搁下筷子，道：“你想问什么，都可以从你朋友那先得到答案啊。”

“可是……我想从你这儿先找到答案。”

“好啊，你问吧。”韩东昀看似不在意地说道。

“你和岚希很熟吗？你们之间发生过什么吗？”程晨晨忐忑不安地问道。

韩东昀突然沉默起来。程晨晨愣了愣，道：“对不起，我……是不是不该问……可是岚希明明认识你又假装不认识。她在冰场打你那一巴掌……好像……”

“我吃完了，你慢慢吃。”

韩东昀冷着脸拒绝回答，迈着长腿转身离开，背影潇洒。到底是多隐私和机密的问题，他就这么不愿意回答？

程晨晨望着满桌狼藉，不禁来气。除了做菜，最后的收拾、洗碗还得自己来吗？

既然开了小灶，碗筷自然不能麻烦食堂的阿姨来收拾。程晨晨收拾好碗筷，正好碰到下班的张大厨。他特别叮嘱她明天早些来打饭，明天有贵宾来参观，伙食会好一些。

贵宾？是学校的领导吗？

第二天训练一结束，程晨晨就拉上苏岚希兴冲冲地赶到食堂。果然，今天食堂的伙食好了许多，多了好几道荤菜！

“听说今天有贵宾参观，所以伙食才好了许多呢！”程晨晨嘴里塞满了菜。

“怪不得跑这么快！就顾着吃呢！”说着风凉话坐下的是安小沫。

程晨晨懒得理安小沫，只管埋头吃饭。

“大家都说贵宾有参观，但是你们知道是哪位贵宾吗？”安小沫自诩掌握了一手八卦。

苏岚希和程晨晨面面相觑，程晨晨先好奇地问道：“谁啊？”

“韩白。”

“韩白是谁啊？”程晨晨哧溜地吸了一口白菜，眨巴眨巴着眼睛看着安小沫。

“这都不知道？是韩东昀的哥哥呀。”安小沫又道。

程晨晨一副“真是奇怪，我为什么要知道”的表情。可是为什么韩东昀的哥哥是贵宾？程晨晨也忍不住八卦一番。

“韩东昀的哥哥为什么成了贵宾啊？”程晨晨忍不住又问。

“这都不知道……”

“韩白在哪里？”

安小沫的话未说完，骤然起身的苏岚希把大家都震慑住了。她原本冷着的一张脸，突然变得苍白无比，一双瞳孔骤然变大，眼神尖锐，似乎要吃人。

安小沫忐忑地望了苏岚希一眼，说：“我……听说正在办公室和速滑的黄教练谈事情。”

苏岚希听罢，转身就走。程晨晨惊讶不已，喊道：“岚希，你去哪里啊？”

苏岚希几乎无法控制脚下飞速的步伐，她很清楚自己要去见谁。终于能见到那一位久未见面的故人了，她的心里五味杂陈。可真正到了黄教练的办公室门口，她骤然觉得全身都在激烈地颤抖。

她就那样站在原地，也不知道过了多久，门被慢慢打开，视线平行处首先看到是韩东昀，他正慢慢地推着轮椅走出办公室。

办公室的门被合上，而轮椅上的那个男人长着一张同韩东昀相似的脸庞，只是更加的冷漠，狭长的眼睛里是如死水般死寂的神情。

苏岚希的眼睛有点发酸，她怎么也忍不住那些不听话的要往外溢出的泪珠。

“岚希，好久不见，你还好吗？”

韩白缓缓开口，目光深沉难测。这样没有感情色彩的问候，苏岚希并不喜欢。她不好，一点也不好。

“你来这里干吗？”她冷静地问道。

“我来看看东昀，顺便同他的教练谈谈。”韩白声音低沉，带着独有的磁性。

她动了动喉咙，之前憋在心里许久的话却一句也想不起来。

“听说你的成绩不错，恭喜你，岚希！”韩白又沉着冷静地说道。

“谢谢。”她平淡地回复。

他点点头，冲着身后的韩东昀说：“东昀，我们走吧。”

“你……不想和我聊聊吗？”苏岚希死死地咬着唇问。

韩白似乎迟疑了一刻，微微勾唇说：“好吧。”

韩东昀把韩白推到了长廊深处的窗台边，那里空无一人，很是僻静。苏岚希望着韩白的背影忍不住泪光盈盈，哽咽得无法呼吸。

“为什么又不说了？”韩白冷冷地问道。

她轻轻地向前迈了一步，走到韩白的旁边，恳求道："韩白哥，我们和好吧。"

"你在哭什么？"韩白眼神薄凉，他阴冷地问道，"有什么好哭的吗？我需要你的怜悯吗？"

"我没有……我没有……"她屈膝看着韩白，再次恳求道，"求你让我待在你身边，好吗？"

"岚希，不要活得那么卑微。"他清隽如玉的脸庞上还是那么的冷酷无情。

韩东昀推着韩白渐渐消失在走廊的尽头，唯独剩下苏岚希一人，她像个孩子一样，放肆大哭起来。

韩东昀并未料到韩白会来到训练基地，哥哥最终还是不能赞同他继续短道速滑的事业。韩白是个生意人，很清楚做生意除了利益的最大化，就是互惠互利。他和学校谈好，愿意赞助学校新的教学楼建设，唯一的要求就是在韩东昀的档案上写下灿烂的一笔，让他顺利地出国留学。

"东昀是很好的苗子，我相信他能够达到50千米/小时的速度。这是很难得的，你让他这样放弃短道速滑，是很可惜的。"

办公室里黄教练的那段话，还萦绕在韩东昀心中。可惜他面对的是他最尊敬的哥哥，他欠他哥哥太多，他已经下了决定，哥哥说的任何事，他都会无条件地接受。

下午一点的天，突然黑云压城，像是预告着会有一场暴风雨。停在路边的黑色保时捷似乎等候已久，韩东昀推着韩白慢慢地朝着车子走去。此时，车里下来了两个男护理师，他们帮忙接过韩白。

韩东昀站在车窗前，犹豫很久才道："哥，今天我不跟你回去了。"

韩白的目光清凉无比，他没有说话，只是看着韩东昀。

"我需要时间……"韩东昀又道。

韩白燃了一支烟，烟雾缭绕起来，半天才说："东昀，我给你考虑的时间已经够长了。"

"我知道……"韩东昀微微地吸了口气。

"我让你回学校，不是让你继续做梦，而是让你好好告别。可是你好像不这么认为，你想继续你的短道速滑的事业。"

"哥，我真的还需要一点时间，最后进行一场比赛，就最后一次，可以吗？"

他只有对待韩白，对待这位他最尊重的哥哥，才会如此低声下气。

细微的雨滴已经落了下来，车里的人依然没有吭声，而车外的韩东昀直直地站着，静静地等候着一场大雨来袭。

黑色保时捷扬长而去，而韩东昀还静静地杵在原地。他清楚地知道他不可能改变韩白的决定，大他五岁的哥哥一直是那么的冷酷无情，说一不二。

雨珠变得越来越密集，他却一动也不动，如同石雕像一般，孤独地立在暴风雨中。

一切都是他的错，如果不是他这个罪人，哥哥不会成为今天这副模样。这是自己的罪，他还有什么资格去追求自己的梦想。

此时的程晨晨刚打包好饭菜从食堂出来。苏岚希没吃什么就匆匆离去，虽然她也不知道苏岚希到底去了哪里，可她想给岚希打包点吃的，下午训练时不至于发饿。

谁知道天说变就变，刚才还好好的，一会儿就下起了倾盆大雨。还好，张大厨借了一把黑色的雨伞给她。

走到一半，她看到了一个高大的男人孤零零地站在大雨中，心想是谁在雨里装深沉，没料到那人是韩东昀。

那样高大的寂寥的背影让人看着万分心疼。

韩白、韩东昀和苏岚希之间到底发生过什么事情？程晨晨突然很想知道答案。

她慢慢踱步到韩东昀的跟前，呆呆地举高了伞。还好，伞够大，容得下两个人。

韩东昀转过身，给了她一个湿漉漉的背影。他的背影此时是那么的落魄，那么的凄凉。她呆呆地望着，想说些安慰的话，却不知道从何说起，只能老实地为他撑伞。

也不知道过了多久，雨势越来越猛，没有减弱的趋势。她刚想开口，却见到韩东昀缓缓回过身来。

他满脸都是雨水，显得很是苍白憔悴，没有一丝生气。她宁愿听他说出些冷冰冰的话，也好过见到他如此木然的神情。

"韩东昀，你……没事吧？"她怯怯地开口。

对方没有回应。过了半天，韩东昀整个人直直地向她倒了下来。

他靠着她纤弱的肩膀，沉默不语。

她很想问他到底发生了什么，也许她能帮上点忙，可是她又不知道该如何问起。

一定是发生了很大的事情，他才会那么难过。

"对不起。"他突然抽离开来，眼睫上有雨珠在闪着，"谢谢。"

他旋身迈着沉重的步伐，一步一步地离开了。大雨倾盆，他的身影一点点消失在迷蒙的雨雾里。

为期半个月的集训终于结束了，苏岚希休息了两天就立即返校训练。程晨晨自从那天看到雨中的韩东昀之后，也觉察到了苏岚希的不正常。她突然变得沉默寡言起来。那天到底发生了什么？这让韩东昀和苏岚希的关系变得更加扑朔迷离。

终于回家了，程晨晨从公交车上下来，忍不住呼吸了一下空气，真是金窝银窝不如自家的狗窝。刚到自家楼下，她就看到阿达屁颠屁颠地冲了上来。

她摸了摸阿达的脑袋，嘟嘴笑道："阿达，你长高了呢，不过还是一样的蠢萌。"

阿达长舌一伸，舔了她一脸口水，她回避不及，只能恶心地抹掉满脸的口水。

今天的阿达除了特别热情，还有哪里有些不一样呢？

咦，它的狗项圈……怎么多了一个？

这个不是它的，是魏朗的项圈。魏朗的项圈怎么会在这里？

"嘿，姐，你回来啦？"

站在不远处冲着她挥手的是程威，她引着阿达朝着他走去。程威眼圈外的瘀青已经消散得差不多了，她问道："刚刚有人来过？"

"魏朗啊，他还给阿达带了些狗粮，刚走呢。没遇上？"程威问道。

"他来干吗？"程晨晨自言自语道。

"可能想来看你，又觉得不好意思。"程威耸耸肩，道，"没想到男人的心也像海底针呢！"

"无聊！"程晨晨哼了一声，解下了阿达身上的项圈，把身上的行李包塞给了程威，说，"你先回去，我去看看。"

她顺着马路往外走，一直走到了外面的街道，她还是没看见魏朗。

她握着项圈，有些沮丧地往回走，路过咖啡馆时，就见到一个穿着一套藏蓝色格子西装搭配白色底衫的人，手里捧着一杯咖啡从里面走了出来。

程晨晨愣了两秒，这人不是魏朗吗？

今天怎么这副打扮？

"魏朗。"她叫道。

魏朗转身看她，虽穿了一身格子西装，还是衬出他一身痞气，但又和平时不一样，确切地说应该是"雅痞"。

程晨晨打量了魏朗好几眼，魏朗终于不耐烦道："干吗？不习惯我穿成这样啊？"

“有点……”程晨晨坦白说。

“我爸说我每次穿得跟混混一样，他很没面子。”魏朗耸肩做出一副无可奈何的模样，“所以人也得做些改变吧。”

也确实，毕竟魏朗的爸爸是校长大人。

“你这样比之前好多了。”程晨晨又道。

“若你喜欢，我以后就穿成这样了。”魏朗噙着笑，满意地说道。

程晨晨正欲辩驳，突然想到此行的目的，于是说：“你今天来看阿达了？”

“是啊！”魏朗轻松耸肩道，“要讨好主人先得讨好她家的狗，是吧？”

果然别有用心，程晨晨递过项圈道：“那你干吗把这个给阿达？”

“我跟阿达有缘啊。”魏朗振振有词道，“你看，项圈上这个小令牌，是保佑福寿平安的意思。”

程晨晨仔细地看了看项圈上的那一小块正方形的银色令牌，说：“这不是你比较需要的吗？”

“我不需要了，送给你吧，好好留着。”他把项圈塞进了程晨晨的手中，又道，“上次对你弟弟的事情，我很抱歉。你还生气吗？”

“那么久的事情了，我又没那么小气。”其实魏朗只要不霸道，也不是那样令人讨厌。

他们一边走一边聊。魏朗看似突然松了口气，整个人飘飘然的，连眉眼都不自觉上扬：“你不生气真是太好了，我在基地那几天都不敢跟你说话。”

“你会吗？”程晨晨吃惊地看着魏朗，没料到这个霸道不讲理的人原来是那么在乎自己的感受。

“你会在乎别人的感受？”程晨晨问道。

魏朗耸肩，故作轻松道：“我可以不在乎别人，却不能不在乎你的感受啊。”

程晨晨突然一阵脸红，她别过头偷看了魏朗一眼，觉得自己很有压力。

她清了清嗓子，道：“你训练得怎样了？下周五就要比赛了吗？”

“还不错，今天给自己放个假。”

程晨晨踌躇片刻，又问：“那……那你的队友……他们呢？”

“我队友？你想问谁？”魏朗突然停住脚步看着她，眼神是他一贯的凶巴巴模样。

“你干吗又用这种眼神看我？怪可怕的。”她躲闪开他的目光。

“你想问谁？”他仍然坚持不懈地质问道。

“没有特指谁啊，就……随便问问。”程晨晨显得很是心慌，连说话都有些吞吞吐吐。

“你想问的人是韩东昀吧？”

魏朗猜透了程晨晨的心思，她如此来回试探，的确是想知道韩东昀的消息。那天雨中的他悲伤落寞的模样，她还历历在目。

“这个赛季的比赛不一定会见到他……”

听到这话，程晨晨吃惊地看着魏朗，为什么新赛季会见不到韩东昀呢？

跟那个下雨天发生的事情有关吗？

“不过，我费尽心思地找回他，哪有那么容易让他走的道理！”魏朗哼笑一声，又道，“不在赛场上拼个你死我活，岂不是很没意思？”

这是来自队友亦或者说是对手的尊重。

“可是我不喜欢你打听他的一切，3C。”魏朗深深地注视着她，“你知道吗？”

她躲避开他的目光，当作什么也没听见，换了个话题道：“你手里的咖啡好喝吗？”

他明明看出她眼神中的躲闪，却还是笑道：“不错，你想要喝一口吗？”

“算了，不用了。”

魏朗如此粗线条的人，当然不知道何时何地开始对这样一个傻女孩动了心，这大概是他从未遭遇过的心动，所以他愚笨地用最直接最霸道的方法想要和她在一起。

她却不明白他的心意，甚至有点对他避而远之，这让他既揪心又郁闷。

他想，这是除了赛场，他人生中遭遇到的最大的失败了吧。可那又如何，他依然心甘情愿，义无反顾。

SAN 杯比赛迫在眉睫，大家都在紧锣密鼓地筹备比赛，只有程晨晨看上去最为无聊，反正她只是参与了一场短道速滑中场休息时的列队滑表演。

她显得最为空闲，偶尔帮爸爸送送饭，去学校排练个半天就能回家，晚上还能去便利店做个兼职。她把时间安排得满满当当。弟弟程威却显得很是古怪，有次，明明是上课的时间，她却在街上撞见他进入了一家运动器械店。在家时，他也总是神秘兮兮地躲在卧室里，把门关得严严实实，打很长的电话，收很多的包裹，不知道在忙些什么。

弟弟如此反常，肯定有猫腻！

程威从小到大就比较忤逆，做事不考虑后果，她作为姐姐难免不为他反常的行为感到担心。

一天，她趁着弟弟出门，偷偷打开他的电脑，终于发现了他的惊天大秘密——原来程威打算这周四去青云山攀岩。

青云山以陡峭高耸著称，一直是高难度攀岩的爱好者的最佳选地之一。没想到弟弟程威还是对极限运动不死心，到了现在还想着寻求刺激。她气急败坏，当下就订了一张同一时间前往距离青云山最近的 M 村庄的车票。

一下车，程晨晨就看到了同一时间到达的弟弟，买过门票，她一路尾随，终于看到了浩浩荡荡的攀岩队伍。看来，今天来攀岩的人还真是多。

程晨晨一眼就看到了程威，还看到了程威前面的韩东昀。

程威还真是黏着这位“哥”不放手了！

她气恼地抓住了程威，没好气地说道：“你不好好地在学校待着，来这里干吗？”

程威一脸惊讶地看着程晨晨：“姐，你……你怎么也来了？”

程晨晨用力地拍了拍程威的脑袋，怒道：“我还想问你来这里干吗呢！”

“姐，我都怀疑你不是我姐，而是我妈了！”程威皱眉抱怨道。

程晨晨斜了程威一眼，道：“当你姐已经够累了！咱妈的心情我已经体会一半了。”

“姐……”

“等等……”

程晨晨挥手制止程威接下来要说的话，径直走到韩东昀的身旁，道：“你有没有空单独聊一聊？”

韩东昀淡淡地点头，随程晨晨到了人比较少的角落。程晨晨微微地吸了口气，道：“我知道我弟弟很崇拜你，在我看来，这种崇拜几乎有些变态了。我也知道他当你是偶像，可是他这个人很没有定性。你下回组织什么极限运动，能不能不要带上他？”

韩东昀不动声色地扬了扬嘴角：“这个黑锅就有点莫名其妙了。”

“这次活动我没有通知他，也不知道他会参加。”韩东昀耸肩道，“而且我是到了这里，才知道你弟弟也参加了。”

这么说来，他弟弟倒是有点像变态跟踪狂了？

顿了顿，韩东昀又淡淡地说道：“他至少可以选择做自己喜欢的事情，这没什么不好。”

“他这是不务正业！”程晨晨生气道。

“不务正业？那你眼中的务正业又是怎样？”

“我……”程晨晨竟一时无言以对。

“你弟弟觉得你一板一眼,胆小怕事。这么看来,好像真是这样！”韩东昀一副了然于心的模样。

“他是这么说的？”程晨晨气急败坏，程威居然这样说自己!

韩东昀微微笑着点头，旋身要离开。程晨晨忍不住问道：“那你怎么不继续选择你喜欢的事情去做？退学就是你喜欢的事情？你不喜欢短道速滑吗？”

韩东昀停住了脚步。他转身看着程晨晨，神色有些黯然，喉结微动，并不吭声。

“我听说你要退学，你不参加这次短道速滑比赛了？”程晨晨解释道。

“你怎么知道我喜欢的事情是短道速滑？我现在做的事情才是我真正喜欢的事情。”他又道，“既然来了，会攀岩吗？”

“不会！”程晨晨回绝道。

“是因为胆小吗？”韩东昀问道。

“谁说我胆子小了！”程晨晨被激怒了。

韩东昀又道：“老是当乖乖女岂不是很没意思？这么年轻，不做些有挑战的事情岂不可惜？”

“什么意思啊？”程晨晨不解地问道。

“难道你的生活中除了滑冰就没有别的了吗？”韩东昀耸肩看她，“不敢尝试吗？”

程晨晨生怕被韩东昀小看，不服气地说：“好啊！谁说我不敢！你想让我尝试什么？”

她万万没想到韩东昀让她尝试的是蹦极。

还没站到蹦极台上，程晨晨就觉得自己的步履沉重得迈不开，仿佛有一场阴风死死地拉住她，阻碍她前进。

刚刚就不应该逞强啊，现在就是作死的节奏！程晨晨暗自懊恼。

韩东昀已经淡定地站在了蹦极台上，他望着程晨晨道：“看你有些害怕，我先跳吧。”

程晨晨战战兢兢地点头，见韩东昀毫不犹豫地飞身下去，他在空中张开手臂，好像在拥抱蓝天白云，姿势舒展，万分淡定。

看起来也没有想象中的那么可怕嘛！程晨晨对自己说。

韩东昀坐在湖面上的救生艇里等她。可真正站在蹦极跳台前，她就觉得全身发抖，心跳加快。她望向下面波光粼粼的湖面，这样的高度差不多有30米。自己还不会游泳，一头扎下去，不被摔死也会被淹死，想想就有点恐惧。

她回头望了望站在不远处的程威，默默地吞了吞口水。

“姐，要是害怕就算了啊！”程威劝说道。

“谁说的？我不怕！”

“姐，你就别逞强了！”程威苦口婆心道，“不行就放弃吧，不会有人笑你的！”

可程晨晨还是下定了决心。活了二十年，还没做过一件挑战自己极限的事情，好像真的很失败。

等到教练重复检查装备后，程晨晨深吸了口气，默念道：“一、二、三，程晨晨加油！”

她心一横，飞了出去。等到身体下坠的时候，她紧闭眼睛，大喊大叫，根本没法放松地欣赏周围的风景和享受这种刺激感。

她觉得自己的脸在空中已近乎扭曲，再次反弹的时候，她只觉得天旋地转，只知道声嘶力竭地大喊。

真是太刺激了！

直到安稳地落在救生艇上好一会儿了，她还是觉得全身发抖，双脚无力。

整个过程很短暂，可对于程晨晨来说，仿佛经历了一个世纪。

“你没事吧？”韩东昀问道。

“我……我怎么会有事？我……又不怕……”明明双脚还在打战，程晨晨还是梗着脖子说道。

韩东昀轻轻地哼笑一声：“刚刚，你这下落的过程中台词还蛮丰富的嘛！”

程晨晨呆呆地看着他不说话。刚刚下坠的时候，她已经神志不清，完全不记得自己在胡言乱语什么。

她好像念了佛祖、上帝、阿拉，还有自己仙逝多年的外公的名字……

她还喊了她不想死，还没吃过海鲜自助大餐，还没好好谈场恋爱。

还大骂了韩东昀冷漠无情，要什么酷，跩什么跩……

还说自己如果要下地狱，一定要拖上韩东昀这个浑蛋！

这么仔细一想，她的台词不仅多，还蛮丰富多彩……

她窘得恨不得自己立刻变成透明人。还没尴尬完，她忽然觉得脑袋重得厉害，胃里翻滚得厉害。即便这样，她还想拉住韩东昀解释！

“是吗？”她紧紧拽住韩东昀，想在救生艇上站直了，下一秒却排山倒海起来，“呕——”

“呕——”

程晨晨今天早上吃的两根香蕉、一个芝士蛋糕、一包牛奶在胃里经过一系列的消化行为后通通又回流了出来，直接喷到了韩东昀雪白的 T 恤衫上。

“对不起……”

“呕——呕——”

无法避免的是一场灾难，她望着韩东昀那张憋得黑青的脸，心中有着深深的愧疚，嘴却无法控制地呕个不停……

可怜的是韩东昀，他今天本来兴致不错，现在却心情糟糕得就想抓个人狂打一顿。

眼前的“小猫咪”一定是老天爷派来玩他的！

Excuse me，老天爷，玩够了没？

整个救生艇就像发生了一场化学灾难，刺鼻难闻，一靠岸，韩东昀就匆匆跳上岸，对程晨晨避之不及。

早在岸边等候的赵谦予捏着鼻子，一脸嫌弃地注视着韩东昀：“哇，你掉到粪坑里了吗？”

“衣服！”韩东昀皱眉叫道。

赵谦予递过衣服，说：“洗手间在凉亭后面，你要不要先消下毒？”

“废话怎么这么多！”韩东昀冷冷地瞪了赵谦予一眼，径直往洗手间而去。

紧接着，程晨晨也上了岸，赵谦予刚刚深吸了口气又捏紧了鼻子，指着程晨晨道：“你……你是和韩东昀一起掉到粪坑里了吗？”

程晨晨羞愧难当，结结巴巴地说道：“你……你才掉进粪坑了呢！”

“哇，你比韩东昀还要臭呢……”赵谦予往后退了一大步，嫌弃地啧了几声。

不仅赵谦予嫌弃自己，她其实也十分厌恶自己。

为什么每次都在韩东昀面前如此丢人呢！程晨晨咬唇暗自气恼不已。她偷偷喊来弟弟，让他找来了一件男士T恤换上。

出了洗手间，看到赵谦予和程威正在聊天，赵谦予看着手机，笑得不亦乐乎。

程晨晨从后面凑近一看，视频上正是刚刚那场令人丢人的蹦极录影，而大喊大叫的那个人正是自己。

“哪里来的视频啊？”程晨晨夺过视频，面红耳赤地问道。

“同行的人拍的啊，不过还蛮精彩的！”赵谦予忍不住哈哈大笑起来。

“有……有那么好笑吗？”程晨晨结结巴巴地质问道。

“是挺好笑的。”韩东昀不动声色地出现在程晨晨的背后。

她回头一看，这人面无表情，说话不咸不淡，却总能让人有暗箭伤人之感。

可她即使愤愤不已，也无法对他感到厌恶，还真是奇怪了！

“东昀的这件T恤，你穿起来还蛮……”赵谦予摸了摸下巴，意味深长道，“好……看……”

程晨晨低头看了看身上简单的黑色T恤，又望了望韩东昀，脸色绯红地咳了几声。

“那个……谢谢啊……”程晨晨目光闪烁地说道。

“不客气。”韩东昀波澜不惊地微笑道，“哦，我有洁癖，还给我的时候记得洗干净些。”说完，他转身就走。

她却一脸窘然：“喂——”

“姐，你没事吧？”身旁的弟弟关心地问道，“还在晕吗？要不要休息下？”

“我们……回家吧。”她失落地说。

“好。”

到了家门外，她看到了两个巨大的行李箱，阿达乖乖地伏在了行李箱旁边，闷闷不乐。

程晨晨和程威面面相觑，暗自涌现了不好的预感。

不一会儿，就传来了“砰”的一声关门声，妈妈穿着一袭黄色连衣裙走出了家门。

“你要走，就永远不要回来了！”接着传来了父亲的嘶喊声，“孩子都被你教坏了！”

爸妈又吵架了，看来这次还很严重。程威最怕父母吵架，最好的办法就是溜之大吉。他和程晨晨打了声招呼，背着书包一下就溜走了。

现在，只剩下程晨晨独自一人面临着从对面走来的妈妈姚勤。姚勤走路不急不慢，即使有些跛脚，依然希望保持优雅的姿态。

“妈，你要去哪里？”她先开口问道。

“我去你外婆家住一段时间。”姚勤拍了拍程晨晨的肩膀，说道，“你要好好学花样滑冰。”

“妈，你和爸……怎么了？”程晨晨问道。

“晨晨，我……我和你爸可能会离婚。”姚勤努力挤出了一丝笑意。

“为什么？不是好好的吗？”

姚勤深吸了一口气，道：“晨晨，你已经长大，有些事到了时间我会同你解释。现在，你要做的是好好训练，让妈妈看到你有一天能像一个冰雪公主骄傲地站在领奖台上！”

姚勤拖着行李箱渐行渐远，阿达凑近程晨晨的脚嗅了嗅，好似在安慰她低落的情绪。

她俯下身来摸了摸阿达的头，微微地叹了口气，推开了家门。

家里弥漫着一股浓重的酒味，爸爸老程已经醉意醺醺，他看到程晨晨，问道：“你妈走了？”

程晨晨点点头，老程跌跌撞撞地往厨房走去：“一辈子只知道花样滑冰，结果呢，还不是一个半残废！”

她知道老程说的是自己的母亲，半辈子的时间都花在花样滑冰上，结果一只脚却因此跛了。

“爸，你不要这么说妈！”她显得很是激动。

“你也一样，我宁愿你安安稳稳地读完大学，毕业做个小职员，也不希望你成为一个运动员。”

“爸，运动员没什么不好的……”她努力想解释，运动员可以获得的掌声和荣誉，她至今都没能得到，她又能向父亲证明什么呢？

“运动员可以做一辈子？可以养活自己一辈子啊？都是你妈把你们带坏了！”老程从厨房出来，放下碗筷说，“今天没有做饭，你去外面吃吧。”

程晨晨很是郁闷，她竟然没有理由说服父亲。如果她足够优秀，那她一定会告诉父亲，运动员的生涯的确是很短的，但是优秀的运动员在退役后依然可以成为榜样，成为范例，开辟另一块领域。

她沮丧地带着阿达出门觅食，望了望乖乖跟在背后的阿达，她突然很是感伤，看来最后只有我们两个相依为命了，阿达。

她去便利店买了碗红烧牛肉面，冲完开水，坐在窗前就吃了起来。

“没饭吃啊？”一个声音传入耳中。

她猛地抬头，居然是魏朗！她不禁惊讶地问道：“你怎么在这儿？”

“我家本来就在附近啊！”魏朗笑着耸耸肩道。

“是吗？”程晨晨狐疑地看了魏朗好几眼，她住在这里二十年，之前竟都没碰到过魏朗，还真是奇怪了。

“红烧牛肉面啊，我喜欢啊！”魏朗毫不客气地夺过程晨晨手中的塑料叉，呼哧呼哧地吃了好几口面。

“喂，你干吗吃我的面啊？”程晨晨大声嚷嚷道。

“干吗那么小气，你家长没教会你分享吗？”魏朗不以为然地看着程晨晨。

分享，有这么分享的吗？她瞪圆眼睛看着魏朗，把面碗推到魏朗面前说道：“我不吃了。”

共吃一碗面是情侣才会做的事，她才不要。

魏朗却扬扬得意地看着她，说：“不吃更好，我还饿得慌了。”

魏朗有滋有味地吃着泡面，连阿达都馋得伸出大舌头，眼巴巴地盯着魏朗看。

“干吗，你也想吃啊？”魏朗幼稚地端起香喷喷的泡面在阿达面前晃了晃。

阿达“汪汪汪”地叫了好几声，魏朗又道：“干吗，戴着我的项圈还对着我吼啊！”

程晨晨无语地看了一眼魏朗，牵着阿达准备离开，魏朗满足地喝完最后一口汤，紧跟了上来。

“心情不好？”魏朗明知故问道。

程晨晨懒得理他，他却一把抓起了她的手，道：“知道怎么可以让心情变好吗？吃得撑死就没有胃可以难过了。”

吃得撑死就没有胃可以难过了，这又是哪门子的道理？

“去哪里啊？”她被魏朗拽着走了一截路，终于忍不住甩开了他的手，道，“我不去。”

“你一定要去。”魏朗冷着脸，命令道。

顿了顿，魏朗又威胁道：“你知道我的脾气，你要是不去，你知道会有什么后果的。”

程晨晨真是忍不住想骂自己软弱，她到底怕魏朗什么，次次都只能妥协。

真是太没用了！

魏朗领着程晨晨一路走着，终于到了一家无锡小笼包店，一坐到位子上，他就大喊道：“老板来十笼包子！”

“疯了吧，魏朗！你吃得完这么多包子吗？”她压低声音问道。

“不是还有你吗？”魏朗冷静地回道。

十笼小笼包很快上了桌，魏朗迫不及待地调好酱料，已经满意自得地吃了第一个小笼包，并赞不绝口道：“皮薄汁多，真的很好吃。不信尝一尝？”

看到魏朗一副陶醉于美食的模样，程晨晨忍不住也夹了一个，天哪，这一定是她吃过的最好吃的小笼包，简直好吃到上了天！

魏朗把五笼包子推到她的面前，说：“一人五笼，吃完才能走。”

程晨晨傻眼地看着魏朗，五笼小笼包是什么概念？除了刚吃的那个包子，她还得吃四十九个包子……

她吃完都要变成包子了好吧？

“我为什么要吃？”

“因为我在，你就要吃！”转眼间，魏朗又凶相毕露。

可魏朗的话又没有错，吃的时候真的没时间去难过。当胃被塞得满满当当的，哪里还有心思去难过，只想着如何消化才会快点。

程晨晨同魏朗从店里出来的时候，包子并没有全部吃完，剩下的都给阿达打包了。她平生第一次有吃到吐的感觉。

“我今年再也不想吃包子了。”程晨晨虚脱地摸了摸肚子。

两人漫步在拥挤的街道，四点多的天空还是明亮湛蓝的，而魏朗的心情也很好，他笑着眨眼道：“那我们下回可以吃五碗拉面，五个比萨或者十个汉堡……”

“喂，你是参加大胃王大赛出来的吗？”程晨晨飞了个白眼给魏朗，“我为什么要把自己吃得撑死。”

“撑死了就不会难过了啊……”

程晨晨看了一眼魏朗，突然觉得他说得很有道理，她之前不快的心情好像已经一扫而空了。

魏朗这样的混混竟有这样神奇的生活哲学，想想还真是奇妙。

“我小时候要是不开心，就点一桌子菜，吃完再回家，心情就会突然变好。”魏朗突然说道。

程晨晨忍不住问道：“那你小时候是个大胖子吗？”

“哇，你是没见过那时候的我，简直就是个大号的充气气球，随时可能爆炸。后来听说滑冰能够迅速减肥，我才去学习了滑冰。”魏朗娓娓道来，“没想到，后来真正喜欢上了短道速滑。我喜欢在冰上的速度感，刺激，有力量。”

“那你没有想过以后要从事别的职业吗？”程晨晨突然问道，“比如你爸，他有没有希望你成为像他那样的人？”

“成为校长啊？”魏朗突然笑了起来，“我从来就不按照我爸对我的期望活着。”

程晨晨突然沉默了，难道她一直以来都是按照母亲的期望活着吗？那她的真实期望呢？难道不是成为一名优秀的花样滑冰选手？还是，她应该像父亲说的那样，毕业后做个朝九晚五的上班族呢？程晨晨不禁踌躇起来。

也许韩东昀说得对，程威比她勇敢，可以选择做自己喜欢的事情，那她呢？如果她真的喜欢花样滑冰，为什么没有做到尽最大的努力？如果她不喜欢花样滑冰，为什么不早早放弃？

她突然停住脚步，说："谢谢你，魏朗，我要回家了。"

魏朗听到她说谢谢，吃了一惊，突然攥着拳头说了声"耶"，欣喜若狂地蹦得老高。程晨晨杵在原地，怔怔地看着魏朗夸张的动作。

魏朗斜唇，笑意就要溢出："没什么，就是突然心情很好。"

魏朗同程晨晨告别后，独自打了辆的士离开。他并不住在这附近，只是他在烦闷的训练中突然很想见程晨晨，这个感觉真的太奇妙了，似乎是他从未有过的感觉。

他那么霸道强势，却不自觉地想对一个人温柔。

第五章 全心备战意外多

程晨晨把阿达送回家后，又出了门。她突然很想试试自己有多大能力在支撑着自己心里的信念。她回到学校，学校的滑冰场已经关门。

夜已经深了，她一个人跑到了学校的操场，一圈又一圈地开始跑步。她不断地问自己是不是喜欢花样滑冰，是不是喜欢轻盈地在冰上流连忘返的感觉。

就在她气喘吁吁、大汗淋漓地停下脚步的时候，她突然在空无一人的操场上大喊道：“对，我是喜欢的，我喜欢花样滑冰。”

此刻，她似乎穿越了过去迷茫的日子，找到了方向。

她要证明自己可以，除了努力到让别人看到，已经没有办法。

她盘膝坐在操场上，想起了教练的话，无论跳跃、旋转、滑行都和平衡脱离不了关系。所以她在旋转中失败，很有可能是她自己对平衡能力的掌控出现了问题。

除了平衡能力，还有过敏性哮喘也是她担心的地方，前者能够克服，而后者身体上的问题，她是不是该相信运气了？

静谧的夜里，刺耳的手机声突然响起，她急急地接起电话。听到电话那头的声音，她猛然一惊，拾起放在一旁的外套，匆匆往医务室跑去。

她看到苏岚希皱眉躺在病床上，看似十分难受的样子。

“晨晨，我肚子疼得快要死掉了！”苏岚希看到程晨晨，艰难地抱怨道。

她偷偷靠近，紧张地问道：“来大姨妈啦？撑得下去吗？”

“不是大姨妈。”苏岚希捂着肚子说，“我也不知道怎么了，今天早上就开始疼了，本来以为没什么，晚上就变得很是厉害了。”

医务室的校医做了检查后，怀疑苏岚希患的是急性阑尾炎，需要做手术。当晚苏岚希就被送进了医院。

阑尾炎手术做了将近两个小时，程晨晨在手术室外睡了一觉，等到醒来，苏岚希的手术已经顺利结束。

程晨晨伸了个懒腰，下楼吃了个早餐。谁想回来后，病房里头已经围着一大群人，除了苏岚希的爸爸妈妈，还有林教练和花样滑冰队的总教练，病房外还围绕着几位小报记者。

程晨晨心里有些担忧。也难怪，苏岚希是冉冉升起的花样滑冰之光，很多人都对她寄予了厚望。这次的手术很有可能导致十天后的比赛，苏岚希无法参加。

等到人群散去，程晨晨才进了门，闭目养神的苏岚希显得异常虚弱，她的麻药药效刚刚退去。

“岚希……”

“你们烦不烦啊，没完没了的，我要睡觉……”苏岚希恼怒地转过身，大声叫道。

等她睁开眼的一瞬，发现站在床边的人是程晨晨，有些抱歉地说道：“对不起，晨晨。刚刚他们一群人好烦，说个没完没了。”

程晨晨找了把椅子坐下说：“你要喝点粥吗？我去买。”

“不用了，我妈刚刚带来了点粥。”苏岚希道。

“那你想喝点水吗？”程晨晨又问道。

“不用了，晨晨，你坐过来点。”苏岚希咬着干涸的嘴唇说。

程晨晨挨近了点，苏岚希又道：“我三五天后出院，伤口要两个星期才能拆线，恐怕十天之后的比赛我无法参加了。”

程晨晨一时之间不知道怎么安慰苏岚希，她知道苏岚希一定很难过，前期的训练和准备通通付诸东流，这比在赛场上落败更让人沮丧。

“岚希，你的机会还多着呢。SAN 杯只是一场小规模的比赛，真正的国家级和世界级的大赛还在后面。你不要这么早就气馁……”

“晨晨！”

“嗯？”

苏岚希打断了她的话，说道：“这次比赛，你代替我参加。”

“啊！”程晨晨惊愕不已，道，“岚希，我不能啊，我根本就没准备……”

“我会跟林教练推荐你上场，你本来就是候补队员之一，我对你有信心！”

苏岚希握紧了程晨晨的手道：“听到没有？别扭扭捏捏的，该怎么做就怎么做！而且，你在集训基地也接受了训练。”

“岚希，我真的不行。我没有准备，短曲和长曲的音乐我也没有选……”

“你看过我训练，我会的，你都会。”苏岚希又道，“你可以的。”

程晨晨不再说话，可是内心已经开始忐忑不安。苏岚希又道：“晨晨，你能帮我做件事吗？”

“好，你说！”程晨晨爽快答应了下来。

泰安小区 11 栋 16 室，又是这个熟悉的地址。程晨晨轻轻地按了按门铃，一声，两声，门被打开。

一张清隽冷漠的脸庞映入眼帘，韩东昀问道：“你找我有事？”

“岚希让我交给你的。”程晨晨递过去一个小盒子，里面装的是一条水晶项链。

韩东昀盯着程晨晨看，迟疑了一会儿才面无表情地接过盒子，淡淡地说：“还有别的事吗？”

“没有了……”

她看着韩东昀转过身，在他将要合上门的一瞬，她叫道：“韩东昀，你能去看看岚希吗？”

她似乎下了很大的决心才说出了口，不管二人之前是什么关系，现在最能够给予苏岚希力量的应该是面前的男人。

“她得了急性阑尾炎在住院，我想现在的她需要安慰。”

韩东昀停住脚步，回头看她，目光是惯常的清冷幽深：“对不起，我可能给不了她想要的安慰。”

他决绝地合上门，只留下程晨晨茫然地望着那一扇门。她垂下头，很是难过。这就是韩东昀吗？曾经帮过她那么多次的人，真的那么决绝冷漠吗？

她总是不相信他真的如他的外表一样淡薄，她一直觉得在他冷漠寡言的背后也有颗赤子之心。可现在她好像错了。他就是那样的人，是她误解了他。

她失望地按下电梯，电梯按钮的数字慢慢变大，就要到达十一楼。

“等等！”

她霍然抬头，眼见韩东昀已经穿上外套站在她的跟前，她欣喜若狂：“我就知道你不会那么绝情。”

韩东昀淡淡地扯起嘴角，冷冷道：“只怕她并不想见我，见到我只会更加难过。”

韩东昀的话得到印证，他和苏岚希在病房内聊得并不愉快，不一会儿，他就出了病房。程晨晨探头看时，病房内飞出了一个枕头落在了地上。

韩东昀似乎早预料到结果，说：“我说过，她并不想见我。”

程晨晨原以为苏岚希嘴硬心软，见到韩东昀应该也会得到些安慰，可现在看来，全然不是这回事。

“你们的过去……不太愉快？”程晨晨忍不住又问。

见韩东昀阴沉着脸不答话，她只好说：“好啦，我知道我在窥探你的隐私了。岚希这次做了手术，很有可能参加不了 SAN 杯的比赛，我只是觉得你可能能给她点安慰而已。可现在看来好像不能……”

“能给她安慰的人不是我，”韩东昀扯了扯嘴角，笑意牵强，“是我哥。”

你哥？她怔怔地看着韩东昀，心里更是不解了。

“至于她那么讨厌我，是因为，由于我的原因，我哥才会残。”

程晨晨一脸震惊地看着韩东昀，她没想到事情竟是如此，所以，韩东昀所有的淡薄冷漠很可能跟他的哥哥分不开。他背负的压力难以想象，而那些罪责会如影随形般陪伴着他一辈子。

“所以，她应该理所当然地怨恨我一辈子。”韩东昀淡淡地说道。

她感到十分抱歉：“对不起，我好像戳到你的伤心处了。”

“没事。”韩东昀道，“我先走了。”

眼看他的背影就要消失在视线当中，程晨晨急急地追了出去，喊道：“韩东昀！”

他转身疑惑地看着她。

她喘了几口气，道：“岚希准备让我替她参加 SAN 杯的比赛……”

她也不知道为什么要告诉他这件事情，可是她就是不自觉地想把这件事情分享给他，而她也做好了心理准备，他那么一个说话不好听的人，这回还不知道要怎么毒舌她呢！

“你觉得……我可以吗？”程晨晨又问道。

她似乎想从面前的男人处得到些支持和肯定，虽然这样显得很是唐突。

韩东昀清朗的目光微闪，似笑非笑：“虽然不怎么看好你，但是，请你一定要让我失望。”

“啊？”

等到韩东昀走远，程晨晨还立在原地，回味着这句话。让他失望？

是让他不看好我的想法失望吗？

什么男人啊，真是傲娇！

只有十天，给程晨晨的时间只有十天。

她的心理负担难以想象，她害怕辜负了苏岚希给她的机会，也害怕这次的失败让林教练不再相信她。

林教练微微叹了口气，程晨晨看得出来，她的心头好苏岚希不能参加比赛，让她很是痛惜，而对程晨晨的不信任，让她不自觉地把关注度放在了安小沫的身上。

选曲的问题终于解决，为苏岚希设计的编舞并不适合程晨晨，她最终选择了上个赛季未用到的选曲编舞。

不管怎么样，她也不想让岚希感到丢人。

从第一天训练开始，她就六点起床，慢跑一个小时，早餐后休息，再继续投入训练，上午四个小时的训练，下午四个小时的训练，等到走出冰场时天已经黑了，晚上在家还需要做些运动提升膝盖的力量。

每一次的旋转跳跃，对膝盖和脚踝都有很大的力量需求。不想跌倒，就必须咬紧牙关。

这样紧迫的训练，使得她好几天没有和爸爸进行沟通了。但她为了照顾阿达，没有搬到宿舍，还是每天回家。在披星戴月的回家途中，她会在头脑中再回放一次编曲和动作。

“姐！”

“姐！”

她恍若惊醒般猛地回头：“我的小心脏都快被你吓得跳出来了。”

“想什么呢？那么入神！”程威跟了上来。

天已经黑了下来，暮色降临。结束了一天高强度的训练，在回家的途中本应惬意万分。然而，她心里像是堆积着满满的沙包，沉甸甸的。

“我在想比赛。”程晨晨说。

才过了三天，姐姐就明显憔悴许多，程威忍不住道：“不是还有安小沫吗？姐姐你的压力也不要太大。”

“这怎么能一样，我是占用了岚希的名额，所以不想让这个名额因为我而显得可有可无。”程晨晨硬气道。

“姐，给你的时间只有十天，而且你就是个替补的，输赢也不要那么放在心上。”程威安慰道。

“程威，即使输，我也不想输得太难看，我不想显得我很无能！”

姐姐突然认真无比的模样，让程威十分惊讶。眼见程晨晨已经开门进了屋，他才紧跟着进来。

“姐，这几天阿达就由我来照顾吧。”程威喊住了程晨晨。

程晨晨停住脚步回过头来。程威又道：“这段时间妈不在家，爸心情也不好，你不用回家住了。我会代你照顾好阿达，你专心准备比赛就好。”

程晨晨愣愣地看着程威，很是感动。程威又道：“姐，我收回之前的话。不管怎样，你都应该加油！”

“而且，姐，你这样都快成为我的偶像了。”他夸张地补充道。

“偶像个头啊！”程晨晨猛拍了一下程威的头。

第四天的训练已经展开。冰场就是一块偌大的白色净土，程晨晨必须在这块净土上飞驰并成功驾驭观众的眼球。

她陶醉地在冰上跳跃旋转，却不知旁边有一双眼睛静静地注视着这一切。韩东昀的嘴角不自觉地上扬，这样的她似乎很不一样。比起她柔柔弱弱说话的样子，在厨房做水煮鱼时厨娘的样子，以及在蹦极台上大喊大叫的模样，显得更加可爱。

也许她是对的，她可以的，她曼妙的身姿应该属于冰场。

他想得出神的时候，她已经一屁股坐在了冰上。但是这次她很快就起身连接到下一个动作，一个运动员最需要的就是忘我的努力。

这天的训练成果明显不佳，程晨晨还是在短曲中同一个动作上出现了失误。这样的表演连自己都不能被感染，要怎么感染观众？

“晨晨，你不要给自己太大的压力。花样滑冰是场比赛，技术上的炉火纯青当然是必要因素。但是花样滑冰在观众眼中更是场感染人的表演，不只是编曲、动作，连服装、笑容都会影响整个表演。”

林教练越是语重心长，程晨晨越是不敢松懈。

林教练继续道：“要让观众和评委站在你这边，像是看一场浪漫的电影一样轻松惬意，才是最后要达到的目的。”

电影？让观众不自觉地被感染，让评委站在你这边？程晨晨的脑袋里乱成一团糨糊，那要怎么做呢？她百思不得其解。

在林教练的要求下，程晨晨提早结束了训练。她一个人到浴室洗澡，水雾弥漫中，她反复琢磨着林教练的话，等到换好衣服出了浴室，她还是一副魂不守舍的模样。

“奶茶。”

一只托着杯奶茶的手出现在她的眼前。

她猛地后退一步，抬头一看，深吸了口气道：“你……怎么在女更衣室门口啊？”

韩东昀淡漠地看着她：“我还只是出现在女更衣室的门口，当时你却是出现在男更衣室里面。”

程晨晨一阵脸红，这么久的事情，他怎么还记得那么清楚。她回避道：“你找我啊？”

“请你喝奶茶啊。”韩东昀又道。

“我还是不喝了，最近在控制体重。”程晨晨礼貌拒绝道。

“看来是认真地对待这场比赛。”韩东昀的语气捉摸不定。

“当然啊，你以为我在玩吗？”

韩东昀微微抿了抿唇，一本正经地说：“其实我觉得你更适合短道速滑。”

“为什么？”

“冰场上的你一板一眼，全身僵硬，哪里像是 figure skate ？观众来看花样滑冰，本来是场美的享受，却好像是在花钱看机器人……”

“喂喂喂，韩东昀，我有那么差吗？”程晨晨忍不住反抗道。

“花样滑冰又不是谁滑得快就能拿冠军，你要是速度上不错，何不转个项目去参加短道速滑？”

“你胡说什么呢！”程晨晨恼怒道。

“我只是帮你总结了你教练的话。”韩东昀微微耸肩，轻松自然道，“你不需要感谢我。”

程晨晨恍然大悟。教练的意思是她的表现力不够吗？动作技巧再完美，如果没有表现力也是不够的。

程晨晨忍不住抓住韩东昀的手，大叫道：“原来是这样！我为什么就不明白呢？”

韩东昀冷淡地抽出双手，嫌弃地望了程晨晨一眼，慢慢吐出四个字：“因为你笨！”

程晨晨不服气地白了韩东昀一眼，韩东昀却忍不住突然笑了。这么一个冷酷无情的人扬起嘴角，露出皓齿的模样真是少见。

“你今天的头发造型不错。”

头发造型？

程晨晨一脸茫然地摸了摸头发，韩东昀已经迈着大长腿渐行渐远。

她困惑不已地又走回更衣室照了下镜子，那一下，她几乎被自己吓到，忍不住嗷嗷大叫了起来！

程晨晨你是猪吗！竟然顶着满头洗发水泡泡和韩东昀讲了那么久的话！

韩东昀捧着杯热奶茶，慢慢踱步离开。他的心情看似很好，嘴角漾着一缕清浅不易察觉的笑意。

“是啊，为了个女生改变口味也是正常。”魏朗皱眉冷笑一声。

“我没空和你谈这些！”韩东昀冷下脸来要从他的身边经过。

“那我们谈谈比赛吧？”魏朗拦住了韩东昀。

韩东昀淡笑一声：“你不知道我休学了吗？”

“你又没做错什么，干吗要听你哥的！”魏朗冲他吼道，“你哥残了，难道你就要把所有的责任归到你自己身上吗？如果你哥死了呢，你也要去殉葬吗？”

韩东昀攥紧拳头，半眯着眼，怒火喷涌而出：“魏朗，你说够了没有？”

“你倒是生气啊！我真是看够了你不咸不淡的样子！”魏朗红着眼睛挑衅道，“一年前我还敬你是个对手，现在你到底是什么？”

话音刚落，魏朗就一拳挥了过去。他哼了一声，大声叫道：“有本事就还手啊！”

韩东昀冷冽地笑了一声，抚过唇边的血渍，捏紧拳头，直勾勾地向魏朗挥了过来。

魏朗却意外地笑了：“我还以为你不会还手。”

两个高大英俊的男人在体育场大门口扭打成了一团，且愈演愈烈。

消息一下子就传到了冰场内，背着书包准备走出更衣室的程晨晨听到消息，加快了脚步，果然在体育场的大门口看到两个跌跌撞撞的身影。

两人被路人硬生生地扯开，却又不甘示弱地要向对方冲去。程晨晨惊慌不已，一把冲过去，用力抓住了韩东昀的手，不让他动。

她的眼神像极了一只惊慌失措的小鹿，她递过纸巾，让他抹掉他唇边的血痕，微颤着薄唇道：“你别打了……”

骤然间，魏朗冲上前，扯过程晨晨。程晨晨恐惧地盯着魏朗，他满脸都是血渍，通红的眼睛看起来万分狰狞。

“为什么不看我一眼？”他瞪圆了眼睛，眼睛里迸发出的怒火正灼灼燃烧。

她战战兢兢地看着魏朗，他似乎已经情绪失控，像一只随时会攻击的野兽。

她只是愣愣地盯着他，薄唇翕动，还是没有说话。

“为什么不看我？为什么只看到他？”魏朗紧紧抓住程晨晨的手，逼问道。

程晨晨沉默不语，被魏朗深深地困在了他和一堵墙之间。韩东昀疾步向前，拽过魏朗的手，可下一秒魏朗一个拳头已经用力地砸在了墙壁上。

“砰”的一声，沉重得让人心疼。

魏朗松开程晨晨，独自一人迈开脚步离开。他走得又急又乱，离去的背影显得落寞又惆怅。

看热闹的人群慢慢散去，而程晨晨还是没有从刚刚的惊吓中缓过神来，她深深地吸了口气，突然感觉到额头上有冰凉的液体慢慢滴落下来。

她伸手触摸了一下，竟然是鲜红的血！她忍不住大叫了起来。

“你是哪里受伤了？”韩东昀皱着眉凑了过来，轻轻地摸了摸她的额头，样子紧张又焦灼，“是哪里？我看看，需要去医务室看看吗？”

“我没事。”程晨晨缓缓地说道。

“让我看看！”

“真的不是我有事！”程晨晨侧过脸，躲开了韩东昀。

“程晨晨，你到底有没有在听我说话！给我看看！”

韩东昀突然勃然大怒，他看似真的生气了，眉心拧成了一团，嘴角微微下垂。

程晨晨弱弱地说道：“真的不是……我有事，有事的是魏朗……”

“血……应该是刚刚魏朗手受伤时候留下的……”程晨晨再次解释道。

韩东昀似乎也意识到刚刚的反应过于激动，他又换了一张淡寡的脸道：“那就好……”

“倒是你，要不要去看看医生？”程晨晨看着韩东晕红肿的嘴角，忍不住问道。

“没什么，小伤而已。”韩东昀躲开了程晨晨关心的目光。

“你和魏朗……怎么了？”程晨晨弱弱地问道。

学校外正好是一个小公园，傍晚时分，来散步的人络绎不绝。程晨晨清洗完头上的血渍之后就同韩东昀一同到公园散了散步。

韩东昀一路上都没有吭声，看起来并不开心，这让程晨晨微微觉得有些尴尬。好半天，她才开口道：“要不要先吃个饭？”

“你饿了吗？”韩东昀问道。

“没……有。”程晨晨笑了笑。

“今天让你受到了惊吓，不好意思。”韩东昀又道。

程晨晨侧头看着韩东昀，心中很困惑，韩东昀和魏朗怎么会一言不合就打起来了呢，可又不知如何发问。

“我十一岁学短道速滑，和魏朗一样大，我们是在队里认识的。虽说是队友、对手，但是我更多的是把他当成好朋友。”韩东昀娓娓道来，“我们认识得越久就越是看不惯彼此，越是要争个高低输赢。一年前我哥哥发生意外，我陪同我哥哥去美国接受治疗，直到前段时间才回国。也不知道魏朗从哪里得知我回国的消息，所以软磨硬泡让我重新加入了校队。”

“既然如此，你真的甘心放弃？”程晨晨问，又自嘲道，“其实吧，就像我，是队里的废柴，一直扮演着可有可无的角色。你可能也觉得我不适合花样滑冰，对吧？可是我这人就是固执得很。”

韩东昀轻轻牵了牵嘴角，他忘记告诉程晨晨，他早就在心里默默收回了之前说的话，她其实是适合冰场这个大剧院的。

“我也曾经以为我学花样滑冰只是在完成妈妈的梦想，可是我后来才发现，潜移默化了那么多年，我已经难以离开它，它已经默默地成为我生命里不可分割的一部分。我是热爱它的！这种感觉就像是一种使命，你要尽全身的力气去把它做好！”程晨晨笑着说，她的眼睛，像是夜空中的小月牙那么晶莹闪亮。

韩东昀大概已经很久没见过这么单纯的女孩了，仿佛一切在她眼里就是那么简单，喜欢一件事就应该不管不顾地去做，有什么理由可以放弃呢？

是啊，曾经的韩东昀也是这么不管不顾地去做自己喜欢的事情，可是就是因为哥哥包容了他太多年，他任性妄为了太多年，他才会在最后伤害了哥哥。

“也许你可以。”韩东昀停下脚步看着程晨晨。

“啊？”程晨晨怔怔地看着韩东昀。

韩东昀又道：“你可以大言不惭地对我说，你看错了，我是适合花样滑冰的。”

程晨晨咧开嘴笑道：“我才不是这样的人呢！”

公园的小道上，十分安静，连周围的虫子的叫声都可以听见。突然突兀地传来了一声“咕噜”的声音。

程晨晨紧张地摸了摸肚子，生怕这个突兀的声音被韩东昀察觉。

“你饿了？”韩东昀问道。

“没有没有，我还不饿，还能多走会儿呢！”

面前的女孩瞪着天真无瑕的大眼睛逞强地说。

韩东昀暗自觉得有些好笑，突然俯身认真道：“可是我饿了。”

程晨晨迫不及待地回道：“那……我们去吃饭吧。学校旁边有家麻辣烫很好吃，你一定还没吃过吧？”

他看了看女孩欢悦的背影，忍不住淡笑了一声。

吃完饭，程晨晨同韩东昀告别，看着他渐行渐远的背影，却突然很想叫住他。

夜色朦胧，连忽明忽暗的路灯此时都显得很有情调。她突然有了一种难以言明的冲动，她冲了上去，叫住了他："韩东昀！"

他猛地回头看着跑上来的程晨晨，有点莫名。

不料路灯下的女孩的脸上慢慢地漫上一抹绯色，她忸怩了半天才开口问道："韩东昀，你……有女朋友吗？"

话一出口，程晨晨顿时觉得自己有点头脑发热。明明自己没有喝酒，怎么会突然那么大胆地问出这样的话来？难道用苏岚希的话来说，她真是闷骚型的女生，不鸣则已，一鸣惊人？可是当自己知道岚希和韩东昀根本没有关系时，她突然有了一种如释重负感。

"没有。"韩东昀简短地回道。

她看着韩东昀寒星般的眼眸，轻轻点头："哦。"

她独自一个人往学校走，心情却莫名大好。她像是个大花痴一样，捂着脸，她的脸正烫得惊人。

可是想到明天又要继续地投入训练，她就恨不得立马睡过去。

但愿明天是全新的一天。

她把头上的发夹取下放进了化妆盒内，却意外地看到了魏朗留下的项圈。

他还好吗？这时候她才想起了在体育场外，他看她的眼神是那么的霸道凶狠，却又透着无尽的悲伤。

还有那句不断重复的话，为什么不看我一眼？

她发了条短信给他："你的伤好点了吗？"

等了很久没有得到回复，她倒在床上，没过一会儿就睡着了。

这几天的训练真的太累了。等到闹钟响起，她看了看手机，魏朗昨天并没有回复她的短信。

又是新的一天，程晨晨练完回到冰场，才得知了一个消息：安小沫提高了组合跳的难度，从三加二的组合提高到了三加三。这次苏岚希没有参加比赛，对安小沫来说就等于少了个竞争对手，看来她对奖杯很是渴望。

安小沫训练完轮到了程晨晨。她的短节目选择的是柴可夫斯基音乐故事《胡桃夹子》当中的《花之圆舞曲》，梦幻，浪漫，又喜庆。

她需要把自己置身于那样的一个童话故事。她应该去想象整个故事，玛莎帮助胡桃夹子击败鼠王，胡桃夹子变成了王子，而玛莎和王子就要步入婚姻殿堂，这么美好的场景当然少不了舞蹈演员的表演，而自己就是其中一位。

整个短节目中最难的动作就是菲利普三周跳接后外点冰二周跳，而当她安全着地的一瞬，台下响起了掌声。

结束后，她缓缓地舒了口气，却正好看到了场外的两个熟悉的身影，是妈妈和岚希。

她向教练争取了休息时间，忍不住拉着妈妈问道："妈，你怎么来了？"

姚勤笑了笑，道："岚希拉着我来看你的训练，你的进步果然很大。"

程晨晨看了看苏岚希，苏岚希也道："我说吧，晨晨你能行的。"

"妈妈特别找你的教练打听了你的选曲，量身定做了你的参赛服，希望你会喜欢。"姚勤递过袋子道。

她拉着妈妈走到角落，问道："妈，你真的不回家了吗？"

"傻孩子，这不是你该操心的事情。"姚勤摸了摸程晨晨的头发，笑道。

程晨晨接过袋子，姚勤又道："你和岚希好好聊聊吧，我还有点事不能待太久。"

程晨晨同妈妈告别后，和岚希坐在了休息室里。她关心地问道："你刚出院不好好休息，怎么来学校了？"

苏岚希叹气道："没办法，惦念着某人啊，谁想有些人忘恩负义！"

程晨晨紧张地解释道：“岚希，我本来也是想去看你的，可是比赛的时间太紧，我又害怕辜负了你这个名额。我也不能输得太难看啊……”

苏岚希笑着拍了拍程晨晨的脑袋道：“傻瓜，你还真以为我生气啦？你要是没有好好训练，我才会生气呢！”

“切，我就说嘛。装什么演技派啊！”程晨晨鄙夷地哼了一声。

“其实嘛，你就应该把冰场当成一个巨大的冰上大剧院，而我们呢，也就是冰上的演员，所以演技也是很重要的啊！如果不能让观众有代入感，享受这场冰上表演，那就是一次很失败的表演哟！”苏岚希笑嘻嘻地看着程晨晨道。

“这就跟教练口中的表现力有着异曲同工的意思。”程晨晨接道。

“对，看来领悟力不差嘛！”苏岚希又笑道。

“光有领悟力也没用啊。”程晨晨叹了口气道，“岚希，如果这次你能参赛结果就会不一样了。”

苏岚希倒很是淡然：“每次都着急地参加比赛，把自己的时间塞得满满的，现在能度过一段休闲的时光也不错。因祸得福嘛！”

沉默片刻，程晨晨看了看苏岚希，支支吾吾地问道：“岚希，你……是不是……”

“是不是什么……”苏岚希好奇回问道。

“很……讨厌韩东昀啊？”

苏岚希愣了愣，转头看着程晨晨，可脸色已经阴了下来。她缓缓地说：“晨晨，你和韩东昀很熟吧？”

程晨晨竟一时不知如何回复苏岚希。

苏岚希又道：“老实说，我不仅仅是讨厌他，我是恨他！”

苏岚希脸色阴沉，目光深深，咬着牙说道：“我和韩白分手都是因为他，如果不是他，韩白不会成为现在那副模样。”

话毕，苏岚希已经站起来。她背对着程晨晨道：“我看得出你对韩东昀有好感，我也不会让你在友谊和爱情之中二选一的。你放心。”

程晨晨眼望着苏岚希走远，心里有着说不出的滋味。

比赛已经进入了最后的倒数时间，程晨晨默默地在比赛的日期上画了个圈。这几天她的紧张程度直线上升，她开始担心自己真正上场后会动作僵硬，旋转的时候会摔倒，连接步会绊倒。

巨大的精神压力导致她在宿舍已经不能好好睡觉，教练让她还是回家睡觉，看看在家能不能好好休息。

所以在最后一天的晚上，她还是收拾行李回了家。刚到门外，许久不见的阿达猛地窜出来，在她脚上舔了又舔，异常热情。她发现阿达似乎多了新的玩具。

她摸了摸阿达，朝屋内的程威喊道：“你给阿达买新玩具啦？”

“不是我。”程威端着水杯走了出来，“你最近都在学校训练，当然不知道有人天天来看阿达。”

“谁啊？”程晨晨懵懂地看着程威。

程威耸耸肩道：“魏朗啊，他天天傍晚都来看阿达。”

“他？”程晨晨一脸吃惊。

“说曹操曹操就到了啊！”程威使了使眼色，望了望程晨晨背后。

程晨晨猛地回头一看，转身疾走的背影正是魏朗。她连忙紧跟了上去，叫道：“魏朗！”

魏朗猛地回头，漫不经心地看着她，道：“正好路过。”

她什么都还没说，魏朗就急于解释，还真是要面子。她只好顺势说下去：“那……还蛮巧的。”

“是啊。”魏朗目光闪烁道。

“谢谢你给阿达买的玩具。”她说。

“只是多买了一个，没地方放……”

魏朗死鸭子嘴硬的模样，让程晨晨暗自觉得有点好笑，却又不敢笑出声，只是抿了抿唇。

“还有什么事吗？”魏朗凶巴巴道。

“你还在生那天的气吗？”程晨晨问道。

“哪天啊？”魏朗明知故问。

程晨晨看着魏朗背在后面的右手，心想他那么用力地砸墙，手上的伤应该还没有好。她关切地问道：“你的手……伤好了吗？”

“你过段时间也有比赛，会影响吗？对不起……”她莫名其妙地有些自责。

魏朗一反常态，定定地盯着面前的女孩。似乎过了很久，他忍不住哼笑一声道：“你不知道吗？”

“啊？”

“不要乱关心你不喜欢的男生，因为你关怀备至的模样容易让男生产生错觉。”魏朗继续道。

程晨晨瞪着双葡萄晶莹般的眼睛，直勾勾地盯着魏朗看。

魏朗朝着她走近了一步，微微斜着嘴角，带着命令的口吻道：“如果你不喜欢他，就不要再招惹他，不要给他一丝一毫的希望，听到了吗？”

程晨晨顺从地点了点头，魏朗却忍不住笑了：“怎么会有你这样的傻瓜？”

“啊？”程晨晨又懵懂地眨着大眼睛。

魏朗真是恨啊，恨这样求而不得的感觉。

“比赛要加油哦，不然小心我找你算账！”魏朗凶巴巴地说。

怎么？我比赛不加油，魏朗还得找我算账？程晨晨明显觉得这里逻辑不通，但还是用力地点头答应道：“好！”

魏朗扬唇微笑，转身离开。程晨晨望着魏朗的背影却显得有些失神，他真的没事了吗？

她转身往家里走，却在半途中收到了条陌生短信，内容十分简洁：晚上七点冰场最后练习。署名是林教练。

明天就要比赛，今天的最后练习，林教练是有什么特别的嘱咐吗？

她暗自觉得有点奇怪，林教练明明让她今晚好好休息，怎么又会叫她去学校？

程晨晨想了想，连忙吃了饭，带上装备，骑着单车就往学校去了。

她准时到达冰场，冰场却空无一人，显得异常冷清。她暗自觉得有些奇怪，喊了几声："有人在吗？""林教练，您在吗？"

奇怪，怎么没有人？她掏出手机准备给林教练打电话，谁想冰场突然一下子变得漆黑一片。

是停电，还是电路出现问题？

不会这么衰吧……

她打开手机中的手电筒，凭着印象找到了配电室。她检查了半天，才发现有人把电闸关了。

到底谁那么无聊，恶作剧！

她打开电闸，边想边往外走。到了门口她拉了拉门锁，意外地发现配电室的门竟然被锁上了。

天哪，到底谁那么无聊！

竟然把她锁在了配电室！

她大声喊道："谁啊？到底是谁啊？"

"玩够了吗？"

"到底是谁啊？无聊不无聊啊？快开门啊！"

她用力地拽着门框，可是外面静悄悄的，并没有人回复。她来回踱步，打开手机准备打电话，竟然发现没信号。

难道今晚得在这里过夜了吗？程晨晨用力地抓了抓头发，这该如何是好？明天就要参加比赛了，而自己却被深困在此处？

她想想就要抓狂。到底是谁的恶作剧？要是被她知道了，非要扒他的皮，抽他的筋！可想归想，现在怎么办，真要在这里过夜吗？

她拿着手机不断走动，寻找信号，又不断地喊叫着："有人在吗？外面有人在吗？"

可是总是得不到回应。她慢慢泄气了，无力地靠在了门上。

她仰头看着天花板，心想，算了，就这样放弃吧。只能等到明天有人过来开门了，也不知道能不能赶得上比赛。

她如果不参加比赛，也许就不会输。这样是不是还不错？可是她仔细一想，如果自己不去，就会变成弃权，就会变成大家眼里的胆小鬼。

她好不容易得到一次机会，可还没有真正参加比赛就已经被宣布弃权，她不甘心。

在仪器忽闪忽闪的配电室里，她深深地陷入一种绝望的孤独中。她环抱着膝坐着，忽然心里很是委屈，想哭又觉得丢人，可是眼泪已经在眼眶中打转，忍都忍不住。

怎么会这么没用！她怨恨地掐了自己一下，忍住了掉下的眼泪，伏在膝盖上小憩了会儿。

也不知道睡了多久，她觉得全身发僵，彻底醒来后，她突然敏锐地听到了外面有些微的动静。难道是老鼠？可是又不像，好像是有人进了冰场。

是对她进行恶作剧的人觉得玩够了吗？

果然，有一个脚步声慢慢朝着配电室的方向靠近。

"有人吗？"门外的人问道。

"不说话，就不开门了……"

"喂，不说话真的不开门了！"

她屏住呼吸，心想一定要给这个人一点教训。谁让他把她关在了配电室！

过了一会儿，当门终于被打开的一瞬，她用书包往来人身上奋力地砸去。

“让你关我……”

“让你恶作剧……”

“有意思吗？好玩吗？”

她气恼不已，闭起眼睛就对面前的人乱打一通，直到面前的人突然喊道：“程晨晨……”

“够了没有？”

她猛地定睛一看，站在她面前的人竟然是韩东昀。她惊讶不已道：“怎么是你？”

“怎么不可能是我？”韩东昀冷冰冰地看着她。

“不……不是你恶作剧吗？”她小心翼翼地咬唇道。

“我有那么无聊吗？”韩东昀淡定地反问道。

她红着脸摸了摸后脑勺：“我以为这么晚来开门的一定是那个对我恶作剧的人。”

“真是愚蠢。”韩东昀毫不留情道。

话音刚落，程晨晨眼泪就要落下，她一脸委屈地看着韩东昀。韩东昀微微拧着眉头，目光中带着嫌弃的意味。

这怎么就要哭了？男生一脸纳闷。

她想，自己爱哭的模样应该惹人讨厌了吧？她只能哽咽道：“对不起，可是……刚刚关在里面两个小时，我想了很多……我以为今晚我就得在里面过夜了，这样也不知道明天能不能参加比赛……所以一出来，我就很想哭，谢谢你，韩东昀。”

韩东昀仍然保持着双手插在裤袋里的姿势，冷漠地看着她。

她抹了抹眼泪，抱歉地说道：“对不起，也不知道为什么突然这样……控制不住眼泪……”

她一把眼泪一把鼻涕地顺势靠在了韩东昀的肩上哭了起来，呜咽了半天，也顾不得形象了。

“你别哭了……”

“对不起，我哭的样子很丑吧……”

“跟丑不丑没有关系……”

“你不要安慰我了……我知道我哭的时候是挺丑的。”程晨晨哽咽道。

“是……你把我的衬衫弄脏了……”

“……”

程晨晨猛地从韩东昀的肩上抬起头，看到韩东昀肩上的一摊类似眼泪和鼻涕的混合物，有些尴尬地说道：“要不然……你脱下来……我帮你洗吧……”

“不用了，这次我只穿了这件衬衫。”韩东昀淡淡地回道，“没有带别的衣服。”

程晨晨想起上回蹦极的时候，吐了韩东昀一身，才刚刚让程威帮她还了洗好的黑色 T 恤，她莫名地觉得脸红得厉害。

她只能哈哈地笑了几声掩饰心虚：“不管怎么说……还是要感谢你……”

“走吧，我送你回家吧！”韩东昀又道。

在韩东昀送程晨晨回家的途中，程晨晨才知道，韩东昀此时回到冰场只是想做一个告别。她看得出韩东昀根本舍不得抛弃短道速滑，不然也不会在这么晚的时候旧地重游。

“明天就要比赛了，你又怎么会这么晚还在冰场？”韩东昀疑惑地问。

程晨晨仔细想想，突然发现署名为林教练的那条短信是个陌生号码发出的，而她竟然没有想到，很有可能是有人故意骗她来到冰场的。她猛地拍了下脑袋说道：“今天收到个陌生号码发的短信，署名是林教练，让我来冰场进行赛前最后一次训练，我竟然没有仔细想就傻傻地来了。”

“愚蠢。”韩东昀冷漠地哼了一声。

程晨晨郁闷地嘟囔道：“你干吗老说我蠢！”

“因为这就是事实啊。”韩东昀耸耸肩，一脸平静。

程晨晨一时间竟无言以对。

韩东昀又道：“应该是有人不想让你参加比赛。”

不会吧，谁会不想让她参加比赛呢？

她说：“可是，我这样的角色根本成不了障碍啊。那人是谁呢？”

“既是你的对手，又是你的队友。”韩东昀分析道。

程晨晨陷入沉思，她想到了一个人，那个人极有可能这么做。

“你不要多想，晚上洗个澡睡个好觉吧。”韩东昀停住脚步道。

原来，转眼她已经到了家门口。

她看到手机上的几通电话都是爸爸打来的，爸爸虽然不善言辞，但是她知道他还是很关心她明天的比赛的。

“你不要总记着今天的事情，要想着明天就是全新的一天。”韩东昀又道。

程晨晨感到此时的韩东昀有一种前所未有的温柔，虽然无声无息，却在她心里掀起细微的波澜。

她直勾勾地盯着韩东昀看了许久，下一秒，他已经伸出手来摸了摸程晨晨的脑袋。

那修长的手指、厚实的手掌，以及身上淡淡的香水味……

她感到身边的这个男生靠她那么近，连周边的气息都显得那么生动活泼。

又是韩东昀的绝招“摸头杀”！

她激动得说不出话来。

韩东昀定定地注视着她，问道：“想什么？”

“我……”她竟然一时语塞，脸庞发热。

“我……我想问你，你明天会来看比赛吗？”她问。

她马上又低下头来，生怕面前的男生会拒绝她，于是打圆场道：

“其实不来也无所谓，我也害怕让你看到我摔倒的模样……”

“会。”

她猛地抬头看着韩东昀，韩东昀微微扬起嘴角看她：“所以，你不要丢人，不要摔倒。”

“我有一个绝招要告诉你，参加比赛的时候，要失忆。”他一脸神秘地说。

“失忆？”她愕然地看着韩东昀。

韩东昀又道：“脑子里一片空白，只是忘我地享受一场比赛的乐趣，陶醉其中。”

也只有韩东昀这样有实力的人才能够享受一场比赛吧。

抽签结束后，程晨晨被排到了最后一组的最后一位。

比赛正式开始，她在后台可以听到雷鸣般的掌声，一位位参赛选手陆续登场，而她也早已换好了战服，蓄势待发。

林教练过来拍了拍她的肩膀，程晨晨知道教练的意思是不用给自己太大的压力。

她微笑着点头，这是她第一次参加这样大型的比赛，难免有些紧张。虽说SAN杯的比赛和世锦赛这样的大赛相比无足挂齿，但是媒体对这样一场比赛的关注度并不小，所以一样会有很多冰上好手把它当成大赛之前的热身赛，以摸清对手的实力。

前一组的整冰工作已经结束，广播通知第二组的选手开始准备。安小沫缠着林教练说了几句话后，把目光探向了程晨晨。

她并不回避这样的目光，她一点也不心虚，应该心虚的人是安小沫。如果昨天把她关进配电室的事情是她所为的话。

安小沫脸上却看不出异样的神情。她慢慢踱步来到程晨晨面前，关心地问道：“第一次参加这样的比赛很紧张吧？”

她抬头看着安小沫，对，韩东昀说得对，她应该忘记昨天的事情，以最单纯的念头投入到今天的比赛当中去。

她微笑着看她："还好，我会加油的，你也要加油。"

安小沫有些意外地看着程晨晨，但还是点了点头："你放心，我当然会加油。"

上一组的表演结束，一位叫刘思嘉的选手排名第一。程晨晨听过这个人的名字，也看过她的比赛。她一直是苏岚希最具有竞争实力的对手。她在上一届比赛中的标志性动作是萨沃夫四周跳，引得全场掌声一片。她小时候学过芭蕾舞，能把芭蕾的思想同花样滑冰结合在一起，身体十分柔软。细节上，每一根手指、每一根头发都陶醉在表演中。

有些人大概天生就是属于花样滑冰的，嫉妒也嫉妒不来。

所以程晨晨虽然很害怕这样的对手，却又很崇拜这样的选手。

安小沫是七号表演者，而程晨晨是九号表演者。

7 号选手安小沫上场。她穿着一身黑色印着金色星星的服装，把身姿衬托得玲珑别致。

到了这个时候，程晨晨并不愿意再去观看别人的表演，她需要安静地聆听内心的声音。

几分钟后，场上响起掌声，安小沫的表演结束。场上的得分已经出来，她暂时排名小组第四。

安小沫没有直接去休息室休息，而是绕到了程晨晨的面前。她舒了一口气，道："很紧张吗？"

程晨晨抬头看她，并没有说话。安小沫继续说道："其实你根本不需要紧张，就算垫底，也不会有人在乎的啊。"

安小沫在激怒她，她心里很清楚，却依然感受到心里突然冒出来的刺。

她不能被安小沫的嘲弄所影响，安小沫在影响自己的情绪。接下来就轮到自己了，她不能被安小沫所影响。

程晨晨迈开脚步准备离开时，听到广播在叫她的名字：“9 号，程晨晨。”

“其实苏岚希不能来参加比赛，我很开心。”背后的安小沫继续道，“如果她在，也许我就获得不了名次。”

程晨晨深吸了口气，什么都不要想，不要去理睬她，不要正中她的下怀。此时迎接她的是全场的欢呼声，她漫不经心地滑到冰上同在场的观众打招呼，然后再次深吸了一口气。

她想起了韩东昀的那句话：“脑子里一片空白，只是忘我地享受一场比赛的乐趣，陶醉其中。”

她保持着明亮的笑容向全场致意，也急于想知道观众席上是不是有那个她期待的人。

片刻安静过后，音乐响起。

此时，这个偌大的冰上大剧院只属于程晨晨，而她想给大家展示的是一场盛大又绚丽的童话故事。

加油，程晨晨!

观众席上有一双清冷又深邃的眼睛默默地注视着台上的程晨晨，韩东昀似乎没有料到场上的程晨晨与上次在冰场的状态已截然不同。

她伸出手臂，姿势优雅，从起跳到空中的旋转都浑然天成。她仿佛是冰上翩翩起舞的舞者，柔软的身姿渐渐地融入了这个冰上剧院。

她的每一个跳跃落地都引起了场下观众热烈的掌声。

直到她完成了所有的动作，向全场观众致意，她才稍微松了口气。

观众把可爱的玩偶抛向冰场，她又滑了一圈捡起地上的几个玩偶向观众席致意。

韩东昀不自觉地扬着嘴角，心里祝贺道，恭喜你，程晨晨。

他掏出手机，一个电话在屏幕上忽闪忽闪。时间已经差不多，他起身离席，穿过人群走出体育场。

而与此同时，程晨晨兴奋地舒了口气，还好一切都很顺利，所有的跳跃旋转她都完成了，她没有摔倒，真的没有！

林教练冲过来热烈地拥抱她，直夸她今天的菲利普三周跳得很棒。

她清楚今天的表现是自己超常发挥，似乎心里有个声音在教她只是享受着一场比赛并陶醉其中，所以当放下所有的心理包袱的时候，她感到了前所未有的放松。

所有的选手全部表演结束，她排在了第七位，而安小沫落后她两位。这样的成绩让她很是吃惊和兴奋。

如果不是明晚要参加长曲比赛，她今晚一定要去撸串，撸一百串！

“恭喜你啊！”

她兴奋地回头，看到面前的男人时却莫名地有点失望：“赵谦予，怎么是你？”

“怎么不行啊？”他献上鲜花，语调轻佻地说道。

“不是啊，只是没想到你会来看我的比赛。”程晨晨还是不死心地望了望赵谦予的背后。

“看什么呢？韩东昀没来，他今天没来看比赛，特别让我送花来的。恭喜啊，听说成绩不错呢！”赵谦予又道。

他没来？可是他昨天明明答应会来的！她微微有点失望。

“也别失望嘛，明天自由滑的时候说不定就来了。”赵谦予说。

韩东昀接到电话就开着车赶到了机场。车子是哥哥的，他借来用了几天，就将钥匙收入囊中了。

到了机场，他一眼就看到了她。五年未见，她已经从一个小孩子长成了一个娉婷的女孩。

“韩东昀！”

她摘下太阳镜，兴高采烈地冲了过来，连随行的行李都抛在原地不管了。

她给了他一个重重的大拥抱，笑盈盈地说道："韩东昀，好久不见啊！"

"是好久不见了，还是一样的丢三落四！"

韩东昀迈着长腿过去帮 Candy 拖行李，Candy 懊恼地轻笑一声："哦，Sorry，我又忘了行李！"

Candy 忽然想起第一次和韩东昀见面，是在一次夏令营。那次她同样忘了行李，帮她找回的人正是韩东昀。正因为如此，她才认识了韩东昀。

韩东昀开着车稳稳地行驶在马路上，Candy 突然侧头问道："我在美国给你发了那么多封邮件你为什么不回？"

韩东昀漫不经心地答道："我没有看邮件的习惯。"

"你是没有看邮件的习惯，还是只是没有看我发的邮件的习惯啊？"Candy 接着问道。

"想去哪儿啊？我带你去逛逛。"韩东昀只是淡淡地笑笑，换了个话题。

"都行啊，你得先请我吃个大餐啊！把你这些年欠我的大餐都还了。"Candy 嚷嚷道。

"行啊。"

"还有，明天陪我看场比赛。"

"什么比赛？"韩东昀问道。

"我姐姐的花样滑冰比赛。"

"SAN 杯？"

"嗯，你怎么知道？"Candy 顿了顿，又道，"忘了，你也是滑冰界的。"

韩东昀不再谈笑，目光却不经意地暗了下去。他都忘了自己原来也是学滑冰的了。

如果说短节目只是考察运动员的基本功，那么自由曲就更加激烈刺激，很多选手会挑战高难度的动作。

所以今天才是真正到了分胜负的关键。

抽签结束后，安小沫经过程晨晨身边，嘴角微微扬了扬：“看来，我还真是小看了你。”

昨天短曲的排名程晨晨排在安小沫之前，她不满也是正常。程晨晨微笑着回道：“谢谢夸奖。”

“不客气，今天的自由滑才是重点。”安小沫又道。

程晨晨笑了笑说道：“所以，加油。”

她并不想和安小沫多做纠缠，接下来的自由滑是她的短处，虽然之前的短曲表现不错，但是到了长曲，她仍然信心不足。

自由滑是优秀的花样滑冰选手展示自己优点和长处的地方，也特别容易暴露弱者的短处。

此时，场内响起了阵阵掌声。上场的是备受瞩目的刘思嘉，她身材高挑，手脚修长，五官立体精致，仿佛冰场上的仙子。

而她柔软的动作和对音乐的艺术领悟力，使得她的每一个漂亮的旋转、跳跃、落地都能赢得全场的掌声。

她似乎天生就属于这个舞台。

Candy 激动得站了起来，欢呼道：“姐姐好棒！”

而韩东昀倒是平淡如常，他似乎有点心不在焉。那只小猫咪，她排在刘思嘉的后面上场，应该受了不少的压力吧。

的确如此，程晨晨缓缓地舒了口气才上场。刘思嘉的完美表现对于紧接着上场的她十分不利，她心中的慌张和不自然不言而喻。

吸气——

呼气——

吸气——

音乐是来自柴可夫斯基的《睡美人》，程晨晨扬起嘴角，露出干净明媚的笑容，开始在冰上滑行。

每个动作，她都记得很清楚，旋转、跳跃和连接步都不允许有半点差错！

她默默地念叨着。

由蹲踞式旋转到直立旋转，行云流水。

她听到了场下观众的掌声，暗自松了口气，可是真正的高潮还没有来临。

佛祖，上帝，阿拉保佑。

不要摔倒，不要摔倒。

可是——

糟糕！

她旋转落地时站立有些不稳，她迅速扶着冰面起身，继续接下来的动作。

韩东昀突然站起身，他的心猛然震颤了一下，眼睛直勾勾地盯着场上的程晨晨，她没事吧？

“怎么了？东昀？”Candy拉了拉韩东昀的手臂，她似乎对韩东昀反常的表现感到吃惊。

他也不知道怎么了，似乎他也有点意想不到会有刚才那样不自觉的举动。

“没事。”他坐下，微微笑了一下。

还有两个组合跳，程晨晨默默念着，加油！

可是，她明明已经力不从心，呼吸变得急促起来，眼前的东西也变得不清晰，心脏怦怦怦地跳得厉害，她一会儿听得见音乐，一会儿却什么也听不见。

怎么回事？是幻觉吗？

她重重落地，用尽全身的力量又爬了起来。她知道如果不能全部完成动作将意味着什么，林教练会对她彻底失望，妈妈希望看到她的成功，而岚希让出的机会也会白白浪费。

她不能……

她到底在干吗！韩东昀气恼地站起身，要离开位子。

Candy 用力地拖住他的手臂："东昀，你去哪儿？比赛还没结束！"

他停住脚步，皱着眉，轻轻地松开了 Candy 的手。回头的一瞬，场上的女孩刚刚爬起来，又重重地倒在了地上。

第六章

请认真，我在追你

场内一片喧闹慌乱，早已冲上台的魏朗根本顾不得旁边的声音和阻拦，只顾着抱起面前的女孩。

他真想抓住她大骂她一顿，干吗这么逞强！是傻瓜吗？

可是看着她紧紧地闭着眼睛，安静得像个精灵，又万分心疼！

比赛结束，刘思嘉毫无悬念地获得了花样滑冰的冠军。人群慢慢散去，Candy 激动地拖住了韩东昀的手要走。

韩东昀却迟迟没有动，Candy 眨了眨眼睛，困惑地问：“东昀，你今天怎么了？姐姐比赛获得冠军，你一点也不开心？”

韩东昀终于意识到自己在 Candy 面前有些失态：“没有，星怡，你误会了。思嘉获得冠军，我当然开心。”

“那我们等姐姐出来，一起去好好庆祝下。”Candy 期待地说。

“今天我还有点事，你陪思嘉好好庆祝，下回我当面向她道歉。”

韩东昀着急地离开，Candy 望着韩东昀的背影，心里有着说不出的感觉，似乎这个男生和她十五岁时认识的那个男生已经不一样了。

那时的他高冷得令人讨厌，一副不食人间烟火的模样。可偏偏她就是喜欢面对挑战，对这样的男生有着无限的好奇心。她在夏令营的时候紧紧地跟着韩东昀，友好地递了一个梨子给韩东昀吃，第二天韩东昀送了一支钢笔给她。她笑着说，以一个梨换了一支钢笔自己赚了。而韩东昀却在笔记本上写了一句话给她：“投我以木李，报之以琼浆。

匪报也，永以为好也。”

两个喜欢的人互相送什么并不重要，重要的是，双方都期盼“永以为好”。

十五岁时，他送她的那句话，她永远记得。可他还记得吗？

现在的他似乎和她曾经认识的韩东昀已经不同了，不知不觉地有了一点烟火味。

而这样的烟火味又是谁带给他的呢？

白色的病房里，程晨晨躲进被窝里不愿见人。在比赛场上晕倒简直是不可饶恕啊，她怎么会这么丢人！

魏朗用力地掀开了程晨晨的被子，没好气道：“人都走光了，你该醒了。”

她的眼睛已经哭肿，嗓子嘶哑得说不出话来，只能扯着嗓子喊道：“你走吧，我要睡了。”

“睡什么睡！你根本睡不着。”魏朗坐在她身旁，冷冷地说道。

她哽咽着说：“我都这样了，你干吗还烦我！”

“你哪样了？摔死了吗？”魏朗质问道。

她坐起身怒视着魏朗，魏朗却用尽全力地拖起她，她只好跌跌撞撞地跟着他。

他的力气大得惊人，直到把她拖到了楼下的公园里，他才松开了她的手。

“你干吗啊？”程晨晨揉了揉被他捏疼的手，没好气地说。

“没有摔死，就不要装出快要死了的样子，不过是一次失利的比赛……”

“根本不是你想的那样！对于你来说，它只是一场普通得不能再普通的比赛。可对于我来说，你知道吗？这是我至今获得的最大的一次比赛机会。”顿了顿，程晨晨深吸了口气，又道，“可惜，我搞砸了。”

“我真的很珍惜这次机会，你知道吗？也许这是能证明我的唯一一次机会。我对自己真的感到很失望。”程晨晨沮丧地低着头，往回走。

等到程晨晨走到一半，魏朗才缓缓道：“你知道什么才叫真正的失望吗？”

她回头看着魏朗，魏朗则目光沉沉地道：“真正的跌入谷底的感觉，应该是明明你才是握紧奖杯的人，却因为别人的犯规，让你失去了一切。”

她咬着牙看着魏朗，似乎没有料到原来魏朗也经历过这样不开心的事情。

“所以事情永远没有你想的那么糟糕。”魏朗又道。

那是她第一次听魏朗如此认真又安静地说起一个故事。他在一次国家级的比赛中，因为队友犯规，错失冠军之位。出于对不公的判决的不满，他冲动地打了队友，也连带打伤了来调解的裁判。

这使得他差点被终身禁赛，他丢了学校的脸，身为校长的父亲差点也受到了处罚。这使得他很长一段时间把自己锁在房间里，脾气变得越来越暴躁。

“那后来呢？”程晨晨忍不住问道。

魏朗斜着嘴角，哼笑一声：“后来我不是在这里了吗？”

魏朗说得对，吃撑了就什么都不会想，她可以暂时把那些烦恼抛之脑后。

出了院，她站在家门口，阿达摇着尾巴出来接她，而原先对阿达厌恶至极的魏朗现在竟和阿达打成了一片。

曾经如此怕狗的人竟然做出了戏剧性的转变，这让程晨晨始料不及。她牵着阿达同魏朗告别道：“谢谢你，今天是你救了我，也谢谢你陪了我一天，我……”

话音未落，她就被魏朗拉进了温热的怀抱，她来不及对这个猝不及防的拥抱有所反应。

“不要推开我，就十秒而已。”魏朗恳求道。

她呆呆地站在原地，任由魏朗倒数，他慢慢地念：“三，二，一！”

他微笑着松开她，像个没事人一样，用一贯凶巴巴的口吻说：“晚上要好好睡觉，不然我会找你算账的。”

等他转身离开，她才回过神来，牵起阿达往回走。阿达却恋恋不舍地朝着黑暗处汪汪了几声，她好奇地拽紧了狗绳，阿达却越叫越凶。

她松开狗绳，下一秒阿达就冲到了黑暗处另一个男人的怀中。

直到感应路灯亮起，她才看清那个位置站着的人，是韩东昀。

韩东昀笔直地牵着阿达走到她的跟前，她却有些心虚地看着他，似乎着急地想解释什么：“我……刚刚和魏朗……”

可她有必要解释这些吗？他会在乎吗？多说会不会显得自己自作多情呢？

他寡淡地撇了撇嘴角：“看来心情不错。”

“啊？”她抬头看着韩东昀，他那双沉静的眼眸里有着难以捉摸的情绪。

“我还以为你有多么在乎这场比赛，现在看来好像不是这样。”

韩东昀冷冷的口气此时却让程晨晨感到很不舒服，他为什么不能好好说话，总是这样的毒舌，不知道会让人很受伤吗？

“你怎么知道我不在乎这场比赛？你怎么知道我不难过？”

韩东昀默不作声，双手散漫地插在裤子口袋里，只是冷眼看她。

“是因为我笨，因为我蠢，所以无法做好每一件事吗？”程晨晨低垂着眼眸，一脸沮丧。

“你根本没有来看我的比赛，你根本就不知道我有多么狼狈。”她愤愤不平地抱怨道。

韩东昀立在原地，漫不经心地哂笑一声，程晨晨却感到满腹委屈。

“你……为什么不来看我的比赛？”她忍不住地问道。

“重要吗？”他不缓不慢地反问。

重要啊，因为我想看到你出现，因为你好像给了我无形的动力。

程晨晨咬着嘴唇，直勾勾地看着他，并不说话。

可他好像也没必要出现在现场。他有什么理由呢？可之前的种种呢？他对她如此，应该已经超出普通朋友的界线了吧。可他为什么还时冷时热，让人捉摸不透？

“这能改变什么？”他动了动薄唇，又问。

她仰头看着韩东昀，他真的好讨厌，好讨厌！讨厌的一张俊脸，讨厌的长着一张毒舌的嘴！

讨厌他的若即若离，讨厌他的冷漠无情，他的一切一切都好讨厌！

可是怎么办，即使她这么讨厌他，却还是希望见到他，对他产生不了真正的厌恶。

这是所谓的自作自受的暗恋吗？

他的话让她想说的话通通梗在了喉咙里。可她还是坚持认为，他只是故意伪装自己，他不是表现出来的那样讨厌无情。

“你今天是因为关心我，才来看我的，对吗？”程晨晨低声问道。

“我只是来证明我没有看错，你的确不适合花样滑冰。有过敏性哮喘，又害怕旋转的人干吗还要去做这样的事？”

他平淡地说着，语气一贯清冷，话语难听得要命。程晨晨却有点想哭，他不知道她今晚想要的是安慰吗？

干吗还要说那样的话！讨厌死你啦！韩东昀！

韩东昀转过身，迈着大步要走，程晨晨却还是不死心地叫住了他。

“韩东昀，我讨厌你，好讨厌你！”

她一定是醉了，只不过出院后和魏朗在大排档吃了好多烤串和两杯啤酒而已，怎么会莽撞地说出这样的话。

她说的明明就是相反的意思，她的讨厌就是喜欢，就是好喜欢……

她脸色通红，希望黯淡的夜色下，韩东昀看不清她的脸庞已经红得像猴屁股。这样的夜晚，灼热的夜风袭来，让人更加燥热不安。

他转过身，一双墨色的眼睛定定地看着她，也不知道过了多久，好像有一个世纪一样的漫长。

“韩东昀，其实我说的不是那个意思……”她开始后悔莫及。

他却用一贯清冷的口气说道：“很好。”

这样短短的两个字却一击就击中了她的玻璃心，原来她是那么的脆弱不堪。

韩东昀真的不了解她的心思吗？他深夜来看她难道不是想安慰她吗？怎么会变成现在这种情形？

她眼睁睁地看着他远走，阿达乖乖地伏在她的脚边，一声不吭。她仰头看了看星空，今天星空黯淡，有厚重的浓雾让人看不清眼前的方向。

今天应该是她最惨的一天了吧！

他吃醋了。

韩东昀真没料到自己会为了程晨晨动了气。

如果不喜欢她，为什么看到魏朗拥抱她时，会莫名其妙地生气？他什么时候变得那么小家子气？本想对着她发脾气，可是为什么她对他说喜欢时，他明明心动，却那么残忍？

韩东昀至今记得哥哥发生意外的那天，他跪在地上，恳求父亲的原谅的那一幕。

父亲一言不发地坐在医院的长廊上的椅子上，他似乎一夜之间变得苍老无比，他的一生都在经历失去。

前妻的失踪，第二任妻子生下孩子后就早早去世，而他最疼爱的大儿子很可能要面临截肢手术。

韩东昀开始怨恨自己的任意妄为，他本想做些事情吸引父亲的注意力。在他眼里，哥哥永远是父亲最宠爱的对象，而自己永远被忽略。

怎么才能让他注意到自己的存在？他恣意妄为，参加各种极限运动，以为如此率性而为，就可以引起父亲的注意。

可他未料到有一天，他的行为会让自己的哥哥成了残疾。

“我愿意把脚给哥，我愿意把脚给哥……”

“从今天开始，你的命就是你哥的，你的一切都是你哥的。”父亲走得十分缓慢，那样佝偻消瘦的背影在他心里变得无端沉重起来。

他从十八岁开始就承受了人生不该承受的重量。他又有什么资格去爱人？

第二天，程晨晨给自己放了一天的假，直到午后，火辣辣的太阳已经铺进了房间，她还是不愿起床。直到阿达伸出大舌头来舔她的脸，她才挣扎着起来，见弟弟程威正双手抱在胸前看着她。

她胡乱地揉了揉头发，又钻进了被窝。

“姐，你没事吧？”

她怎么可能会没事？想起昨天那场失败的比赛，再加上昨天韩东昀的话，她就好想继续昏死过去，永远不要起床。

“你就让我这么睡死过去吧。”

程威又问道：“你真的要睡过去？那么你可是要错过送妈妈的机会了。”

程晨晨猛地直起身子，睁大眼看着程威，问道：“你说什么？”

“妈妈今天飞新西兰。”

这个声音像一颗突然飞来的炸弹，让程晨晨始料不及。

她一脸发蒙地看着弟弟：“为什么我都不知道？妈妈为什么突然要走？”

程威答道：“其实妈妈在你准备比赛期间就已经起草了离婚协议，因为你要参加比赛，她不愿意因为这样的事情影响你的比赛。”

她迅速滚下床，大声叫道：“快，出发呀！”

两人打了辆的士急急忙忙地赶到了机场。程晨晨打了个电话给姚勤，得到的回应却是暂时无法接通。她和程威在机场四处疾走，直到她接到了妈妈的短信：晨晨，请原谅妈妈的不辞而别。请一定要照顾好弟弟程威。不管比赛结果如何，妈妈一直以你为傲，你要加油，坚持自己的梦想。

程晨晨的眼睛有点发酸，她还是没能留住妈妈。她没有料到妈妈就这样走了，也不知道这一次分别什么时候才能再次见面。

她忽然觉得人流来来往往的飞机场变得模糊不清起来，她突然很想哭，这段时间压抑着的所有委屈，好像都要在一瞬间喷涌而出。

她恸哭了起来，肩膀微微发抖。身旁的程威委实震惊：“姐，你怎么哭了啊？”

她不说话，只是抱着弟弟的肩膀哭个不停。这几天她经历的事情实在太多了，失败，失恋，失去了妈妈的陪伴。

她的日子好像就在这样不断的失去中度过……

程威茫然地拍着姐姐的肩膀安抚道：“姐，你别哭啊！妈妈走了又不是不回来了，我们到时候也能去新西兰看妈妈。而且你还有我啊，你最亲爱的弟弟啊，谁敢欺负你，试试看！”

“我只有一个糟糕的弟弟。”程晨晨收起眼泪，飞了个大白眼给程威。

程威当真地看着程晨晨，说：“作为你的弟弟，我真的有那么糟糕吗？”

“挺糟糕的。”程晨晨皱眉看他，说，“要请我去溜冰吗？”

程威将手搭在程晨晨的肩膀上，殷勤地说道：“知道你不开心，老规矩，带你去溜冰场当老大。”

程晨晨和程威从小到大都是溜冰场中高手一样的存在，只要到溜冰场溜一圈立刻能引起注目礼致意和掌声。

今天老规矩，他们又来到之前溜冰的地方。他们在溜冰场秀出各式各样的花样，一下子就引起了众人的追捧和鼓掌。

程威一下子就被一个低一年级的女生吸引了，他看似在教女生溜冰，程晨晨明白，他实质上是在把妹。

程晨晨坐在休息区，无奈地叹口气，真是重色轻姐！

“Hi，你刚刚滑得真的好厉害！”

程晨晨抬头一看，面前站着一个高挑的女孩，黑色长发，皮肤是健康的小麦色，一双黑眼珠如同两颗黑曜石一般闪亮。

“嘿，你好。”程晨晨礼貌地起身打招呼。

女生热情地伸出手，然后自我介绍道：“我叫刘星怡，你能教我溜冰吗？”

“当然可以。”

程晨晨牵着刘星怡在溜冰场滑了一圈，女孩难免战战兢兢，紧紧握住程晨晨的手不敢松开。好不容易单独滑了一小段，一下又摔了个狗吃屎。

程晨晨扶起刘星怡在旁边的休闲区坐了下来，点了两杯橙汁。刘星怡看了看腿上的瘀青，沮丧地说道：“我姐说我平衡感差得要命，不愿意教我滑冰，现在看来好像真的是。”

“刚开始肯定是这样的啊。我刚学滑冰的时候摔得比你还惨呢！”程晨晨感慨道。

“可是你刚才好厉害，会好多花样，和我姐一样。可惜她觉得我是蠢材，不愿意教我。”刘星怡又道。

“那是因为我学的就是花样滑冰，自然会比你们厉害些。”程晨晨安慰她。

刘星怡挥了挥手，说：“唉，算了，不滑了，我请你吃饭吧。”

程晨晨望了望不远处的程威，看样子还没有撩完妹。她转头抱歉地对刘星怡说道：“不用了。我等我弟弟。”

刘星怡顺着程晨晨的方向看去，说：“我看你弟弟很忙，你还是别打扰他了，跟我走吧。”

程晨晨犹豫不决，刘星怡却说：“就当感谢你教我滑冰，我也该请你吃个饭啊。”

程晨晨想想便应了下来，同程威发了条短信，告诉他自己先走了。

吃完饭，刘星怡说想去酒吧玩玩。程晨晨从来没有去过酒吧，正想告别离开，却被刘星怡拉住了手，道：“我在国内也没什么朋友，你就陪我去玩玩吧。”

“可是……我没去过酒吧……”程晨晨纠结地看着身上的一套简单的 T 恤、短裤。

“看你就是家里的乖乖女，算了，当我没说。”刘星怡遗憾地叹了口气。

“谁说的，去就去。”

程晨晨已经做好要全身放松的准备，还顾虑那么多干吗！今晚就是自己给自己的 happy hour！

刘星怡似乎很热衷于酒吧里的气氛。五光十色的灯光、喧闹的音乐和随着滚烫的音乐摇摆的年轻荷尔蒙，一切显得热情无限。刘星怡点了几杯色彩鲜艳的鸡尾酒，同程晨晨喝了几杯后，就独自一人去舞池内狂欢去了。程晨晨根本不胜酒力，才喝了几杯好看的鸡尾酒就头脑昏沉，而身边好几个色眯眯的男人把她贴得很紧，她只好找了个借口去洗手间，干呕了几声，还没有好转。

她从洗手间回来，就见刘星怡在吧台前醉醺醺地跟一个服务生争执不断。她慌忙过去拉开刘星怡。

“好了，我朋友来了。谁说我没有钱，快给我酒。”刘星怡眼神迷离道。

程晨晨掏出钱包替刘星怡埋了单，架着刘星怡的肩膀说道：“我送你回家，你家在哪里？”

刚刚才认识几小时，程晨晨还不了解刘星怡，也不知道她住在哪里，现在好了，她要怎么处理这个烂醉的女人！

真是头疼！

“你喝了这杯，我就告诉你。”刘星怡眼神迷离，哧哧地笑着。

程晨晨无奈地干了这杯不知名的鸡尾酒，边扶着刘星怡往酒吧外走，边玩笑似的说道：“你要是再不说你家在哪里，我可把你扔在大马路上啦。”

“哎，没想到你是这种人啊！还以为你是乖乖女，原来这么狠心呀……”刘星怡跌跌撞撞地走着，一手指着程晨晨，喷了一口酒气，又道，“还好，我叫了我男朋友来接我。你就不要担心了啊……”

刘星怡整个身体都压在程晨晨身上，程晨晨行走十分吃力，直到刘星怡兴奋地指着马路旁边停着的一辆白色轿车，激动地叫道：“看，我男朋友来了！”

程晨晨这才停住脚步，顺着刘星怡的目光看了看那辆白色轿车。车灯暗下来，有个男人慢慢下车，迈着长腿朝着她和刘星怡走来。

程晨晨却有些发愣。她一眼就在昏暗的灯光中认出了这个雍容冷淡的男生，韩东昀，他是她身边女生的男朋友？

这是有多巧合？程晨晨都忍不住自嘲世间的缘分万般玄妙。

韩东昀接过刘星怡的肩膀，眼神望向程晨晨的一瞬，却如鬼魅般，撩得程晨晨三魂七魄都丢光了。

“Candy，我们回家了。”他对着刘星怡道。

她眼睁睁地看着他像个陌生人一样向她道谢，然后扶着刘星怡上了车。

程晨晨用力地掐了掐自己的手臂，疼得想掉眼泪，然后洒脱地转身走开。最近的她是不是有了悲伤的天分，怎么时不时就难过呢？

她明明问过他有没有女朋友，他为什么要骗自己说没有呢？

她随手摸了摸随身的包包，发现自己的钱包不见了。这时她才想起，刚刚帮刘星怡埋单的时候，顺便把钱包放进了刘星怡的包里。

真是祸不单行，看来最近要去庙里求转运了。也不知道是不是酒劲上来了，她脑袋昏沉沉的，只好在公交站前坐下。晚班的公交车早就没了，她给弟弟、岚希和几个朋友都打去了电话，却没有一个人接起电话。这么晚了不接电话也很正常，她想。

看来真的要走回家了，她摇摇晃晃地往回走，忽然想起了魏朗。抱着试试的心态，她拨通了他的电话。

求求你，快接电话，她可不想就这样走回家。

电话通了，一个清晰又熟悉的声音："喂——"

"魏朗，我是——"

下一秒，电话被打断，她的手机被身后的一个力量夺走。倏然回首，她除了慌乱更是震惊。

"打电话给魏朗，还不如叫我。"面带冷色的韩东昀恨急攻心。

她揉了揉眼睛，害怕自己已经醉得不认人了。明明他已经送刘星怡离开，此时为什么又会出现在她的面前？

他又恼又恨地质问："干吗要喝酒？"

"要你管！"她好生气好生气，为什么他还要回来，为什么又要撩动她的心扉。

他真的讨厌极了，世界上再也没有比他更让人讨厌的了。

她转身就走，他急急地追了上去，毫不留情地立在她面前，挡住了她的视线，语气不容拒绝："我送你回去。"

"那……那你女朋友呢？"她无法控制心中的嫉妒。

"我让代驾送 Candy 回去了。"他淡定地回道。

她定定地看着他，似乎想穿透那清凉的目光，猜透面前这位挺拔男人的心思。可是她那么傻，那么蠢，哪里看得透他深埋的心思呢？

今夜的月色真美，让人心醉。可这里的蚊子太多了，真是破坏气氛，她挠了挠脸庞，猛地打了个嗝，难闻的酒味涌上喉咙，下一秒她以迅雷不及掩耳之势冲进了旁边的公共厕所。

“程晨晨……”

“那是男厕所——”

韩东昀一脸无奈地看着程晨晨冲进了男厕，什么时候这个傻丫头才能改改莽撞的性格呢？

他只好硬着头皮跟着程晨晨进了男厕，还好已经深更半夜，男厕里并没有人。程晨晨抱着马桶一吐千里。

“我在外面帮你守着。”

韩东昀出了门，程晨晨才看清了身边的设施，Oh, my God！怎么进了男厕！

为什么每次遇见韩东昀，自己都要这么丢人！

她心虚地走出男厕所，眼见韩东昀站在不远处等候她，她灰溜溜地要绕开溜走。偏偏她的动作太慢，难以逃出韩东昀的法眼。猝不及防，她被韩东昀从身后拦腰抱起。她双腿腾空挣扎着尖叫，却听到身边的男人在用一种超清淡的声音训斥她：“想着逃跑？喜欢这种被人压制的感觉吗？就是喜欢魏朗的霸道强势吗？”

她终于被放开，旋身看着韩东昀。今天的他好像不同寻常，变得让人不认识了。

“喝水。”他递过手中的矿泉水瓶。

她慢慢地啜了口矿泉水，一双黑溜溜的眼睛转悠着看韩东昀。韩东昀又问：“怎么不回答？”

“回答什么？真是……莫名其妙！”她结结巴巴地说道。

面前女生晶莹的大眼闪着一种委屈又怜人的光泽。他简直无法忍受，暗自一笑，迅速抱住了女孩的后脑勺，俯下身来，用力地吮上了女孩粉嫩柔软的嘴唇。

程晨晨骤然瞪大眼睛。那样用力的吻，狂热又带有入侵感。

可是，她还没有准备好。为什么偏偏是她最狼狈的时候有了这个吻呢？她懊恼不已。

更懊恼的是，刚刚明明不是还很生气吗？自己不是很有可能被小三了吗？为什么偏偏在这时候被韩东昀的一个吻弄翻了内心坚持的小船呢？

原来一切的内心抗拒都没用，身体才是最诚实的……

直到韩东昀松开了她，她还没缓过神来，却见他用一种居高临下的口气问道："喜欢这种感觉吗？"

她蒙蒙地看着韩东昀，竟然无端地点了点头："还不错……"

还不错什么啊！她懊恼自己说话不经大脑。

什么乱七八糟的！她郁闷地暗自跺脚，和自己生气。

"我要回家了，你还是回去陪……她吧……"她面红耳赤道。

她跌跌撞撞地走过空无一人的人行道，一刹那又被韩东昀拉回来。他力气十分大，她头晕地转了个圈，被韩东昀拉进了怀中。

"红灯没看到吗？不想活了吗？"他瞪着眼睛，那眼里的温度似乎下一秒就能把程晨晨冻成冰块。

"我又不是故意的。"她没料到韩东昀会发这么大的火。

"对于生命来说没有什么故意不故意的。"

程晨晨看着韩东昀认真的表情，很想问他，他自己不是热衷于极限运动吗？真的从来不担心有一天会发生意外吗？还是有什么理由让他不得不这样做？眼前的男生到底有多少深埋在内心里她不得而知的秘密呢？

"我要回家了。"

"你怎么回家？不是没钱了吗？"

他随手拦了辆的士，让程晨晨先上车。车上有点沉默，两人一路一言不发，直到到了家门外，她才道谢说：“谢了，今天。”

他愣愣地看着她，反问道：“谢什么？”

“啊？”她仰头看他，竟一时无言以对。

他朝前走了一步，眼神带着几分审视，问道：“那天你为什么说讨厌我？”

“那天？是哪一天？”她舌头打结，明知故问。

“你知道的。”他墨色的眼眸直直地盯着程晨晨看。

“就是讨厌你才说啊……”她口是心非道。

“我知道你在说反话。”韩东昀冷静地看着她。

这样的夜和那天的夜好像并无两样，却又有些区别，因为今晚的星光无限灿烂，把她和韩东昀头上的那方天空照得十分明亮。

有了女朋友还来撩她，他不知道她的三观很正吗？

“喂，3C！”

伴随着一声口哨声，魏朗从黑暗处走到了程晨晨的跟前，他望了望韩东昀，说道：“电话打了一半，为什么又不说话了？”

“我……”程晨晨一下竟不知如何解释。

“我等你很久了。”魏朗又道。

“因为这里不需要你了。”韩东昀回道。

魏朗也不恼，看着程晨晨问道：“你没事吧？”

“我没事，刚刚有点事，现在没事了。”程晨晨微笑看着魏朗。

魏朗点头，对着程晨晨温柔地说道：“那早点回去休息吧。”

程晨晨点头答应，刚准备走，又似想到了什么，她走到了韩东昀面前，摊开右手道：“我的手机。”

韩东昀不动声色微微扬起嘴角，微微倾靠过来，递过手机，又落下一句暧昧的话：“讨厌是不是就是喜欢？”

韩东昀淡淡的气息拂过程晨晨的耳垂周围，她一下就觉得脸上灼热起来，接过手机后就急急地开门进了屋。

魏朗饶有兴致地转向了韩东昀，道："现在闲得发慌，没事找事送女生回家了？"

韩东昀耸肩，平淡地说道："比我有空的人应该是你吧。等很久了吧？"

韩东昀面无表情地转身，魏朗却笑了笑："你信日久生情吗？"

"在这点上，我在学校难免会天天和 3C 见面，跟你相比机会多了许多。"魏朗唇边逸出一丝志在必得的笑意。

程晨晨透过窗帘往下望去，好奇地看着两个高大的男人面对面站着，似乎在说些什么。她突然莫名其妙有点担心两人会打起来。

直到两人一前一后地离开，她才微微地松了口气。可今天发生的一切已经搅乱了她的心神，她不确定韩东昀的那个吻，不确定韩东昀说的话，甚至不确定韩东昀和刘星怡的关系……

她捂了捂额头，酒醉的后遗症上来了，还是好好睡一觉吧。她在床上躺下来，可总是睡不着。

今晚真正睡不着的人应该是刘星怡。她躺在空荡荡的大床上，辗转反侧。她是千杯不醉的人，今晚的几杯鸡尾酒怎么会醉得倒她？

然而，装醉的这场戏她却耗了不少心力。

当韩东昀抛下她，让代驾送她回去的一瞬，她感到了前所未有的失望和难过。

她着急地想把韩东昀的手握紧，却好像把他推得更远了。

她开始后悔不已，这一切是不是应该怪自己耍了小心机？她在几天前 SAN 杯比赛时就开始留意到了那位在冰场上晕倒的女生，就是她让韩东昀慌张得失了分寸。

当知道那个女生是程晨晨时，她处心积虑地设计了今天的见面。意料之外的是，程晨晨是个单纯、毫无心机的女生，这样的女生头脑简单得甚至有点蠢，根本不是她的对手。可就是这样蠢萌的女生俘获了韩东昀的心，她暗自觉得可笑。

程晨晨越是单纯诚恳，越是衬托了她的坏心思。

她起身坐在窗前，看来今夜真是无眠了。真应该在刚刚就把自己灌醉，也许醉得不省人事会更快乐些。

比赛后，程晨晨第一次返校。比赛的结果不尽如人意，她面对林教练时显得很是羞愧。

向林教练报过到后，她去休息室换好衣服。突然，休息室的灯光熄灭了。她正纳闷着，却传来熟悉的声音："祝你生日快乐，祝你生日快乐！"

苏岚希捧着一个蛋糕走进了更衣室，笑盈盈地说道："晨晨，生日快乐啊！"

她有点目瞪口呆，连自己都忘记了今天是自己的生日，没料到苏岚希却牢记着。她有些感动，又发现岚希背后还站着程威和一众同学。更让人好奇的是，怎么魏朗也站在人群中？他和岚希的关系什么时候变得那么好了？

"愣着干什么？快许愿啊！"苏岚希催促道。

"对对，姐，快许愿啊！"程威也叫道。

她闭眼许愿，今年的愿望是能够在一场花样滑冰比赛上获得名次。

站上领奖台是她最大的心愿。

她暗自许下心愿，吹灭蜡烛，像是完成了一个重大的仪式。

中午时分，她热好饭跟着苏岚希走进食堂，苏岚希却别有用心地让出位置，说："我去打饭，你和她们坐。"

程晨晨莫名地看着苏岚希带着别有用心的笑意远走，直到魏朗坐在她面前，她才领会到了苏岚希的用心良苦。

敢情岚希是当起了红娘！

魏朗看了看她餐盒里的饭菜，里面整齐地放着香辣干煸鱿鱼、茄汁焖大虾和虾米炒青菜三个菜，色泽诱人，看似还不错。

“今天是你生日，我带你出去吃饭吧。”他说。

程晨晨抬头看了看魏朗，道：“不要了，我今天带饭了，别浪费了。”

“便当，我来帮你吃。”魏朗接过程晨晨的饭盒，说，“我好不容易想请人吃饭，你就不要拒绝了。”

“真的不用，我下午还得训练。”程晨晨拒绝道。

“……”

“请我吃饭啊，我不会拒绝啊！”

韩东昀不知什么时候已经坐在了魏朗的身旁，他的表情一贯清冷，口气却莫名地有些调皮。

“你怎么会来学校？”魏朗怒目瞪着韩东昀。

韩东昀耸肩道：“退学手续还没办好，我还是这个学校的学生啊。”

魏朗轻哼一声，一脸的不满。接着，韩东昀伸出筷子，夹起饭盒里的鱿鱼，满足地细嚼慢咽起来，完了还感叹道：“哦，还是熟悉的味道。”

“喂，你干吗吃我的菜啊！”程晨晨不满地叫道。

“我喜欢的味道。”

韩东昀不顾程晨晨的阻拦，已经开始享受她饭盒中饭菜的美味了。

嘿，没想到韩东昀还是这样的人啊！

她可不能眼睁睁地看着韩东昀把她精心准备的午饭吃完，不然她要吃什么？

她正要夺过饭盒，谁想饭盒已经被魏朗端到了自己面前。

喂，这又是什么情况！

两个大男生争抢对着一个粉嫩的 Minnie Mouse 饭盒下手，简直是食堂内一道奇异的风景线！

魏朗迅速地夹了一只大虾就着鱿鱼就直接往嘴里塞，接着就狼吞虎咽起来，一脸满足。

“3C，明天多做我一份便当。”魏朗一副理直气壮的模样。

程晨晨动了动嘴，压抑着心中的怒火，这简直是，吃着碗里的还想着锅里的，想得美啊！

“我也要一份，你知道的，我最喜欢的是鱿鱼。”韩东昀也愉快地眯起眼说道，“不过，今天的虾也不错。”

嘿！这两个大男生的食欲还不错嘛！

坐在对面的程晨晨实在按捺不住了，这两个大男生还要脸吗？竟然抢她的饭菜吃！

“喂，你们两人别吃了！”程晨晨眼看两人就要把菜吃完，救也救不回来了。

韩东昀不急不慢地放下筷子，转向魏朗道：“魏朗，你还好吧？”

“怎么不好了？”魏朗不爽地飞了个白眼。

“你不是对海鲜过敏吗？”韩东昀饶有兴致地问。

魏朗并未停下筷子，一副不怕死的模样道：“吃都吃了，还怕过敏。”

“哦，是吗？”韩东昀反问道。

而在对面坐着的程晨晨已经看见魏朗的脸上慢慢地起了红疹子，这过敏的速度还真是惊人。她吞了吞口水，指了指魏朗的脸：“你脸上……”

“脸上怎么了？有饭粒？”魏朗狐疑地问道。

程晨晨扯着嘴，干笑道：“你脸上……有点东西。”

“岂止一点，已经蔓延到整张脸了。”韩东昀淡然反问道，“魏朗，你不是靠脸吃饭的吗？”

魏朗明显紧张了一下，他站起身对程晨晨道：“你在这里等我下。”

见魏朗远走，韩东昀似乎满意至极，他托着下巴盯着程晨晨看。程晨晨无语地收起便当盒要走，却被韩东昀拉着往食堂外走去。

“你干吗啊？”

程晨晨想甩开韩东昀，可这一路已经被他拉着走到了校内人少的角落。

“请你去外面吃饭啊，你的便当已经被我吃完了。”韩东昀耸肩理所当然道。

“我不饿。”

“不饿？”

“真不饿。”

“你下午不是要训练吗？”

程晨晨心里恼怒得很，说出的话冷淡至极：“和你无关。”

韩东昀却不依不饶道：“笨蛋，怎么会和我无关！”

“干吗又骂我笨蛋！”程晨晨嘟囔道。

“那骂你愚蠢吗？”

“你……”

程晨晨气恼地看着韩东昀，没想到他比魏朗更加无赖，外表看似冷冰冰，其实内心更加强制，更加飞扬跋扈。

她也不吭声，只是瞪着双黑黝黝的大眼睛盯着韩东昀看，目光里有着隐忍着的愠怒。

“为什么生气？因为吃醋？”韩东昀轻轻地勾唇问道。

“……”程晨晨竟一时无言。

半晌，韩东昀才道：“刘星怡不是我女朋友。”

程晨晨怔了怔，半天不说话。她似乎没有料到韩东昀会突兀地来这么一句。

她应该做什么反应？她还没做好准备。

“和……我有什么关系？”她心虚地回复，其实内心早就已经起了波澜。她真的没法在这个男生面前说谎，这样脸红心跳的模样一下就会被看穿，不是吗？

她喜欢他，内心没法撒谎。

韩东昀微微扬了扬嘴角，伸手摸了摸程晨晨的耳朵，又热又红，活脱脱像一朵可爱的火烧云。

程晨晨大脑突然发僵，燥热得无法说话，韩东昀什么时候还有了这个摸耳朵的技能！

他的手冰凉凉的，靠近耳朵的一瞬间让耳朵感觉一阵冰爽，好像吃了根消暑的冰棒，全身都骤然降温。

耳朵都快不是自己的了！

她忍不住后退一步，捂住双耳，小声自言自语说："还好，耳朵还在……"

"什么？"韩东昀皱眉疑惑地问道。

她紧张得吞吞吐吐道："没有啊……"

简直要命啊！

"说谎的人耳朵会发热。"韩东昀又道。

"有吗？"她嘴硬地说着退后一步，眼神仍然不敢正视韩东昀。

"我没有开玩笑，明天记得带我的便当。"韩东昀从程晨晨身边经过，脚步轻快，看似心情不错。

韩东昀也不晓得自己怎么会幼稚地把逗程晨晨当成乐趣，不过看到程晨晨，他的确会觉得心里舒畅很多。

"喂，我干吗要给你带便当！莫名其妙！"程晨晨冲着韩东昀的背影喊道。

他今天来校办理退学手续，却去食堂同魏朗抢程晨晨的便当，倒误了正事，想想自己真是够无聊的。

韩东昀趁着韩白不在家回到父亲的别墅拿东西，他不准备惊动其他人，打算独自回到房间整理一下上次落在家中的几件衣物，倒是父亲的亲信阿六先看到了他："韩老爷子请您去他书房一趟。"

他有些惊讶，父亲怎么就知道他回来了？他心里面想着，一面点点头，搁下行李去了书房。

他敲了敲书房的门，里头传来一声："请进。"

他推门而入，书房里的光线有点暗，父亲拉开窗帘，阳光突然扑面而来，有些刺眼。

韩东昀好不容易睁开眼睛，看见父亲坐在了一旁的红木沙发上。他笑着对韩东昀说："东昀，过来坐。你林叔刚送了我一盒上好的大红袍，你来尝尝。"

他微笑着坐下，捧起茶杯，茶香袅袅，他嗅了嗅："的确不错。但是爸，就快入夏了，你还是喝点绿茶好，红茶容易燥热。"

"嗯，你说得有理。"韩老爷子点点头，又问，"今天怎么有空回来？"

"我回来收拾些东西。"韩东昀回答道。

"过几天就是你妈妈的忌日了，记得回来一起吃个饭。"

韩东昀微微点头说："好。"

"我知道你喜欢短道速滑，可是韩白怕你遇到危险，我也是能理解的。"韩老爷子突然道。

韩东昀望了望父亲，半天才道："我懂。"

"我只有你们两个儿子，希望你好好回家帮你哥哥经营生意，所以他想送你出国留学也自然有道理。"韩老爷子继续道。

这么多年来，韩老爷子已经全权把对韩东昀的管教权移交给了韩白，今天似乎是他第一次关心起韩东昀来。

"我也老了，所以希望你们兄弟之间不会再出现什么问题，而我也有意把生意都交到你们手上。"韩老爷子侧靠在沙发上，又说，"我在美国的产业，我打算交给你。"

"爸，我对做生意没有兴趣，你还是都交给哥哥吧。"韩东昀淡淡地回绝道。

"东昀，爸跟你做个交换吧。"韩老爷子轻轻抿了口茶，说道。

第二天，程晨晨就得知了一个重大消息，韩东昀返校，准备人生当中最后一次的短道速滑比赛。

得知这个消息后最激动的人莫过于程威了，韩东昀可是他的偶像啊！

中午在食堂时，程威就对着坐在对面的程晨晨絮絮叨叨道："姐，哥回归了你开心吗？又可以在学校天天见到他了呢！"

她漫不经心地说道："有什么好开心的？"

"的确，有什么好开心的。"坐在一旁的苏岚希搁下了筷子，不满地站起身，"他又不一定会赢，说不定还会输得很难看。"

苏岚希咬牙切齿地说完，摆出一副臭脸，端起餐盘就往食堂出口走去。

"岚希姐怎么了？那张脸好像要吃人一样。"程威八卦地问道。

程晨晨闷闷不乐，看来让苏岚希接受韩东昀根本是世界难题。

"东昀哥是岚希姐的仇人？"程威追问道。

"废话那么多，还不吃饭！"程晨晨呵斥道。

"对啊，该吃饭了。"

程威身旁原先空着的位子上此时多了一个人，韩东昀不动声色地坐下，双手交叉搁在餐桌上，问道："我的饭盒帮我热了吗？"

程晨晨抬头，蒙蒙地眨眼望着韩东昀，敢情昨天韩东昀让她带便当给他吃是真的？可她只当他是随便说说，根本没准备他的那份。

韩东昀锲而不舍地问："我的饭盒呢？"

"哥，我帮你打饭。"

程威狗腿似的就要去打饭，却被韩东昀拦住。他面无表情地转向程晨晨："在哪儿呢？"

"没有。"程晨晨简短地回道。

"那我只能吃你的了。"

他坦荡荡地移走程晨晨面前的饭盒，抓起程晨晨的粉色塑料饭勺舀起饭菜就吃，动作优雅，细嚼慢咽。

“那是我的饭勺！”程晨晨皱眉喊道。

韩东昀不以为然道：“哦，我不介意。”

程晨晨欲言又止，自己明明不是这个意思啊。

她那可爱的弟弟插嘴道：“可是……哥，上面有我姐的唾沫啊。”

“都接过吻了，有什么可怕的！”韩东昀淡定无比地说。

“咳咳——”程晨晨直接被这句话噎到，窘得无地自容。

沉默了两秒，程威恍然大悟，拉长尾音道：“对哦……就上回……”

对对对你个大头鬼啊！

“上回……什么啊？快吃饭！”程晨晨赶紧打断了程威的话。

“就一回吗？好像不止一回。”韩东昀面无表情道。

“咳咳——”程晨晨再也坐不住了，起身道，“我去打饭。”

她万万没有料到韩东昀也会耍流氓，而且耍起流氓来还那么一本正经，那么帅气……

“一起吃吧。”韩东昀按住了程晨晨的右手。

“这才一份便当，根本不够吃。”程晨晨回道。

“哦，我吃得少……”韩东昀说。

“还是不要了……”

“你吃不吃？要我喂你吃吗？”韩东昀抬起头，眨了眨眼睛，语气强硬地问道。

他的嘴角不经意地浮起了一抹清浅的笑意。

韩东昀，在卖萌吗？

天哪，程晨晨暗自呼了口气：我的呼吸，我的心跳……

平复……

平复……

韩东昀已经做好了重新投入最后一场比赛的决定。重返训练场时，他感到了前所未有的紧迫和兴奋。

他深吸了口气，戴好头盔，双手背在身后。

一、二、三！

Go，go，go！

他双腿弯曲，急速蹬冰，借助惯性带动整个身体前行，空气里弥漫着让人兴奋的冰冷气息。

一切如行云流水，韩东昀仿佛听到了耳边呼呼的风声，就是这种兴奋的感觉，这才是青春该有的气息……

Ready？ go！

转弯——

重心向左倾，左手扶着冰面，迅速拐弯，直线前行。

终点就在眼前——

站在终点的赵谦予按下秒表，对着韩东昀鼓起掌来："看来没有退步。"

"没有进步就是退步了。"韩东昀摘下手套，喝了口水道。

"不是不准备回来了吗？"赵谦予问道。

韩东昀唇边弯出淡淡的弧度："我是来追回我的女人。"

"你的女人？"赵谦予哼笑一声。

"还有参加最后一场比赛。"韩东昀补充道。

韩东昀背好书包，拿起手机看了看屏幕上忽闪忽闪的人名，又放进了包里。

"怎么？是一号对象还没搞定，就来追二号对象了？"赵谦予挑眉坏笑道。

韩东昀沉默不语，随着赵谦予走出训练场。他刚迈出两步，就被一个声音叫住："东昀——"

他侧头一看，刘星怡正站在不远处朝他挥手。她穿着一身淡黄色长裙，缓缓走到他的跟前。

“干吗不接我电话？”刘星怡开门见山道。

“在训练。”他淡淡地回复。

“那现在呢，你要去哪里？”刘星怡又不甘心地问道。

“去吃饭。”

“韩白哥让我晚上去你家吃饭。”

“哦——”

刘星怡看不惯韩东昀冷漠的模样，于是提高声调，有些不悦地说道：“他是让我和你一起回去。”

“可是我没空，我得准备比赛。”

韩东昀迈开长腿走在前面，赵谦予一脸无奈地冲着刘星怡耸耸肩，也紧跟了上去。

“韩东昀，那我呢？”刘星怡追问道。

她承认那天假装喝醉是她的错，可是今天他需要这么冷淡地对待她吗？

韩东昀停住脚步，回头看她，抱歉地说道：“真不好意思，星怡，我最近没空回家。改天我请你吃饭吧。”

韩东昀渐行渐远，她心里已经生气上火，却又要不动声色，表现得大气懂事。

这大概是源于小时候妈妈的教育，识大体的女生，喜怒不露。刘星怡心想，她对喜欢的东西一直有耐心，她能为了个包包等上一周，何况眼前这个男生是她喜欢的人，等一等又算什么。她略一迟疑，便紧跟了上去，对着韩东昀道：“那我明天再来，你返校的事情我会保密的。”

韩东昀默不作声地看着刘星怡。他刚刚的态度似乎有点问题，可他又不想再让眼前的女孩对他留存希望。

“说好了，我明天来看你。”她又重复了一遍，勉强挤出一丝笑容。

韩东昀微微动了动薄唇，并没有吭声，只看着面前的女生笑吟吟地冲着他挥手告别。

他可能真的太绝情了吧。

“这女孩脾气还真好，比岚希好多了。”赵谦予颇有感慨地说道。

韩东昀冷冷地瞥了他一眼：“还不死心啊？”

“为什么要死心啊？你不是也穷追不舍？”赵谦予话中有话。

程晨晨打开储物箱，拿出书包，又看了一眼那个 Minnie Mouse 的饭盒。可恨的韩东昀把她今天的午饭都吃光了，为什么她内心还会涌起一种暖洋洋的滋味？

清醒，清醒！程晨晨狠狠地捏了一下自己的胳膊。难道明天真的要给韩东昀带爱心便当吗？

疯了吧，她才不要！

可是明明往家里走，脚步却不自觉地往超市去，要给韩东昀买个饭盒。

她在超市挑了半天，还是挑了个 Mickey Mouse 图案的饭盒。会很幼稚吗？可是 Mickey 和 Minnie 本来就是一对啊。

她买好饭盒从超市出来，迎头就碰上一个女生，她惊讶地叫道：“岚希！”

苏岚希望了望她手上的 Mickey Mouse 图案的饭盒，心里也明白了几分，只是道：“买饭盒啊？”

程晨晨不自觉地要把饭盒背在身后，她知道苏岚希讨厌韩东昀，她不想因为一个男生影响她们之间这么多年的友情。

苏岚希笑了笑，说：“下次可以找我一起挑啊。现在逛街都不找我啦？”

苏岚希毫不在意的模样，让程晨晨缓缓地松了口气。两人好难得一同结伴回家，好像一下子回到了儿时的光阴，同吃一根冰棒，争夺最后一块臭豆腐。她们臭味相投，所以喜欢上一对兄弟好像也并不奇怪了。

程晨晨先送苏岚希到了家门外，她正准备和苏岚希告别，苏岚希却道："今天我先送你回家吧。每次都是我家比较近，我还想多陪你走一段路呢。"

她推着程晨晨往前走，笑靥如花："走啦走啦。"

程晨晨有些诧异苏岚希今天的反常表现，但是最近因为韩东昀的存在，她和苏岚希多多少少有些隔阂。

终于到了程晨晨的家门口，阿达照老规矩来接她，也认出了苏岚希。苏岚希兴奋地说："没想到阿达都长这么大了！最近忙着训练都好久没看到阿达了，难得它还认得出我呢！"

"它怎么会认不出你？每次你都给它带好吃的呢。阿达就是只贪吃鬼！"程晨晨打趣道。

"啊……那我今天可没带好吃的哟。"苏岚希遗憾地摸了摸阿达的下巴，笑了笑说道，"我听说魏朗也经常来看阿达，是吗？"

"是吧。"程晨晨漫不经心地回道。

"虽然我也挺不喜欢魏朗那副臭脾气的，但是他好像真的蛮喜欢你的。"苏岚希别有用心地试探道。

程晨晨抬头看了看苏岚希，打趣道："你该不会是想当红娘了吧？"

"女生的第六感是很准确的，你心里装的可能是另外一个人。"苏岚希脸上看不出异样神情，"对不起，前段时间我反应太过激了！我讨厌一个人，没理由也让你去讨厌他，对吧？"

苏岚希突然一反常态，程晨晨有些吃惊，但这不是她想看到的大团圆的结局吗？她能放过韩东昀，也能放过自己。

苏岚希抱了抱程晨晨，贴在她耳边轻声说道："晨晨，无论我做了什么事，希望你都能原谅我。"

“你胡说什么啊？你能做什么？”程晨晨奇怪地问。

“晨晨，你要记得，我们永远是好朋友。”

苏岚希转身离开，程晨晨还是一脸的纳闷，岚希刚刚说的话到底是什么意思？

第二天早上，程晨晨早早就起床准备便当。她早已知道韩东昀的口味，单独在韩东昀的饭盒里放了一只超大的酱烧大鱿鱼，然后满意地盖上了饭盒。

“姐，你偏心啊，怎么没有我的饭盒？”程威今天起了个大早，自从韩东昀回到体校，他也变得异常有动力。

“给哥准备的？你和哥真的在一起了吗？”程威贼溜溜地试探道。

程晨晨目光躲闪却硬是摆出一张严肃的脸说道：“我只是担心他今天再抢吃我的便当而已。”

“哦？是吗？”程威笑嘻嘻地反问道。

程晨晨看着程威，斩钉截铁道：“当然。”

她拎着两个饭盒走出家门，心情无比明媚。中途，她收到韩东昀的短信：你不会想让我中午再吃你的便当吧？

威胁吗？为什么却让程晨晨感到那么喜滋滋的呢？

她抬头看了看今天的天空，万里无云，微微泛着金光的天边很快就会有一颗咸蛋黄要跳出来了。

真好，她的好心情一直保持了一个上午。训练结束，她小心翼翼地抱着两个热好的饭盒走进食堂。

她清楚地记得韩东昀最喜欢坐在哪个位子，她一眼就望见了他。可人已经到了跟前，她又却步了。

现在那里除了韩东昀和赵谦予，还多了一人，那个人正是刘星怡。

她止住脚步，转身快步往食堂出口处走去。

端着两个饭盒的她是不是显得很蠢，很多余……

“晨晨——”

“程晨晨——”

她听到了身后那个熟悉的声音在叫她，她慌忙地在人群中逃窜，下一秒却被一只大手紧紧地拉住。

“要去哪里？等你的便当呢！”韩东昀居高临下地问道。

她抬头看着韩东昀，想要逃离已经不可能，只能被他硬生生地拖到了座位上。韩东昀和赵谦予换了个位置，坐在了她的对面，而刘星怡坐在了她的身旁。

程晨晨望了望桌上摆着的一个饭盒，里面同样有一只酱烧鱿鱼，看起来味道也不错，是刘星怡做的吧？

她低头不急不慢地打开了自己的饭盒，可面前的饭菜已经让她食之无味了。

“晨晨，好久不见，你还记得我吗？”刘星怡笑着同她打招呼。

她侧头对刘星怡笑了笑：“当然啊。你那天没事吧？”

“就是喝多了，让你笑话了。下次有机会再教我滑冰啊。”刘星怡笑盈盈地说。

赵谦予好奇地望着面前和睦相处的两个女生，明明应该是情敌啊，还成了好朋友了？

可这样微妙的气氛，连作为一个局外人的他都觉得十分尴尬啊！

“我的饭盒呢？”韩东昀又问。

“没有——”程晨晨淡淡地回复道。

“怎么会没有？明明看你拿着两个饭盒。”

韩东昀夺过了那个印着 Mickey Mouse 图案的饭盒，上层是菜，里面躺着一只色泽诱人的酱烧鱿鱼，还有几个小菜，这些正好符合他的口味。

“Mickey Mouse and Minnie Mouse 两个饭盒是一对啊？”刘星怡笑道。

程晨晨夺过那个饭盒，着急地解释道：“没有，当时就顺便买了两个饭盒。而且这个便当不是给韩东昀吃的。”

“那是给谁吃的？”韩东昀不满地问道。

下一秒，那个印着 Mickey Mouse 图案的饭盒就被另外一个男生夺走了，魏朗满脸笑容地坐下：“给我吃的啊。”

一边的赵谦予感觉到气氛在逐渐凝固，他咳了几声。本来他只想做个安静的电灯泡，岂料今天发生了意外，一下多了个女生，现在又掺和进来一个魏朗。以他现在的处境，最好还是只吃不说，赶紧吃完午饭，逃离战场。

“你不是不吃海鲜的吗？”韩东昀反问道。

“改了啊。”魏朗满不在乎地回道。

“不怕过敏？”

“有的吃，哪有那么多顾忌。”

看着魏朗大口地吃着鱿鱼，程晨晨心里很不是滋味。魏朗吃海鲜明明会过敏，他又何必为了自己来这一出呢？

韩东昀怔怔地盯着对面的程晨晨看，他想说什么，却欲言又止。

程晨晨突然起身，低头抱歉地说道：“不好意思，我还有点事，你们先吃，我先走了。”

她拉着魏朗的手就要走，魏朗不依不饶道：“我还没吃完呢……”

“别吃了……”

他眼巴巴地望着程晨晨拉着别的男人离开，薄唇微微动着，心里升起了怒火，脚步不自觉地要追上去。

“东昀，你去哪儿？饭还没吃完呢！”刘星怡也站起了身。

“吃好了。”韩东昀淡淡地抛下了三个字，紧跟了上去。

直到到了操场，魏朗才问道：“干吗？我还没吃饭呢。”

“你……干吗要吃那个饭盒？”程晨晨问道，“那明明就是……”

“那你干吗要喜欢韩东昀？”魏朗凶巴巴地质问道。

程晨晨抬头看了看魏朗，这样的问题，她要如何回答？刚刚自己是不是显得很自作多情，很丢人，也很多余呢？

静默半天，程晨晨望了望魏朗的身后，沮丧地说：“我先走了。”

说完，她快速逃离，不想面对韩东昀。等到韩东昀追了上来，却被魏朗拦住了。

“有意思吗？”魏朗反问道。

“这句话该我问你吧？”韩东昀冷飕飕地回道。

魏朗哼笑一声，凶相毕露：“韩东昀，你能不能不要有事没事地去招惹她？”

“这是我和她之间的事情。”

“是吗？”魏朗目光含笑道，“可是我喜欢她。”

韩东昀怔怔地抬头盯着魏朗看，薄唇微动，有些愠怒。

魏朗又斜着嘴角道：“但是这是我的事情。当然，你愿意放手的话，也许我会省不少力气。”

“不可能。”韩东昀淡淡地说道。

魏朗慢慢踱步到韩东昀的跟前，伸出右手，摊开手掌：“好了，不提这个了。无论怎样，作为一个对手，欢迎你的回归！”

韩东昀愣了愣，暗自觉得好笑。他和魏朗什么时候这样惺惺相惜了呢？

他伸手握了握魏朗的右手：“赛场上见。”

韩东昀迈出长腿走了几步，背后的魏朗又道：“哦，忘了告诉你，你家的看门狗正在宿舍楼底下等你。”

“你这一过去可能就被他们逮回家了吧。”魏朗补充道。

“谢谢。”

韩东昀仍然迈着长腿往宿舍的方向走去。看来，今天若不回去，哥哥不会放过他。

停在男生宿舍门口的一排黑色轿车，已经表明了韩白的决心。韩东昀清楚地知道，自己的哥哥是那种说一不二的人，今天这架势无非是给他下最后通牒。

看来他等不到比赛就要被绑回家了吧。

果然他的出现，让一众穿黑色西装的男人通通地下了轿车，整整齐齐地站成了一排。

“我哥呢？”他对着带头的阿六道。

阿六向着他低头鞠躬：“韩先生今天没空过来，但是他说希望您今晚回家一次。”

“我没空。”

“您就不要为难我了。”阿六面有难色。他今天的目标就是要带韩家的二少爷韩东昀回去。

“我晚上会回去。”

“这……”

“我做担保，阿六，可以了吧？”

一个女生的声音响起，刘星怡挺着背脊，蹬着高跟鞋嗒嗒嗒地走到阿六的面前，说道：“难道你也不相信我？”

“不是的，刘小姐。”阿六毕恭毕敬道。

“那就行了。你放心吧，不管怎样，晚上我和东昀会一块回去吃饭，你和韩白哥说一声。”

阿六迟疑地看着刘星怡，最后只好点点头，带着一众人上了车。一队黑色轿车就此扬长而去。

“谢谢你，星怡。”韩东昀道。

刘星怡微笑着对韩东昀道：“不客气，只是举手之劳。”

韩东昀走近了两步说：“你没必要对我那么好，你明知道我的心意……”

“这次比赛，你一定要得冠军！”刘星怡硬生生地打断了韩东昀的话。她那么聪明，那么优秀，却要听面前的男人拒绝她的爱意，他怎么能够那么狠心?

她不能接受，她不要让他说出口。

“嗯。”韩东昀点点头。

“其他的事情我会帮你搞定的，你放心。”刘星怡始终带着笑意，“那……我先走了。晚上你还是别回家了，省得跟你哥吵起来。”

他再次点头，目送着面前这个窈窕的女孩离开。

今天结束训练，苏岚希本来想拖着程晨晨去逛街，可程晨晨心情有些糟糕，连晚上的兼职也请了假，只想早点回家睡个大觉。

她走出校门，沿着马路往公交站走去，低头踢着石头浑然不觉公交站前早已有一个男生背着书包在等她。

等她抬头看见时，立马掉头想走开，偏偏被男生先看到了。

“不坐公交车回家了？”韩东昀问道。

她迟疑地抬头看了看韩东昀，没好气地说：“我今天走路回家。”

“那一起吧，我也走路。”韩东昀回道。

程晨晨终于有些恼怒了，她停住脚步，冷冷地说：“你干吗啊?韩东昀，别有事没事地纠缠我了，行吗？”

话一出口,程晨晨自己也有些惊讶,但还是硬着头皮说道:“我……我要回家了。”

韩东昀却三步并作两步地走过来，接过了她的书包，说:“走吧。”

她气鼓鼓地看着韩东昀，说：“韩东昀，你别有事没事在我面前晃来晃去的好吗？”

韩东昀暗自觉得有点好笑，眼前这只小猫咪生气的时候，还真是有趣得很。

“好啊。”韩东昀平静地回道。

程晨晨陡然抬头，却听见面前的男生说：“那现在可以听我说话了吗？”

她一双黑眼睛蒙蒙地盯着韩东昀，他的短发被风吹得有些凌乱，却不难看，一身简单的队服意外地把他衬得精致贵气。

“我想追你。”韩东昀神情严肃地说。

耳边的风声呼呼吹过，连带着街边蛋糕店的香味，吹进她鼻孔，又甜又香。

程晨晨真怀疑自己听错了，面前男生的意思是要追她？怎么可能呢？

“别开玩笑啦，不要玩了。”程晨晨心里乱成一团。

韩东昀认真地盯着程晨晨说：“我在追你，请你认真一点好吗？”

第七章 不能放弃的梦想

程晨晨一脸木然地看着韩东昀，这是什么情况啊？什么叫她认真一点！

“今晚……有点迟了，我……我先回家了。”她吞吞吐吐地说。

韩东昀也不再挽留。

她往公交车站走去，等公交车来了以后，她一个人上了车，刚坐好，前门又上来一人。

韩东昀投完币，径直坐在她的旁边。她不知道韩东昀在想什么，坐公交车送她回家？

这时候还走什么偶像剧的套路！她望向窗外，不去理睬他。

沉默中，公交车开始报下一个站名。站台的背景是一个她喜欢的巨星广告，整个广告牌光彩夺目。

韩东昀突然起身，准备下车。程晨晨偷偷望了一眼韩东昀，他微微俯下身，声音虽轻，却异常清楚：“我想了想，还有句话没和你说。”

“……”程晨晨困惑地抬头看他。

“我喜欢你，程晨晨，所以我会努力学习怎么追你。”

他说得不动声色，波澜不惊，可一句“努力学习怎么追你”就像天空绽放的烟花，一瞬间就在程晨晨的心里留下痕迹。

这好像一个大侠修炼了什么功夫，看似无形，却能让人一招毙命！

话音落下，韩东昀就从公交车的后门下了车。程晨晨面红耳赤，半天才缓过神，只见站在站台上的韩东昀冲着她挥了挥手。

公交车很快就驶离了，而她还目不转睛地盯着那个方向。

他一如既往地露出一抹淡然的笑意。

程晨晨觉得内心乱七八糟的。到底怎么了？自己喜欢的人终于朝着自己慢慢靠近，她理应欣喜万分才对，此时她却有些不适应。他不是冷漠又不食人间烟火的“男版小龙女”吗！突然说倒追，不符合人物设定啊！

韩东昀的确不知道如何追女孩，这么多年总是有那么多女孩接近他，而他根本没有想过要怎么靠近女孩，自然不知怎么去追求一个女孩，怎么讨一个女孩的欢心。

可他想认真地对待程晨晨，他喜欢她，理应是他这个男生主动地走进她的世界。

当他以好学的态度向赵谦予请教时，赵谦予简直想要狂笑三天三夜。怎么追女孩？韩东昀这样傲娇得不行的人，现在要以低姿态去追求女孩子，难道不是一大世界奇观吗？

“我不管你怎么做，我希望在比赛之后能追到程晨晨。”韩东昀冷酷地甩给了赵谦予一个任务。

赵谦予直接傻眼，这位哥们儿追求女孩的事情，什么时候和自己也有关系了？他自己难道不用参加比赛吗？虽然他一直是垫底的命运，但也不用这么伤害他吧？

短道速滑新赛季的比赛终于拉开了帷幕。预赛的前一天，韩东昀回了趟父亲的别墅。在韩白房间前，他踌躇了一会儿，还是敲了敲门。

里头响起一个声音：“请进。”

他轻轻地推门而入。韩白正坐在书桌后，桌上摆着的那盏象牙白雕花台灯散发出淡淡的光芒，给人一种安静淡雅的感觉。

韩东昀清晰地记得，这盏台灯是他多年前用从攀岩比赛得来的奖金给哥哥买的礼物。没想到哥哥一用就是这么多年。

“终于舍得回来了？”韩白握着一支黑色钢笔，低头在案上写字。

“嗯，哥，我明天参加比赛。”他立在原地，静静地等待着韩白的回答。

韩白抬头看了看他，笑了笑，说道：“不知道你用了什么办法，竟然让爸爸同意你参加最后一场比赛。”

韩东昀半天不吭声，只是定定地看着韩白，说：“既然如此，哥，你同意吧？”

“我能反对吗？”韩白长笑一声。

“你当然可以，我的命都是哥的。”韩东昀声音微微沙哑，目光深沉。

“是吗？”韩白淡淡地反问道。

“是，哥。”

韩白的目光中是一段幽深的沉默，半天才道：“你想得到什么？”

“哥，我想得到你的祝福。”

他像以前一样，总是希望在比赛前得到哥哥的祝福，这样的习惯持续了他整个比赛生涯。

而这次也不例外，他需要哥哥的鼓励。

韩白搁下钢笔，双手交叉在书桌上，他身后的白色窗帘随风飘荡，而他一双黑瞳如黑夜一般让人难以猜透：“祝你成功。”

“谢谢哥。”他郑重地向韩白道谢。

“我还没说完，”韩白顿了顿，又道，“这是最后一次机会，东昀。”

“哥——”

“我希望这次比赛结束后，你能实现你的诺言，立刻回美国读书。”韩白冷漠如常道。

韩东昀并不说话，他推开书房门，像一道影子无声地离开了家。

“姐，你能不能快点——”一大早程威就催促个不停。

今天是韩东昀的比赛，他按捺不住兴奋，早早地起了床，在门外等着程晨晨梳妆打扮。

“来了来了……”

程晨晨冲出家门，却见程威正在签收一束鲜花。她纳闷地问道：“你的花？”

“当然不是我的，姐，你的！”一边程威把那束绿色洋桔梗花塞进程晨晨的怀中，一边抱怨道，“谁一大早送花啊？真是耽误时间！”

程晨晨同样莫名其妙。她拿出花中的卡片，看见一行潦草的字：我的胜利只想和你分享。

署名是韩东昀。

这当然是赵谦予的主意，连卡片上的字也是他让韩东昀写的。韩东昀的确不会说什么情话，酝酿了半天，只写下了这么一句。

虽然简单，但这对于程晨晨来说，就是最振奋最燃的情话——她是唯一能够和他一起分享胜利的人。

昨天男子短道速滑一千五百米进行了抽签，韩东昀被排到了第五组，而魏朗被排在了第六组。

韩东昀位于三号位较靠外的赛道，并不占优势，但是程威对韩东昀十分有信心。

程晨晨和程威在观众席找到位子坐好，韩东昀和另外五位选手已经准备就绪。韩东昀穿着红色队服，朝着观众席微笑着挥了挥手后，戴上了蓝色的头盔。

程晨晨忍不住站起身，跟随人群兴奋地喊了几声，却意外地在观众席上看到了一个熟悉的身影。

苏岚希？她怎么也会来看韩东昀的比赛？

她来不及多想。

“砰”的一声，发令枪响了。

现场欢呼声一片，程晨晨眼睛直直地盯着韩东昀，心不自觉地揪了起来。

韩东昀就像一支离弦的箭，一下冲滑到了第一位，远远地甩开了后面五位选手。

这是什么战术？通常来说，一千五百米的长距离短道速滑，是一场耐力的考验，一般选手都不会一开始就发力，而是要等到中途再提速。

韩东昀却一开始就甩开了其他选手整整半圈。

程晨晨有些惊讶，平时冷漠的韩东昀，在赛场上就像一匹野狼，凶猛，冷静，好像有用不完的能量。

在随后的六圈中，仍然是韩东昀在领滑，身后的选手奋力追赶，可韩东昀已经打乱了其他选手的节奏，大部队在背后互相纠缠，根本没有选手冲出，而韩东昀早已遥遥领先，这场比赛已经显得毫无悬念。

他那么孤傲地勇往直前，轻松自如地享受着比赛，根本不屑把身后的选手当成对手。

在最后一个赛道，韩东昀轻松冲线。

程晨晨激动得大叫了起来：“赢了！赢了！”

身旁的程威却异常冷静地说道：“不过是预赛，哥肯定没问题的啊！姐你有必要那么激动吗？”

程晨晨理直气壮道：“我第一次看短道速滑比赛嘛！”

“我们去找哥啊。”程威建议道。

说完，程威已经径自往后台去了。程晨晨在原地停留了一会儿，望向了刚刚苏岚希所在的位子，可惜那个位子已经空了。

她心里有些困惑和不好的预感，但还是随着程威离开了观众席。运动员更衣室不许外人进入，程威却坚持在门口等候，简直像个小粉丝一样热忱。

程晨晨无奈道：“韩东昀明天还有比赛，我们就别打扰他了。”

“怎么是打扰他呢？我这是给哥打气呢！”程威振振有词地说。

程晨晨无语地翻了个白眼，打算先走，程威却说要去个洗手间，让她代替他等候。

程晨晨只好在门口来回徘徊着，她没等到韩东昀，倒是等到了苏岚希。

未等程晨晨开口，苏岚希先开口道：“你等韩东昀啊？”

“没有……我是代替程威在这里等他的……”程晨晨解释道。

“哦——”苏岚希若有所思道。

程晨晨思索片刻，又问：“那你呢，岚希，你怎么在这里？”

苏岚希的眼里闪过一丝慌张：“我……我是这场比赛的志愿者。所以……所以就在这里啦。”

程晨晨总觉得今天的苏岚希有些不正常，却说不出哪里奇怪。她忍不住又道：“岚希，我知道你讨厌韩东昀，但是今天是他的比赛，其实……”

“我还有点事要忙，先走了。”苏岚希掐断了她的话头，笑了笑，转身离开。

程晨晨在原地愣了半天，突然身后有人拍了拍她的肩膀，她不耐烦地转身道：“韩东昀还没出来，我没空陪你等下去了。”

程晨晨本以为拍她肩膀的是弟弟程威，没想到抬头一看，站在面前的竟是韩东昀。

“等我啊？”韩东昀轻松地扬了扬下巴。

“当然不是。”程晨晨紧张得舌头打结，“我是替我弟等你的……”

“是吗？”韩东昀漫不经心地笑了一声，看来心情不错，“没有话要和我说吗？”

程晨晨被韩东昀的笑脸晃得有点头晕，心里发慌地说：“恭喜你。”

“我以为你要说些别的。”他淡然地看着程晨晨。

程晨晨愣了愣，傻乎乎地问道：“比如说什么……”

“比如……说喜欢我之类的。”韩东昀不动声色地扬起嘴角。

程晨晨怔了怔，竟然紧张得不自觉地咬起了手指。

可面前的男生依然面无表情地盯着她看，似乎在静候她的答案。

韩东昀到底是什么生物，竟然可以冷静得不带任何情感地说出这样撩人的话来！

简直要人命啊！

“你在想什么？”韩东昀又问。

程晨晨努力地咽下口水道：“我……在想今天……星期几……”

“今天星期一，应该是我追你的第一天。”韩东昀半眯着眼，微微动唇。

就不能好好回答问题吗？一定要多加后面一句吗？

她扭扭捏捏地抿唇微笑。

韩东昀满意地点点头，又伸出手掌摸了摸程晨晨柔软的长发，说道：“等我拿到冠军再恭喜我吧。”

又是“摸头杀”！

说完，韩东昀迈着长腿离开，只剩下程晨晨呆愣在原地还在心跳加速中。

这才是程威口中的韩东昀吧，虽然高傲自大，却让人不得不臣服。就是他，在比赛时总有一种和平常不一样的热情和爆发力，不可一世的表情的确很适合他。程晨晨相信他真的天生属于冰场，属于飞驰的速度。

她终于能理解那天他在雨中失魂落魄的模样，让一个人放弃梦想是多么可恶的事情。

还好，韩东昀回来了。

在接下来的比赛中，魏朗也成功晋级，两个人成功晋级四分之一决赛。

看来魏朗如愿以偿，会在决赛上迎战韩东昀。

明天是短道速滑的决赛，除了韩东昀、魏朗，还有另四位选手，其中一位叫于明临的是中韩混血儿，是上一届“雨光杯”的冠军得主，所以实力不能小觑。

比赛的前一晚，韩东昀还是去训练场滑了一圈，等他出了冰场，夜色已深，只有几颗稀稀拉拉的星星悬挂在天空中，略显寂寥。

一声口哨声在夜色里显得十分突兀，韩东昀停下脚步，看见魏朗散漫地走到跟前：“明天都要比赛了，还不好好休息？”

“这个问题应该我问你，你怎么这么晚了还在这里？”韩东昀冷冷回道。

魏朗轻笑一声：“和你商量件事吧。”

“什么？”

“与其让于明临夺冠，我宁愿获得冠军的是你。”魏朗开门见山道。

“这不是你说了算的。”

“我可以跟你合作啊。”魏朗斜唇笑道，“大家都知道我们不合，必然不会想到我会帮你。”

韩东昀不吭声，双手插在裤子口袋里，静静地立在原地。

“我知道你的战术，可那只能针对那些实力和你相差甚远的选手。决赛的时候，一开始就全力速滑，最后冲刺时没有体力，只会吃力不讨好。”魏朗又道。

韩东昀点了点头，一副洗耳恭听的模样。

“领滑最耗费体力了，而跟风可以节省 20% 的体力，我可以为你领滑。”

“你有病吧？”韩东昀迈开脚步就要离开。

“我的建议不好吗？”魏朗反问道。

“你不想赢吗？你甘心做个领滑者，被我超越？”韩东昀生硬地质问道。

“教练当然希望我们交替领滑，这个战术也不错，但是我愿意当你的领滑者。”魏朗笑了笑，说。

韩东昀迈出几步又停下来，一双深黑色的眼眸如夜色一般难解，他一字一顿地问：“你是在羞辱我吗？”

魏朗仍然保持着趾高气扬的笑容，斜唇道：“对，你猜对了，我是在羞辱你。”

韩东昀明显有些愠怒，魏朗就更加得意了：“这不是你的告别赛吗？我想，你需要一个好的名次。”

“而且这样的话，我们两人之间总有个人可以获得冠军，不是很好吗？”魏朗又兴味浓浓地反问道。

“你还是管好你自己吧。”

韩东昀甩头就走。

魏朗的唇边却弯出了一道弧线。

第二天决赛之前，韩东昀和其他选手都在后台接受了采访。中韩混血选手于明临大言不惭地说他对冠军志在必得。程威正好听到了这一段，气鼓鼓地大骂棒子的不是。

采访结束，一众选手散去。程晨晨思来想去，不自觉地往休息禁区走去。她握着手机，来回徘徊。她希望能够单独和韩东昀说几句话，又怕自己影响了韩东昀。

进退为难，她正准备离开时，却见到苏岚希背着一个黑色单肩大包从选手休息区出来。

苏岚希东张西望，神情慌张，好似包里装了什么重要物品。程晨晨忍不住追了上去喊住了苏岚希。

苏岚希喉咙微动，额头明显有汗珠冒出。她紧张地看着程晨晨，道：“你……你怎么在这儿？比赛就要开始了！”

“那你呢？岚希，你怎么会在这里？”程晨晨同样疑惑地问道。

苏岚希僵硬地扯了扯嘴角，道：“我昨天不是说过了……我是这场比赛的志愿者啊，来这里帮忙的啊。”

“岚希，你包里是什么东西？”自从上回在赛场上看到苏岚希后，程晨晨的心里一直有一种不好的预感，而今天再次看到苏岚希如此紧张鬼祟，她更是坚定了这一点。

苏岚希一定瞒着她做了什么。

“没有，没有什么东西……”苏岚希紧张地拢了拢黑色大包。

“岚希，你紧张什么……”她把苏岚希拉到了偏僻的角落。

四目相对下，苏岚希终于崩溃。

“你不要逼我了！”苏岚希忍不住大叫。她快步从程晨晨身边经过，却被程晨晨抓住了黑色大包，一伸手就抓出了一只冰刀鞋。

这双冰刀鞋她认得真真切切，因为这是那天陪伴魏朗一起购买的，是魏朗送给韩东昀的礼物，花了快六千块，是冰刀鞋当中的king，荷兰magic！韩东昀拒绝再三后，最后还是接纳了这双冰刀鞋。

程晨晨目瞪口呆地看着苏岚希。

“岚希……”她显得有些沮丧，她不相信她的好朋友竟然会做出这样的事情。

“对不起，晨晨，我根本没法原谅他。我只是想换走他的冰刀鞋，我只是想让他输。凭什么他什么都能拥有，韩白却永远都站不起来了！”

程晨晨沉默地看着苏岚希，一时半会儿竟不知如何回答她的问题。良久，她淡淡地说：“岚希，这些已经过去了，只有你放不下……”

苏岚希早已泪流满面。她本来就是个优秀的运动员，清楚地知道一场比赛对于一个选手的重要性，也清楚地知道这样做的后果。

“雨光杯”一千五百米短道速滑总决赛即将拉开序幕，程晨晨让程威想办法把冰刀鞋递给了韩东昀，希望不会影响韩东昀的心情和赛前的准备。

她一颗心战战兢兢的，直到看到韩东昀出场，才放下心来。

程威气喘吁吁地跑回座位，朝着程晨晨做了个“OK”的手势，道：“岚希姐给哥……换了双有问题的冰刀鞋，还好及时发现……否则后果不堪设想。”

程晨晨一颗悬着的心终于落地，此时几位选手已经相继入场。看来韩东昀今天的状态不错，他微笑着朝着观众席挥了挥手，似乎别有用心地望向她的方向。

程晨晨不知道韩东昀是否望见了自己，还是忍不住也朝着他挥了挥手。

该死的韩东昀，你要加油！

程晨晨在心里默默念着：韩东昀那么讨厌，那么毒舌，又那么冷漠，有的时候却又那么温柔，到底哪个才是真正的你？

实际上，只有韩东昀才知道，赛场上的自己才是真正的自己。

接着，广播开始介绍于明临，他向在场所有人示意了NO.1的手势，全场欢呼声一片。

“你愿意让他这么嚣张下去？”戴好头盔的魏朗看似不经意地嗤笑一声，对韩东昀道。

韩东昀眼里有火光，他目视前方：“拭目以待。”

六位选手已经在赛道上各就各位，魏朗是第二道，韩东昀处于第四道。发令枪一响，魏朗立即抢到首位，处于领滑位置。

现场立马欢呼声一片。

魏朗暂时领先，于明临处于第二位，排在第三位的是韩东昀。

“我怎么觉得魏朗哥在为东昀哥阻拦着于明临。”程威摸了摸下巴，若有所思地自言自语。

程晨晨愣愣地看着程威，手攥成了一个拳头。此时她的正前方来了位迟到的观众，两位保镖扶着一个坐轮椅的男人坐在了座位上。

后座对这位不速之客挡住视线表示不满，程晨晨的关注点却在于这个人，他是韩东昀的哥哥——韩白。

他不是反对韩东昀参加短道速滑吗？为什么又会出现在这里？

到了第三圈，形势出现了变化，韩东昀漂亮的一个内道超越，一越到了第一位。

速度越快，身体倾斜度就越大，而韩东昀正是享受这种身体全部放空，在冰上驰骋的感觉。

接着魏朗越过了韩东昀，接替领滑，一会儿韩东昀在前，一会儿魏朗在前，两人互相领滑。

“好像魏朗哥和东昀哥在互相领滑，他们是说好的在配合吗？”程威又对着程晨晨道，“嗯，这样可以节省不少体力。哥的爆发力是最强的。”

只有韩东昀知道，他并没有和魏朗说好要配合，可魏朗铆足了劲要超过他处于领滑的主导位置。

最后两圈，身后的于明临出弯道进直道，想从内道直接超越，他孤注一掷，对冠军志在必得。他本来觉得最大的障碍是韩东昀，未料到中途杀出了个程咬金——魏朗。

于明临即将超越韩东昀，不料被魏朗跟上了，两个人有了激烈的碰撞。

魏朗和于明临出现了焦灼的牵制状态。

最后一圈，韩东昀加快速度，成功保持领先位置，而于明临想突破魏朗这一障碍，却被魏朗死死拖住。

最后一刻——

韩东昀冲线成功！

欢呼声此起彼伏。程晨晨握着程威的手在原地跳跃，而此时正前方的韩白已经消失得无影无踪。

韩东昀轻松夺冠，却不忘背后的魏朗，他扬着下巴道：“谢谢你。”

如果不是魏朗牵制住于明临，他在冲刺时一定还有不少的麻烦。

魏朗却轻巧地舒了口气，摸了摸耳朵：“我没听错吧，冠军？”

韩东昀摘下头盔，哼笑一声。此时广播里的播音员正激动无比地宣布他是冠军得主。

“我没有那么好心，只是看不惯那个什么光，什么临而已……”魏朗耸耸肩道，“当然下次的冠军就不一定是你了。”

下一次？还有下一次吗？

韩东昀轻飘飘地弯了弯嘴角，那不经意流露出的苦笑，只有自己能够察觉。

在这次一千五百米短道速滑比赛上，明光体校包揽了冠、亚军，简直是史上的最好成绩。校长笑得嘴都快合不拢了，自己的儿子魏朗也光荣地获得亚军，更是让他倍感骄傲，所以学校决定在周末开庆功舞会。

为了晚上的庆功舞会，赵谦予早就换好了西装礼服。他对着镜子搭配了不同的领结，红色，黑色，灰色，试了又试，还是拿不准主意，只能向韩东昀问道：“喂，到底哪个领结比较合适啊？”

此时韩东昀还在电脑前玩游戏，根本没空搭理赵谦予。

“你等会不是还得上台演讲吗？不换衣服吗？今天你是主角啊，韩东昀。”赵谦予坐在他身旁，问道。

韩东昀微微抬头，淡淡地瞥了他一眼。这样的庆功舞会肯定无趣得很，而他也最反感要说一些场面话，可是想想这兴许就是最后一次了吧。

“还有，听说你哥也会来。”赵谦予又小心地补充了一句。

韩东昀双手突然离开键盘，站起身来，微微呼了口气道：“我换好衣服去看看。”

程晨晨踩着高跟鞋，穿着一袭白色收腰长裙跟着弟弟在甜品桌边绕了一周。她根本没有参加过如此正式的晚宴，好不容易找到了一件妈妈去年送她的裙子，还算符合今天的场合。

程威三步一停留，明明是个大男生，偏偏对甜品有着非一般的迷恋，这副仿佛饿了三天三夜的模样真是让人醉了。

“姐，你说校长这回是不是大出血了？居然租下这么好的酒店开庆功宴。”程威小声嘟囔道。

“你傻啊，校长那么精明，肯定找了赞助商。”程晨晨回道。

“也对，听说哥的亲哥哥就一直是学校的最大赞助商呢。”程威又道。

程晨晨若有所思，捧着装着橙汁的杯子朝四周望了望。酒会不仅邀请了部分学生和老师，还有商界名流，看来校长也想因此多拿几个赞助。

酒会上觥筹交错，程晨晨顾盼之间看到了独坐在角落的苏岚希，她捧着一杯红酒，眼神已经有点迷离。

她让程威先逛，自己朝着苏岚希走去。

“岚希！”程晨晨轻轻叫道。

苏岚希眼神迷离地看着程晨晨，有些不稳地站起身。程晨晨连忙挽住了苏岚希的胳膊，担忧地说：“你怎么喝这么多酒，不知道明天要训练吗？”

“不想练了，我不想再滑了……”苏岚希憋红着脸，丧气地说，“反正他又不关心我……”

“岚希，你胡说八道什么！”程晨晨皱眉伤神。没想到苏岚希对韩白用情如此之深，苏岚希这样的状态只会在舞会上失态。程晨晨深吸了一口气，揽过她的手臂架在肩膀上，步伐艰难地往里面的休息室走去。

她步履艰难走了一半，突然感觉有人帮她接过了苏岚希的手臂。她抬头一看，帮忙的人是赵谦予，他的身旁还站着韩东昀。

程晨晨本想说些什么，却被赵谦予抢了先：“放心吧，这时候我不会乘人之危的。”

想什么呢！程晨晨腹诽着，自己又不是那个意思。

赵谦予索性背起了苏岚希往休息室走去，只剩下韩东昀和程晨晨在原地愣愣相望。

韩东昀穿了一身简单的深灰色西装，剪裁得体，线条流畅，配上合身的白衬衣和黑领结，把他衬托得一身贵气。

“不要担心，谦予做事很可靠的。”韩东昀牵了牵嘴角，又道，“他就算喜欢岚希，也不会这时候占她便宜的。”

“嗯，这个我倒是不担心。”程晨晨抿嘴笑了笑，又道，“恭喜你，这回是实至名归的冠军了。”

韩东昀点了点头，突然一本正经道：“你今天很漂亮。”

“啊？”

“裙子很适合你，很好看。”

程晨晨似乎没有料到韩东昀说的是这句话，脸庞突然蔓延开了一抹绯色。

“脸红也很好看……”韩东昀不动声色又道。

程晨晨的脸更红了，她用力地咬着唇，都不敢正眼看韩东昀了。

这明明就是撩妹的好手段啊，可程晨晨怎么突然有点却步了呢？是因为那位刘星怡吗？

他不是已经解释过了吗？那她还担心什么呢？

难道是因为自己好朋友苏岚希对韩东昀的反感？

还是……

为什么在韩东昀靠近的时候，她却没有迎上去呢？

程晨晨真气自己，我就是孬！就是没种！还没开始就害怕悲伤结局的懦夫！程晨晨嘀咕道。

“你说什么？”韩东昀饶有兴致地问道。

“没有。我说……校长应该要发言了吧……”程晨晨咳了几声，喝了一大口橙汁。

“嗯，老头子是该登台了。”

程晨晨的身后突然传来了个熟悉的声音，魏朗身着一身藏蓝色西装，英伦风十足，却掩盖不在他举手投足之间的痞气。

他爽快地递给韩东昀一杯红酒道：“喝一杯吧。”

韩东昀接过红酒，晃了晃高脚杯，两人竟然异常友好地碰了碰杯，一饮而尽。

这样友好的场面真是难见，程晨晨不禁感慨地想，男人之间的友谊真是万分奇妙啊。

校长登台，十分激扬地讲了一席非常官方的话，而台下的魏朗似乎根本不吃自己父亲的那一套，忍不住摸了摸耳朵，不耐烦道：“这么多年了，怎么话还那么多！”

说完，他耸耸肩，又从服务生那儿拿了杯红酒。校长的发言终于接近尾声：“最后邀请我们的冠、亚军上台发言。”

韩东昀望了望魏朗，魏朗微微一笑，把杯中红酒一饮而尽。两个大男生一前一后走上了台，台下响起了雷鸣般的掌声，经久不衰。

韩东昀先接过了话筒，他表情依旧淡漠。等全场安静下来后，他向大家微微颔首。

全场的掌声达到了高潮，还夹杂着女生热情的尖叫声。看来韩东昀的女粉丝并不少。

“谢谢大家，我很荣幸。”

他彬彬有礼地说完这简短的话，就把话筒递给了魏朗。

现场明显对这么简单的发言意犹未尽，有女生轻微抱怨，怎么就说这么点话?

掌声再次响起，魏朗挥了挥手，示意全场安静。

他握着话筒，微微上弯着嘴角道：“客套话我就不说了，下一次，我会更加努力，那么冠军的位置可能就变了。”

魏朗的话明显就是赤裸裸的挑衅。现场议论纷纷，各种声音都有，场面似乎并不好看。

倒是台上的韩东昀异常淡定地接过魏朗的话筒，微笑着道：“大家拭目以待。”

台下一片沉默。程晨晨忙不迭地带头鼓起掌来，三三两两的掌声最后变成了雷霆般的浪潮。

韩东昀和魏朗并肩走下台，短道速滑总教练上台致辞，全场昏昏欲睡。直到最后，秘书又上台隆重介绍：“今天我们很荣幸地还请来了韩总，近几年他对我们学校的支持……”

“韩总？哟，韩东昀的主人上台了。”魏朗语气尖锐。

“什么主人啊，你别胡说八道了。”程晨晨道。

“韩东昀再厉害，也都已经成为他那残疾哥哥的傀儡，那唯命是从的模样，真是让人觉得难堪。”魏朗补充道。

程晨晨望了望不远处的韩东昀，他冷着一张脸，眼神疏离。直到韩白被保镖推上了台，他才移了移脚步，似乎想离开。可当韩白握起话筒的一瞬，他还是停住了脚步。

“非常荣幸能代表韩氏集团在这里和大家见面。”韩白微笑着说，他面容冷静，和韩东昀有着相同的棱角分明的侧脸。

如果忽略了他的残疾，就凭着这一张脸，他完全可以俘获一大片女生的心。程晨晨这才明白，为什么苏岚希会因为这样一个男人失了分寸。

“这几年来，我看着明光体校成长得越来越快，特别是在这次的短道速滑大赛上，包揽了冠、亚军的好名次，我很高兴。我代表韩氏集团宣布，今后仍会大力支持及赞助明光体校的短道速滑、花样滑冰项目及其他项目，希望明光体校能培养出一批又一批的优秀运动员。”

韩白举杯对着众人微笑，台下众人纷纷起身共同举杯，欢声笑语，一片和谐。

程晨晨的关注点却在韩东昀的身上，他一直面无表情，神情看不出一丝波澜。

“特别是鄙人的弟弟在这次短道速滑比赛中获得冠军，我感到更加荣幸。他能取得这个成绩，离不开学校和教练的栽培。”韩白顿了顿，话风突转，“当然我在这里还要宣布一件私事，舍弟将在这次比赛后退出短道速滑赛场，他将会有新的一个启程。在这里，再次感谢学校和教练的栽培。”

现场嘘声一片，程晨晨未料到韩白会在这种场合宣布此事。韩东昀刚刚获得冠军，之后的机会多多，就此退出比赛，岂不是可惜？

魏朗晃了晃杯中酒，看似对台上的韩白很是不满：“身体残了，连心都残了吧。”

程晨晨留意着韩东昀的神情，可人来人往，她只能看到他略显得孤单的高大的背影。

魏朗把杯中酒一饮而尽，走上前面，大声质问：“这件事不是应该由韩东昀本人宣布吗？”

韩白却直接忽略了魏朗，继续道：“今晚的酒会由韩氏集团全权赞助，大家尽兴！”

音乐再次响起，现场歌舞升平，哪里还会有人在意刚刚的那一点小插曲。

程晨晨心想，韩东昀心里一定不快活。她回头望了望韩东昀，可韩东昀早就不在原来的位置上了。

她有些担心，韩东昀怎么突然消失了？她急急穿过人群，走出酒会现场。黑暗中，她四处搜寻韩东昀的身影，只见韩东昀拦了辆的士迅速上车。

程晨晨同时也拦了辆车跟了上去。她也不知道自己在想什么，只是心中有着莫名的担忧，想跟着韩东昀看看，他是否还好。

的士一路急驶，程晨晨认出了行驶的方向是通往体校。韩东昀这么晚回体校干吗?

她见韩东昀下车往男更衣室去，她只能在不远处等候。半晌，韩东昀提着一个黑色行李包走出了男更衣室。

他快速地朝着校内花园走去，程晨晨穿着高跟鞋十分碍事，干脆脱了高跟鞋，尾随着韩东昀。

此时的她好像一个跟踪狂，真是刺激!

她躲在暗处，看着韩东昀找来铲子在一棵树下铲土，一下，两下……

程晨晨突然觉得有些瘆得慌，这大半夜的，韩东昀挖土干什么?直到他挖好了一个洞，她才看到韩东昀把行李包里的东西通通倒进了洞里。

她就着昏暗的灯光，看清了从包里倒出的东西，冰刀鞋、队服、手套……

“韩东昀，你到底在干吗！”她从草丛后面冲出来，捡起了冰刀鞋和队服。

韩东昀一脸愕然地看着程晨晨，口气却一贯清冷：“你为什么会在这里？”

“我担心……”程晨晨吞吞吐吐。

“你担心什么？”韩东昀反问道。

程晨晨紧张地咬了咬唇，又道：“你干吗把这些都扔了？冰刀鞋多贵啊！虽说不是我出的钱，怎么说也是我陪魏朗一起去买的，有我一份功劳吧！浪费可耻知道吗？”

“你陪魏朗去买的？”韩东昀又问。

程晨晨点了点头，又道：“这事说来话长……但你干吗要糟蹋这些东西？”

“用不着了自然要扔掉。”韩东昀淡定地回复道。

“你不会真的打算听你哥的话吧？他怎么能让你放弃自己的梦想啊？你不是热爱短道速滑吗？怎么能说放弃就放弃？”程晨晨显得有些激动。

韩东昀超淡定地夺过程晨晨怀中的冰刀鞋，说：“这是我的事，你就别管了。”

“韩东昀，魏朗老说你是你哥的傀儡，我不相信，可你今天真的像个傀儡。就算你有愧于你哥，你也不应该什么都听他的吧？”程晨晨愤愤不平道，“而且如果他是你哥，不是应该尊重你吗？他这样……像是做你哥的样子吗？”

程晨晨一口气说完，才觉得自己的语气似乎有些严重。她侧头望着韩东昀，淡淡的路灯光下，韩东昀黑漆漆的一双眼睛如这黑夜一般死寂。这样的死寂，让程晨晨感到惶恐。

她道歉道：“对不起，我刚说的话……”

“你说得没错，我是我哥的傀儡。除非我还给他一双腿，不然一辈子我都是他的傀儡。”寡淡的话语不带任何感情，让人感觉死气沉沉的。

“韩东昀！”

眼见韩东昀已经迈着长腿往黑暗里走去，程晨晨疾步追了上去，大叫道：“你去哪里？你的东西不要了吗？”

“送你了。”韩东昀笃定地回道。

“韩东昀——”程晨晨生气地大声叫道。

可韩东昀根本没有停下来的意思，只是迈着长腿，更快地融入黑夜中。

程晨晨忽然觉得怀抱着一双冰刀鞋的她好像一个傻瓜！

韩东昀你这个石膏脸，王八蛋！怎么能这样轻易就走了呢！程晨晨将冰刀鞋装进行李包，捡起地上的高跟鞋，穿起来，惆怅地离开了。

在韩白发表演讲的中途，苏岚希就已经醒了。赵谦予坐在她身旁玩手机，见她站起身来直奔酒会现场，连忙跟了上去。

望着台上的韩白，苏岚希顿时觉得脑袋异常清醒，眼泪却不自觉地在眼眶中打转。她从身边端了杯红酒，咧嘴微笑，对着台上的人一饮而尽。

她不断地拿酒，似乎有点不醉不归的架势，赵谦予也劝不住，只能夺过她手中的酒杯，皱眉道："喂，别喝了。"

"你干吗，和你有什么关系？喝你的酒了吗？"苏岚希笑嘻嘻地指着台上的人，道，"我喝的是台上赞助商赞助的酒。"

赵谦予望了望台上的男人，一身笔挺的西装，一看就价值不菲，冷静的面色和从容不迫的眼神却超出了他的年龄。他就是苏岚希的前男友？韩东昀的哥哥？

酒会散场，苏岚希挽着赵谦予的胳膊跌跌撞撞地往酒店门口走去。赵谦予只能顺着眼前这个女孩，扶着她往外走，一面走，一面提醒她："慢点啊，岚希——"

"不行，要快一点……"

苏岚希走得越来越快，直到看到停在酒店门口的那辆黑色轿车，她才慢下了脚步。她紧紧地挽着他的胳膊，走到轿车前。

当看到几个保镖簇拥在一个轮椅前时，赵谦予终于知道苏岚希在想什么了。

轮椅前的男人徐徐转过头，苏岚希紧紧地挽着赵谦予的手臂，走到了韩白的跟前。

她嘴角上扬，保持着微笑，对着韩白道："韩白，好久不见。"

韩白望了望苏岚希，又望了望赵谦予，脸色平静，嘴角微微扬起："好久不见，岚希。"

"我男朋友，赵谦予。"苏岚希微微靠在赵谦予的肩膀上，故作一副甜蜜的模样。

韩白唇边慢慢露出一丝淡而浅的笑意，对着赵谦予道："你好！"

赵谦予心想俯下身来与他握手，应该会显得不礼貌，于是他点头微笑，回道："很高兴认识你，韩先生。"

"我听过你的名字，听说你是东昀的好朋友。有空可以和岚希一起去我家做客。"韩白礼貌地回应，又道，"时间不早了，我先走了。"

眼见保镖将韩白从轮椅上抬下，苏岚希却忍不住向前迈了一步："小心——"

韩白回头望了一眼苏岚希，还是在众保镖的保护下上了车。轿车扬长而去，苏岚希还呆呆地立在原地。

赵谦予并不恼怒，他知道苏岚希在利用他去气韩白。

他想苏岚希应该从来没有注意过，他在一年前就关注她了。训练结束后，他会在冰场上观赏她的训练，每一次在冰上旋转，跳跃，她轻盈得就像在冰上翩翩起舞的精灵。她很少笑，可笑起来的时候，好像能散发出可以融化冰雪的耀眼的光芒。

赵谦予向前走了一步，把身上的西装外套脱下，披到了苏岚希的肩上："风大，早点回去吧。"

她侧头看了看赵谦予，一双月牙眼睛已经蒙上了薄薄的雾气："刚刚那个是我前男友。"

"嗯。"赵谦予点头。

"韩东昀的哥哥。"

"嗯。"赵谦予继续点头。

苏岚希忍不住道："你就不能说点别的吗？"

赵谦予眼神温柔，微笑道："回家，我送你回家。"

苏岚希跌跌撞撞地走了两步，她看着身边的男人，干吗那么好，那样温柔隽永的眼神，真是容易让女生心动。

她拍了拍赵谦予的脸，"哈哈哈"地大笑，说："干吗那么温柔地看我？我会害怕的……"

赵谦予伸手抓住了苏岚希的手，微凉的手，恣意的笑，都让他觉得心疼。他把苏岚希的双臂架在了肩上，一把背了起来，说：“你家在哪里？”

苏岚希也不反抗，安安静静地伏在赵谦予的肩膀上，哧哧地笑着：“不知道还想送我回家……”

程晨晨拖着疲惫的步伐回到家里，看到程威在门口等她。她把行李袋递给程威，问道：“你怎么在门口？不进屋？”

“爸爸还没回家，我没带钥匙。”程威接过行李袋问道，“袋子里是什么？”

她打开家门，淡淡地回道：“是韩东昀的冰刀鞋，我帮他先收着。”

“哥不会真的听那个韩先生的话吧？”

“爸爸怎么这么晚还没回家？”程晨晨奇怪地问道。

“我也觉得奇怪……”

程威顺手打开客厅的灯，阿达突然冲过来惊慌地不停汪汪大叫。程晨晨和程威互相望了一眼，似乎情况有些不妙。

程晨晨从未见过阿达如此慌乱的模样，两人疑惑地跟着阿达往厨房走去。推开厨房门的一瞬，程晨晨大惊失色。只见父亲直挺挺地躺在厨房的地上，周围都是酒瓶，满屋子散发着浓重的酒味。

“爸——”

“爸——”

“程威，快背着爸爸去医院——”

两人手忙脚乱地扶起父亲，由程威背起，在路边打了个车，火急火燎地把老程送往了医院。

见父亲被推进手术室，程晨晨有些疲惫地靠在墙壁。爸爸有心脏病，本来不应该喝酒，今天突然喝这么多酒是为什么？

“应该是因为妈妈。”程威递了一瓶矿泉水给程晨晨，说，“我看到爸爸没有签离婚协议。”

她担忧地看着程威，说：“爸爸不会有事吧？”

程威握紧了姐姐的手，安慰道：“姐，你别担心，还有我呢。”

程晨晨望着手术室，突然觉得自己的担子变重了。爸爸在里面做手术，她不能倒下。她嘱咐程威先回去休息，手术应该没那么快结束，等早上再来接她的班。

漫长的夜晚，只剩下她自己孤独一人。到了后半夜，她昏昏欲睡，竟也睡得出奇的安稳。等到天光大亮，她动了动嘴唇，好像刚刚又流口水了。

程晨晨动了动脖颈，这才发现刚刚一直枕着一个人的肩膀。侧头一看竟然是魏朗，他也醒了，动了动身体，侧头望了望肩膀上那一摊……口水……

“呃……你怎么在这儿？”程晨晨脸红脑热，窘迫地问。

魏朗望了望程晨晨，觉得好笑，故意问道：“我能问一句……我衣服怎么湿了吗？”

这不是明知故问嘛！

程晨晨一脸窘态，只能低头道：“昨晚……”

“昨晚你把我的肩膀当作枕头睡得很香，然后还流了很多口水……”魏朗耸肩坏笑道。

程晨晨尴尬地咬了咬唇，有点抱歉道：“对不起，我昨晚可能睡得太熟了。”

“可是……你怎么会知道我在这里？”程晨晨又问。

魏朗又道：“昨天你酒会提前走了，我想找你的时候你人已经不见了。我给你打了好多电话你都没有接，后来只好给程威打电话，才知道你爸爸出事了。”

程晨晨点点头。此时手术室的灯熄灭了，手术结束，老程被推出了手术室。

程晨晨紧张地迎了上去。

白色病床上，老程睡得很熟。程晨晨转向医生，紧张地问：“医生，我爸爸没事吧？”

医生告诉她手术很顺利，现在就等病人苏醒了。程晨晨微微地舒了口气。

“去吃个早餐吧。”魏朗建议道。

程晨晨看了看手表，程威也该到了，怎么还没来？

魏朗似乎猜透了她的心思，说：“我让程威多睡会儿，不用给你带早餐了。放心吧，等我们吃完早餐，伯父可能还没醒来。”

程晨晨的确有些饿，便同魏朗一起下楼去了医院门口的早餐店。热腾腾的豆浆、油条的确可以温暖饥饿的胃。

可她现在还在烦恼其他问题。送爸爸来医院的时候，她身无分文，所以程威马上回家拿了张爸爸的银行卡来。他们才发现爸爸的积蓄也已经所剩无几了，后来加上两人这些年存的压岁钱，才勉强支付了手术费。

她知道，自从妈妈提出离婚后，爸爸似乎就烟酒不离手，也开始沉迷于股市，甚至开始赌博。而她那时正在忙于比赛，程威为了不给她压力，根本没有告诉她，直到爸爸今天饮了过量的酒，突发心脏病，程威才告诉她这段时间发生的事情。

接下来的住院费是个让人头痛的问题，而且新的学期就要开始了，她和程威的学费也没有着落。

“担心什么？我都能帮你。”魏朗目光灼灼地盯着程晨晨看。

她低头喝了口豆浆，含糊地打趣道：“哪敢麻烦您啊。”

“我倒是希望你经常来麻烦我。”魏朗微微扬眉，笑了笑。

“我可不想欠你人情。”

魏朗突然顿了顿，看似不怀好意地笑了笑：“啧，你知道我在想什么吗？”

“想什么？”

“我希望你欠我人情，还也还不清的那种，然后你就必须一辈子都跟着我还人情了。”

程晨晨鄙夷地看了魏朗一眼，道：“你还真是阴损啊。”

“何止啊，我还想阴损你很久。”魏朗畅快地笑出声。

程晨晨似乎领悟了这句话的意思，她琢磨着动了动唇。似乎她早就应该拒绝魏朗的好意，他说的喜欢，她早该大胆拒绝。

可魏朗变得对她越来越温柔，似乎她越来越难开口。

她希望魏朗还是那么的霸道凶狠，还是她讨厌的模样。

“魏朗，其实有些话……”

“你不要拒绝我。”魏朗打断了程晨晨的话，突然杀气腾腾地说，“你知道我不喜欢别人拒绝我。”

程晨晨有些发怵。看来真的本性难移，魏朗就是魏朗，就是那么的霸道凶狠，怎么可能有温柔的一面，刚刚的一切都是假象而已。

魏朗突然起身，伸了伸懒腰，道：“肩膀昨晚被你靠得有点发酸，我先回家睡觉了。”

说完，魏朗就阔步往门口走去。转过头，背对程晨晨的一瞬，他目光里似乎有些惆怅。这么多年，他似乎早已习惯用放荡不羁、凶狠的模样面对着大家，只有他清楚，他在保护自己。

而现在他似乎觉得这样也不错，至少刚刚那一下，他保护了自己看似强大却无比软弱的自尊心。

老程终于苏醒了，但身体还是很虚弱。程晨晨向学校请了假，专心照顾父亲。可父亲的情绪依然很低沉，也决口不提那天在厨房晕倒的事情。

她知道父亲有心事。直到有一天，父亲终于找她谈话，她才知道父亲早就做好了打算。

“我前几天和你姑姑通过电话，她已经帮你找好了一份工作，是文员，也算清闲，有稳定的工资，总比你在体校浪费光阴好。”父亲缓缓道来。

她端了杯水递给父亲，望着父亲期待的目光，说：“我不想去，爸爸。”

“你不想去也行，你不是对电工也很有兴趣吗？考个证，也算是门技能。”程父又道。

程晨晨低头抠指甲，不说话。父亲应该无法理解她对花样滑冰的一腔热忱，即使在 SAN 杯上出现重大失误，她也不曾想过放弃。

曾经她也不明白自己是否真的热爱花样滑冰，可现在的她更加确定，因为热爱，即使遭遇失败、挫折和打击，她也确信自己不会离开这条路。

只有在冰场上，她才能真正感觉到自己的存在。

“爸，我不想放弃花样滑冰。”她抬头看着父亲。

程父隐隐有些怨气，他连咳了好几下，程晨晨担心地安抚了下父亲的后背，道：“爸，你不要着急……”

程父举起右手让程晨晨不要说话，他缓了口气，道：“晨晨，如果你要继续花样滑冰，我不会支持你的。程威，我已经和他说了，他本来就一直在学校浪费时间，我会给他办理退学。”

“爸……”

“至于你，你已经成年，如果你要继续花样滑冰，我也不反对。”程父皱眉慢慢说道。

程晨晨默不作声，可程父又道：“我是不反对，但是学费你自己想办法吧。”

顿了顿，程父又道：“也许你妈妈可以为你解决这个问题。”

学费，学费，没有学费……

程晨晨发愁地端坐在客厅的地板上，她从未如现在这样为钱的事情发愁过。自己的积蓄已经所剩无几，爸爸接下来的住院费也是笔不小的开支，除了这个，她还要筹集自己的学费，学习花样滑冰是一笔不小的开支，她要怎么办？而弟弟呢？退学后的人生呢？

一堆的烦恼猝不及防地向她袭来。

她试过给母亲打电话，可当听到接听电话的是个说英语的男人时，她又放弃了。

她应该已经开始新生活了吧。

程晨晨垂头丧气地把头埋在沙发上，啊，天降横财的事什么时候会发生到自己身上啊！

闹钟“丁零零”地响起，她迅速跳了起来。快来不及了，晚上还得去汉堡店打工。

街中心的那家汉堡店，程晨晨已经在那里兼职了一年，现在正好赶上暑假，客人络绎不绝，她这位汉堡小妹显得异常忙碌。

“A 套餐，可乐帮我升级成大杯，还要个抹茶甜筒。”

“好的，一共三十九块钱。”

程晨晨抬头一看，面前对着她笑靥如花的人正是苏岚希，此时苏岚希的身旁还站着赵谦予。

她好奇地看着他们，这两个人什么时候走在一起了？

“美女，找钱啊。”苏岚希歪着头笑了笑。

程晨晨迅速找钱，苏岚希和赵谦予找了个空桌子坐了下来。

趁着休息的空当，程晨晨找到苏岚希和赵谦予。苏岚希先道：“你最近怎么这么忙？都找不到人。”

程晨晨还没把家里的事情告诉苏岚希，只是说：“没有，就一点小事，反正正好是暑假。”

“暑假打工，一点也不放松啊。”苏岚希又道。

程晨晨含糊地解释道：“反正也无聊啊。”

“怎么会无聊？暑假过完马上就是一场大赛的选拔，你可得做好准备了。你不知道，安小沫现在天天都在冰场训练。”苏岚希顿了顿，又道，“晨晨，你不会因为上次 SAN 杯的事气馁了吧？”

“当然不是，我会把握好的。”

苏岚希点头，独自一个人去了厕所，只剩下赵谦予和程晨晨面对面地坐着。

程晨晨见苏岚希走远，狐疑地问道：“对啦，你们两个什么时候凑在了一块？”

“你想多了，我只是她的跟屁虫。”赵谦予笑了笑。

“哟，迂回战术啊。”

“你要这么认为也行。”赵谦予傻笑着摸了摸后脑勺。

程晨晨沉默片刻，托着腮像是在思考什么一样。赵谦予又道：“你还有没有别的想问的？”

程晨晨装傻充愣地朝着赵谦予眨眼。他又道：“这回是真的了，暑期过后韩东昀应该就要去美国了。”

“和我有什么关系？”程晨晨微微吸气，道，“他自己都放弃了，还有什么办法？”

“我跟他做了这么多年的朋友才了解他那么一点点。第一次见他时，他刚从风雪中死里逃生。我在想这人是谁啊，这么不怕死，有胆识。后来想想，他可能一直都了无牵挂吧。”

“他怎么会了无牵挂？”程晨晨不解地问道。

“他妈妈在他两岁的时候就去世了，相对于他哥哥，他一直不是父亲眼中疼爱的对象。”赵谦予继续道，“虽有一个大家庭，但他大概一直都找不到自己的位置吧。”

“是吗？”程晨晨若有所思道。

汉堡店虽然忙碌，但是程晨晨在那里上班也算快乐。她每天的作息时间已经固定了：早上七点慢跑，跳绳二百次后，回家洗澡去上班。到了晚上，回家做俯卧撑五次 *3 组，练腹背肌三十次 *3 组。

无聊的时候，她开始研读一本关于芭蕾舞教学的书，好像和花样滑冰格格不入，却有很多相通的地方，花样滑冰的很多经典动作都是从芭蕾舞中演变而来的。

这天汉堡店已经关门，她却仍伏在桌前翻看着这本书，心想，如何才能像芭蕾舞演员那样，做到旋转 N 圈都不头晕呢？

她越想越入神，连屋外下起了倾盆大雨都浑然不觉。等她回过神时，外面正闪过一道闪电，身处低洼地段的汉堡店已经有积水蔓延进来，她急忙去关门，却看到汉堡店外站着一个高大的身影。

男生身上的黑色 T 恤已经湿透，他转过头来时，程晨晨看见他的头发已经被雨水淋得湿透了，一滴滴地往下滴着水，许久未见的那双漆黑的眼眸，仍然如蒙着一层暮色般安静深沉，此时又多了些雾气。

“快进来躲雨吧！还好我还在，不然早就关门了。”程晨晨不温不火地对着韩东昀道。

韩东昀默默地进了门，找了刚刚程晨晨坐的位置坐下。程晨晨往后厨走去，边走边问：“你怎么会在这里？是赵谦予和你说的？”

韩东昀捧起那本书，翻了翻，淡淡地问道：“有吃的吗？”

“你想吃什么？现在好像只剩下牛肉堡了。”程晨晨回道。

“那就来份牛肉堡吧。”韩东昀漫不经心地回道。

程晨晨在后厨忙活着，她特地给韩东昀的汉堡多加了块牛肉。她把餐盘端到韩东昀的跟前时，韩东昀才缓缓抬头看了看，除了汉堡、可乐，程晨晨还给他特地炸了一份鱿鱼圈。

“快吃吧，我要下班了。”程晨晨没好气地说。

韩东昀淡漠地抬起头道：“现在准备学习芭蕾舞？”

程晨晨一把夺过书来，解释道：“没有，我只是看看……”

“还是在琢磨着如何旋转 N 圈却不会晕倒？”韩东昀饶有兴致

地反问道。

程晨晨被说中了心事，尴尬地说：“是啊，我的确想克服这一点。虽然我在花样滑冰上的造诣不高，但是我从来没想过放弃。”

程晨晨最后一句话是说给韩东昀听的。他简直就是短道速滑的天才，他可以成为专业的短道速滑选手，如果草率地结束光辉的职业生涯，岂不可惜？

她对韩东昀的行为感到又气又恼，还有深深的不解。

难道他不能对自己的人生负责吗？难道他真的要因为他哥哥而改变自己的一生吗？

那么他也太过于软弱了，不是她认识的韩东昀！

“好了，吃完啦。”

他淡淡地移开餐盘，上面已经空了，看来还真的饿了。

“多少钱？”韩东昀问道。

“算了，我请客。”程晨晨回道。

“那好，我先走了。”

他起身往门外走去，外面一片漆黑。黑夜像是一个无底洞，只听到风声卷着雨点噼噼啪啪作响，声音大得十分吓人。雨依然没有小下去的趋势，反而愈下愈大。程晨晨急急地叫住了他：“外面那么大的雨，再等等吧。”

“不了……”

“韩东昀——”程晨晨吞了吞口水，望着面前男人的背影，紧张地问道，“你至今有过后悔或者遗憾的事吗？”

韩东昀顿住脚步，他的遗憾应该是一年前的那天他不应该任性妄为地去攀冰。

回忆逐渐倒退，似是一场醒不来的噩梦。他依然记得那次攀冰活动是他和国内外的几位资深登山者一个月前就约好的，地点是在四川四姑娘山。

挥镐，攀冰，就这样俯视着冰瀑，在冰岩绝壁中寻找兴奋和狂妄的感觉。

韩东昀受不了人生平淡无奇，如果没有刺激，心脏的每一次跳动都显得多余。

他不能够忍受沉寂的家庭氛围、偏心的父亲以及冷漠的哥哥。

在整个家中，他像是个局外人，找不到自己的位置。

他执意行动，可是韩白不知道从哪里得知了这个消息，打电话让他回家。韩白告诉他，这几天山上回暖，冰山融化，容易发生危险。

危险？哪一项极限运动不是有危险的？

不危险，不刺激，不能感到自己真正地活着，他才不参加。

可是他偏偏没有发生危险，倒是开车赶往这里的哥哥在路上发生了车祸……

“我有个很大的遗憾，是我这辈子最大的遗憾。”沉默许久的韩东昀缓缓开口。

“你怎么知道这是你这一辈子最大的遗憾？”程晨晨反问道，“一生那么长，你怎么那么快就下定论？”

他旋过身，沉静的目光盯着程晨晨。程晨晨接着道：“明知道一件事如果你做了就会遗憾，你为什么还要去做呢？”

“这辈子最热爱的东西不是应该当作生命来珍惜吗？你却随随便便说放弃就放弃，这才有可能是你这辈子最大的遗憾啊！”她又说。

韩东昀看着女孩坚毅的目光，那样诚恳灼热，好像就要融化他僵硬无比的一颗心。

如果放弃你此生最热爱的东西，你会遗憾，会后悔吗？

会！

答案是会！他会后悔，会遗憾，会根本无法面对今后的自己。

“谢谢。”他伸手不自觉地摸了摸女生的头，那一头头发毛茸茸的，好像一只小猫咪。

“好像一只小猫咪。”韩东昀道。

“啊？”她怔怔地盯着韩东昀看。

“我喜欢。”他冷静地说。

程晨晨脸上却不自觉地染上了一抹绯色。

啊啊啊！

他不知道这样很容易让人大脑缺氧吗？

第八章 不可终日的愧疚

她还没回过神来，韩东昀已经冲进了雨中。她望着外面漆黑一片的夜色有点无端的慌张。

她抬起手腕看了看表，已经是深夜十二点多，她也该回家了。

可外面滂沱的雨势让她不自觉地却步，唉，要不然就在汉堡店过夜算了。

这样大的雨她要去哪里拦车？

看着满地湿漉漉的，她干脆去后厨拿了拖把准备拖拖地，等回来的时候，韩东昀却又神奇地出现在她的面前。

这次的他比前一次进店的时候更加狼狈，一双白色运动鞋已经沾满了黄色烂泥，而他自己像是被人泼了几大盆水，浑身都在滴水。

程晨晨有点惊讶："你怎么又回来了啊？"

"送你回家啊。"韩东昀微扬着眉道。

她急急忙忙地找出一块干净的毛巾，伸手就要帮韩东昀擦头发，下一秒却被他紧握住了手。

"我送你回家。"

韩东昀递过雨伞，那黑色的睫毛上悬着一颗颗分明的雨珠，她看得入了神，她没料到他会折返，只为了送她回家。

"发什么呆？快走。"韩东昀催促道。

"可是……"

韩东昀不做过多的解释，接过程晨晨手中的钥匙，把汉堡店的灯关了，然后关上了店门。

到了门外，程晨晨这才感觉到了雨势比她想象的还要猛烈，她感觉全身都在风中摇曳。店长早就提醒她今天的强台风不能忽视，让她早早关店回家，看来不无道理。

她在店门口停下，可韩东昀已经在她面前屈膝背对着她："快，我背你。"

"你背我？"

"走不走啊？"

"哦——"她只能愣愣答应。

她安静地趴在韩东昀的肩膀上，雨势越来越猛，她手中的那把伞被风吹得摇摇晃晃变了形，连她自己都一半身体露在风雨中，何况背着她的韩东昀。

虽说汉堡店离她家并不远，可这么一路背着肯定很累。她几次想让韩东昀放下她，让她自己走一段，每次韩东昀都拒绝了她。

她的手紧紧搭在韩东昀的脖颈上，头依靠在他的肩膀上，外面风大雨大，雨伞里却是另一个世界。

这是属于她和韩东昀的单独世界。

直到到了程晨晨的家门外，韩东昀才放下了她。此时他脸上的汗水和雨水已经融合在了一块，头发也胡乱地贴在脸上，让程晨晨看不清韩东昀的脸。

"快回家吧。"韩东昀说。

"那你呢？"程晨晨问道。

"我也回家啊。"韩东昀淡淡地回道。

程晨晨担忧地看着他，说："要不，你进来换身程威的衣服吧。你全身都湿了呢……会感冒吧？还是进屋喝杯热水……"

韩东昀仍然面容冷峻，她却喋喋不休，一副担心得不得了的模样。

见面前的男人全无反应，她用力地拉了拉他的手臂。

下一秒她却被拉进了那个潮湿的怀抱里，男生淡淡地挑唇道："你真的好啰唆。"

喂——

啰唆？真是好心没好报！

程晨晨正欲反驳，张口的一瞬她就被一个强有力的吻堵住了……

程晨晨瞪大眼睛，呼吸急促，脑袋濒临缺氧。

这是一言不合就强吻吗？

等到韩东昀松开了她，她才觉得又羞又热，吞了吞口水，半天才道："你干吗……"

"你干吗那么多话？"韩东昀接下了她的话。

程晨晨无辜地眨了眨大眼睛看着韩东昀，他却笑容冷峻地看着她："看来只有这个方法能让你闭嘴。"

强吻的原因只是让她闭嘴？

程晨晨真是又气又恼，该死的韩东昀说什么呢！

就不能好好说句人话吗？

"赶紧进去休息吧，我走了。"

韩东昀转身走进大雨中，程晨晨咬唇跺了跺脚，大声嚷嚷道："喂——"

程晨晨心里懊恼又甜蜜。喂，你怎么能每次都这样随随便便地吻了我，之后就当个没事人似的走了？

大雨下了整整一周，空气又潮又湿。程晨晨休了两天假，程父也出了院，一切恢复了正轨。可她还在思索着开学的学费问题。

她知道父亲没有开玩笑，他已经不会支持她回到花样滑冰的训练当中去了。

趁着休息，她独自一人回到了滑冰场。

她是不是真的适合这里？

是不是真的有的人无论怎么努力都不能走上领奖台？

而她是不是就是属于没有天赋的那一群，注定只是块垫脚石呢？

她不断地思考着，自己是不是应该如父亲所说的那样放弃，也许一份安稳的工作比追求一个梦想来得踏实可靠？

可她又不甘心，她那么热爱花样滑冰，那么热爱在冰上自由自在滑行的感觉。

在冰场上滑行的她，不断地用旋转、跳跃、连接步来证明自己，可就算是用尽全力，似乎还少了那么一点。

她气喘吁吁地坐在观众席上，望着面前那个冰上大剧院。曾经有那么多运动员就是通过这样冰上大剧院走上了领奖台，也有那么多人注定默默无闻。

她的眼中突然晃过刘思嘉和苏岚希在冰场滑行的模样，像是一个个电影片段，她慢慢截取镜头回放。

拥有芭蕾舞基础的刘思嘉，曼妙和柔软的姿态是她的优势，而萨沃夫四周跳是她的强项。

那么苏岚希呢，她擅长提高技术难度，更擅长调动现场的气氛，一个眼神、一个动作就能吸引裁判的目光。

每个花样滑冰选手都应该独一无二，拥有自己的特点。

她走神了很久，连苏岚希坐在了她的身旁，她还浑然不觉。

“喂，一大早就坐在这里发呆啊？”苏岚希叫回了还在走神的程晨晨。

程晨晨猛地回过神来，舒了口气，道：“你想吓死我啊，什么时候进来的？”

“进来很久了，只是你没有察觉。在想什么呢？”苏岚希狐疑地问道。

“我在想我到底适不适合花样滑冰。”程晨晨一脸愁容道。

“想什么想，去做就对了。只有去做了这件事，你才知道适合不适合，光在这里想有什么用。”苏岚希瞥了一眼程晨晨，有感而发道。

光想有什么用？

程晨晨似乎恍然大悟，突然起身道：“你说得对，我要走了。”

“你去哪里啊？”

“医院！”程晨晨回道。

“去医院干吗？”

“看病。”

看病？苏岚希莫名其妙地看着程晨晨的背影。程晨晨的确去看病了，她要正视自己的病情，她的过敏性哮喘。

检查报告没有那么快出来，她准备第二天来拿报告，下了电梯，却在转角处看到一个熟人。

魏朗？

不会吧？

头上缠着厚厚的纱布，右臂缠着绷带，挂在了脖子上，看似一个伤得很惨的伤员。

她走近一些，确认此人是魏朗后，走到他身后拍了拍他，小声唤道：“魏朗！”

魏朗猛地一惊，看到程晨晨更是有点慌张：“你……你怎么会在这儿？”

“一惊一乍的，怎么了？见鬼了啊？”程晨晨困惑地看他，“你手臂怎么了？”

“摔了。”魏朗回道，又问，“你呢，怎么会在医院？”

“我来做个全面检查……”程晨晨含糊地解释道。

“什么检查？”

“魏朗……哥……”

听到身后有人叫魏朗，程晨晨回头一看，更是疑惑了。什么情况啊？这刚见着一个伤员，又来了一个伤员。

仔细一看，而这个伤员竟然是自家的弟弟程威！

他手臂挂彩，唇边发肿，虽说伤势没有魏朗严重，可也明显受到了什么伤害。

她快步走到程威面前，心疼地看着弟弟，担忧地问道："你怎么了？怎么进医院了啊？"

"没事，就小伤而已……骑车摔倒了。"程威忐忑不安地解释道。

魏朗也凑近说："是啊，骑车摔的，速度太快了。"

"你也是？"程晨晨古怪地盯着魏朗，问，"你们两个相约骑车？"

"呃，是吧……"

"可以这么说吧……"

听着两人模棱两可的回答，程晨晨越是觉得有猫腻，直到看到第三个熟人也出现在了现场，程晨晨更是觉得这其中肯定有什么不可言说的秘密。

不远处的韩东昀穿着白色衬衫，整齐干净，似乎没有加入恶战，但是他揣着两张药单正四处张望着，直到看到程晨晨这里，才迈着大步走过来。他把药单递给程威："魏朗看来很不方便，你去抓药吧。"

"哦……我去！我去！"

程威巴不得躲过姐姐质问的目光，三十六计走为上计，一溜烟地就不见人影了。

现在程晨晨面前只剩下伤员魏朗和非伤员韩东昀。

"你们能给我一个解释吗？我弟为什么会和你们在一起？"魏朗和韩东昀水火不容，这两人凑在一起肯定奇怪，何况又加上了弟弟程威，程晨晨不感到奇怪才怪。

魏朗先吭了声。他靠在白色的椅子上，一副十分疲劳的模样道："解释什么？不就是我和程威骑车摔倒，然后来医院没钱，就打电话叫了韩东昀来。"

“是吗？韩东昀。”程晨晨问道。

韩东昀还是一贯冷静道：“他说是就是了。”

“那……”

“怎么那么多废话，没看到这里最惨的是我吗？你弟不就擦伤了点，有什么好担心的！”魏朗嚷嚷道。

这么说来好像是这样。看着魏朗好像都废了一条手臂的模样，程晨晨动了动嘴唇不再说话。

“坐啊，发什么愣！”魏朗扬了扬下巴，让程晨晨坐下。

程晨晨蒙蒙地看着魏朗，迟疑了片刻在他旁边坐下。还没坐稳，魏朗就侧过头靠在了程晨晨肩膀上，微微叹了口气，道：“好累啊，感觉手臂都要断了……好疼，肩膀借我靠靠……”

呃……

凶巴巴的魏朗是在撒娇吗？

这撒娇也撒得太惊悚了啊！

程晨晨娇躯一震，抬头一瞬，突然感到一大片阴影袭来，韩东昀那张臭脸虽说阴沉，却俊俏得不得了啊！

真是能够让人目不转睛地流口水……

“起来——”

韩东昀冷冷的话好似一阵阴风袭来，程晨晨困惑地眨巴眨巴眼睛，道：“啊？”

“让你起来！”韩东昀重复一遍。

“我？”程晨晨傻乎乎地指着自己。

“干吗？又不是你的保姆，干吗听你的？”魏朗悠悠然的，似乎很是享受程晨晨的肩膀。

程晨晨尴尬地挪了挪身子，清了清嗓子，谁想下一秒她就被韩东昀大力拉了起来。

韩东昀不动声色地坐下，魏朗明显很生气，怒视着韩东昀。

“你不是累了吗？靠吧。”韩东昀微微扬了扬嘴角。

魏朗侧头，狠狠翻了个白眼。韩东昀又轻描淡写地反问道：“不是很疼吗？不喜欢我的肩膀吗？”

啧啧，程晨晨都有点毛骨悚然了。我的妈呀，这话也太暧昧了吧……

魏朗倒也欣然接受：“当然疼啊，疼死了。”

说完，魏朗就舒服地靠在了韩东昀的肩膀上……

“肩膀还不错，够厚实。”魏朗夸道。

“哦……”

咳咳，这也太丧心病狂了吧！

两位花美男竟然不知廉耻，若无其事地在医院的长椅上暧昧得没有天理！

可两人这相偎相依的模样，倒是莫名其妙地好看得像一幅画……

程晨晨此时脑袋里飞快地闪过好多情节，真是不得了。

好了，赶紧停下，程晨晨勒令自己停下那些乱七八糟的邪恶思想。此时，程威提着一大包药回来了。

他呆呆地看着眼前奇妙的场景。

韩东昀淡定自若地直挺挺地坐着，魏朗却一副撒泼未得逞的模样不爽地靠在韩东昀的肩膀上。

“看够了吗？”魏朗冷不防地问道。

“魏朗……哥，你该不会脖子也受伤了吧？”程威傻乎乎地问道。

“闭嘴，我好得很。”

魏朗直起身子，活动了下脖子，韩东昀也揉了揉肩膀，两人谁也不看对方一眼，空气中好像弥漫着一股叫作“不爽”的味道。

“药开好了吗？”魏朗问。

“都开好了。”程威乖乖回复。

“臭小子，要不是因为你……”

魏朗意识到自己嘴快，只好往回收了收：“要不是……因为你……我骑车就不会摔了……”

程晨晨手臂环在胸前，疑惑地打量着面前的三个男生，突然问道：“一起吃饭吗？”

程威微微低头不说话，魏朗倒是爽快答道：“好啊。”

韩东昀也耸耸肩道：“当然好。”

“这种场合你不要去就好啦！”魏朗起身对着空气道。

韩东昀神色淡然道：“残废的人不要乱走动才对吧。”

接着，两个幼稚的男人微微扬着下巴，倨傲地迈着脚步并排走在了前面。

今天空气里怎么莫名其妙地飘起了诡异的泡泡似的？

程晨晨和程威并排走在后面。程威低着头，不敢靠程晨晨太近，这让程晨晨一下就觉得今天的事情肯定和程威脱不了干系。

到了火锅店，四人并排坐在店中。韩东昀倒是神色淡定地开始点菜，递给魏朗时，魏朗看了看菜单，不满道：“除了鱿鱼，其他我都能接受……”

韩东昀倒也不吭声，直到服务生来到跟前拿走菜单，韩东昀才轻飘飘道：“其他只要一份，帮我多加三份鱿鱼。”

“喂，故意的吗？吃什么鱿鱼啊，不知道我受伤又过敏吗？”魏朗愤愤不平地站起身来。

韩东昀冷冷地说：“那你怎么还吃麻辣锅？”

“……”魏朗恼怒地坐下，左手拿起筷子，满满一肚子怨气不得宣泄。

不一会儿，热辣辣的火锅底已经沸腾，菜品也已经端上了桌。韩东昀先动手涮起了鱿鱼，鱿鱼刚熟，他就将其夹到了程晨晨的碗里。

“谢谢！”程晨晨道谢。

“喂喂喂……”魏朗左手拿着筷子敲着碗边，嚷嚷道，“吃不到，都没人管啊！”

“没人管，没人理啊……”魏朗一连念叨了好多遍。

程晨晨瞥了一眼魏朗，道：“吵死啦！”

她伸出筷子夹了块牛肉放进魏朗的碗里，好心说道：“快吃吧！”

魏朗撇了撇嘴，放下筷子，扬眉道：“这左手实在是没法用筷子。3C，你喂我吧！”魏朗唇边漾着坏笑，直勾勾地盯着程晨晨看，一副不达目的誓不罢休的架势！

“要不，我喂吧……”程威接过腔来。

魏朗一侧头，眼神锐利地瞪了程威一眼，程威竟然被唬了回去。

程威虽然平时就有点害怕魏朗，可今天总感觉有点不同寻常。程威是不是有把柄在魏朗手上啊……程晨晨寻思着。

“我喂你啊！”

韩东昀终于吭声，夹起魏朗碗里的牛肉蘸上芝麻酱，又放进醋盘里点了点，最后放入辣椒酱里泡了泡。

程晨晨看得目瞪口呆。

韩东昀夹起那块牛肉，对魏朗说道：“知道你喜欢口味重点的，吃吧！”

魏朗一愣。韩东昀的筷子悬在半空中，不温不火又道：“怕了？”

“怕什么啊。有人喂我，求之不得。”

魏朗细嚼慢咽，乐在其中。韩东昀又拿着汤匙舀了勺热辣辣的火锅汤往魏朗嘴里送，魏朗被呛得咳个不停。

“咳咳咳……水，水……”

程晨晨递过冰水后，问：“你们今天是去哪里骑车发生意外的？”

“南街……”

“胡里巷子……”

程威和魏朗同时脱口而出，给出了两个截然不同的答案。程晨晨狐疑地看着程威和魏朗。程威张了张嘴，又道：“对，是胡里巷子。”

魏朗喝完冰水后，又笑盈盈地朝着韩东昀道：“你不是要喂我吗？继续啊……”

程晨晨显得有些恼怒：“够了没啊，南街和胡里巷子，一个南一个北，当我傻子啊！”

程威怯怯地看着程晨晨，像是一个做了错事的小孩，半天才说：“姐，前段时间，我买了套户外攀岩设备花了不少钱，然后，又凑了点路费，想过段时间去外地攀岩……”

“然后呢？”程晨晨追问。

程威动了动喉咙，艰难地开口道：“我找黑哥借了点钱，没想到利滚利，不到一个月就欠了三万块……”

“你不知道……”程晨晨怒火冲天，她在拼命地打工攒学费，程威却在外惹是生非，还欠下了一屁股债。

她红着脸，皱着眉，站起身，一双大眼睛瞪得老圆。她望了望四周熙熙攘攘的顾客，又忍气吞声地坐下。

“后来，黑哥找到我，还好魏朗哥在……”程威压低声音，像只蚊子一样小声。

“然后你们打了一架？”程晨晨问道。

她望了望魏朗，魏朗低头又喝了口冰水：“放心吧，你弟没事，只是皮外伤。”

“可……你好像受了很严重的伤。”程晨晨有些心怀愧疚，“谢谢啊……”

“放心吧，手臂断不了的……”魏朗转头看向韩东昀，微微扬眉，戏谑道，“要不是因为你弟弟，我怎么会有这么好的福利……”

“还有人喂饭！”魏朗加重腔调道。

韩东昀压根不理睬魏朗，轻轻地喝了口冰水。

程威继续道：“姐，你也不要担心了，钱，哥先帮忙还上了。”

程晨晨抬头看了看韩东昀，这不知不觉又欠了韩东昀这么大一个人情，想到自己根本没有那么多钱还给韩东昀，心里更是雪上加霜。

“我会努力……早点还给你的……”程晨晨咬唇小声道。

“不就是三万块吗？韩东昀的哥哥是学校的赞助商，还差这么点钱吗？”魏朗斜唇轻轻哼笑一声，“买下整个体校给韩东昀要都可以了好吧……”

“你还想不想吃啊？不想吃就回家啊！”韩东昀冷不防地放下筷子，回呛道。

“好啊，你送我回家。”魏朗明显跟韩东昀杠上了，撇着嘴又道，“总不能让伤员在这里自生自灭吧。”

韩东昀埋完单后，在路边拦了辆的士，先让程威和魏朗坐上了车，又对着魏朗说了几句话后，就合上了车门，让司机开走了。

程晨晨只能看到魏朗伸出左手，凶狠地拍着窗户，不一会儿，的士就绝尘而去了。

“喂，干吗让他们两个先走？”程晨晨莫名其妙地看着韩东昀。

“让伤员先回家休息啊！”韩东昀微微耸肩，理直气壮地说。

“那……你刚刚和魏朗说了什么？”程晨晨又问。

“我让他别缠着你了，指不定我哪天心情不好，会把他另一条胳膊也打折。”

韩东昀面色平淡，不苟言笑，看似很认真的模样。程晨晨一时怔住，傻乎乎地盯着他看。

韩东昀看着面前的女孩，一双大眼忽闪忽闪的，看似傻乎乎地把他的话当了真。他突然抿了抿薄唇，问道：“你相信了？”

“相信哪一句？”程晨晨愣愣地问道。

“相信我会打折他的胳膊。”

“我才没那么傻。”程晨晨仰头瞄了韩东昀一眼。

韩东昀眸光如星，唇边笑意清冷：“我说的是真的，他真的让我很讨厌。”

“啊？”

程晨晨眨眼看他，他又道：“他在你身边荡来荡去的模样真让我心烦意乱。”

月色清浅，店门口这条小小的马路被他俩占了道，堵塞起来，后面的司机一声接一声地按着喇叭，韩东昀把程晨晨拉到一旁，车子从他们身边呼啸而过。

他却突然道：“你等我吧。”

她心神意乱，面如桃花，不知道他说的这句话是什么意思。

什么叫“你等我吧”？是疑问句，还是祈使句？她刚刚一时没听清口吻。

“我知道这样很自私。从小到大，我从来没有让别人等过我，我独来独往惯了，这一次却很想让你等我。只要一会儿，不会太久。等我处理好身边乱糟糟的一切前，请不要离开我的视线范围好吗？”韩东昀目光如炬，他知道他背负的东西太多了，不能当下给面前的女孩承诺。

这样的他是不是显得软弱无能呢？他都禁不住嘲笑自己，为什么不能坦荡荡地表达心意。

程晨晨静静地看着韩东昀，心花怒放，小小悸动无处躲藏。

“我……”程晨晨吞吞吐吐，纠结了半天才道，“今天谢谢你。”

“帮程威垫付的那些钱……我会尽快还给你的。”她低头闷闷道。

韩东昀有些愠怒，程晨晨刚刚是没听清他说的话吗？他说了那样的话，她不是应该有所反应吗？难道他说得太隐晦了吗？一定要露骨地说出“喜欢”或者“爱”才是表现真心的最佳方法吗？

那么，他真的做不到那么老套啊……

“你没有别的话想对我说吗？”韩东昀又问。

她看着韩东昀，竟然一时语塞。她今天是怎么了，脑袋发热，也不知道怎么回复韩东昀。

她想了片刻，突然想到一件事，着急道：“哎呀，我今天忘记拿检查报告了。”

韩东昀无端地笑了一声，冷眼盯着程晨晨，这只小猫咪是故意装傻，当作没听到他的话吗？

程晨晨第二天又去了医院一次，医生告知她的哮喘已得到了缓解，虽说不算痊愈，但是已好转得差不多，不会影响她的正常生活。她早已觉察到这点，最近几年她的哮喘极少发作，除了那场冰球赛，那么在 SAN 杯上她出现那样的现象又是因为什么呢？

她百思不得其解。

好不容易休息一天，她趴在沙发上，想着钱，钱，钱！

还有一个月就开学了。

她这两个月的工资离学费数额还差了一截，还有程威欠韩东昀的三万块，她想想就要抓狂。

程晨晨在汉堡店忙得焦头烂额，兜里的电话却响个不停，一看是魏朗的，就又收了回去，不料魏朗锲而不舍，程晨晨只好接起电话“喂”了一声。

“你在干吗？”

“在汉堡店打工。”

“好好的暑假打什么工啊？”

对面的魏朗不依不饶，可程晨晨根本没空理他，一边配餐一边道：“我现在在忙，没事的话我就挂了。”

“你一天薪资多少？”魏朗在她挂机前问道。

“一百。”

“我给你两百。”

“啊？”程晨晨愕然反问。

“你来我家做小保姆，我一天给你两百。”

魏朗似乎心情很愉悦，能天天看到3C，一天两百块，又算得了什么！

程晨晨对着听筒一阵犹疑沉默，虽说她现在缺钱缺得几乎要抓狂了，可也不能为了点钱就轻易低头吧。

“怎么，犹豫了？为了你弟弟，我很可能参加不了下个赛季的比赛，难道你不应该有所表示吗？”魏朗穷追不舍地问道。

程晨晨只好硬着头皮应道：“好——”

到了魏朗的家，他家的大门敞开，似乎就是在等着她的到来。魏朗正在阳台上舒服地晒着大太阳，他悠闲地靠在躺椅上，伸出左手一颗颗地往嘴里送葡萄。回头看到程晨晨，他显得很开心，微微扬着眉梢道：“坐呀，站着干吗！”

“还是您吩咐我要做什么吧！”程晨晨干干地站着开门见山道。

魏朗侧头看她，皱眉问道：“刚到做什么事？这么热的天先歇息一会儿。”

“可是我不能白赚你的钱啊。”

魏朗扬起嘴角忍不住笑了，还真是个固执的女孩子，可就是讨人喜欢！

程晨晨看着魏朗一脸邪笑，瘆得慌，又问：“干吗笑得那么可怕！”

“我想到了，你可以为我做一件事！”魏朗笑得半眯着眼，一副好戏得逞的模样。

“什么？”

“喂我吃葡萄吧！”魏朗摆出了一副明朗的笑容，仰头看着程晨晨说道。

"喂葡萄……"

她一脸蒙状，脸颊被阳光晒得红通通的，半天才纠结地问道："就这个吗？"

魏朗殷勤地让程晨晨坐在了躺椅旁边的白色藤椅上，把一碗葡萄塞进了程晨晨的手中，说："好，开始吧……"

开始……

剥葡萄……

接着塞进魏朗的嘴里……

阳光晒得人就要昏厥，魏朗却把葡萄吃得吧唧吧唧响，十分享受的样子。

如果只要喂人吃葡萄就能一天赚到两百块，程晨晨仔细想想，这样也不错嘛。她宁愿每天喂葡萄，喂西瓜，喂哈密瓜……

喂魏朗吃什么都行！

可魏朗傍晚就提出了新的要求，他要去散步，让程晨晨陪他散步。

散步就散步呗，反正总比在汉堡店里忙忙碌碌不断配餐的好。

可程晨晨和魏朗刚出了小区门口，就看到门口停着几辆黑色轿车，几个穿着白色背心的健壮大汉，气势汹汹地走进小区。

程晨晨还没回过神来就被魏朗拽住，他大声一喊："跑啊……"

跑？程晨晨还没反应过来就跟着魏朗像对末路情侣，一路狂奔了起来。

魏朗的右手还吊着绷带，也不知道为什么还能跑得特别快，程晨晨有点跟不上，只能放慢脚步，气喘吁吁地问："跑……跑什么……跑啊，你欠谁钱了啊？"

"这问题应该问你弟啊。"

程晨晨双手撑着膝，上气不接下气，但脑袋还算清醒，一下就反应过来，问道："黑哥？"

"废话那么多，还不快跑！"

魏朗抽空回头望了望身后，那群背心大汉已经快追了上来，他忙不迭地拽住程晨晨就要开始新一轮的逃亡。

“不对啊……韩东昀……不是替我弟把钱还了吗？”程晨晨一面跑，一面问道。

“钱是还了，但是黑哥被我打了一顿。”魏朗回道。

“打了一顿？严重吗？”

“比我严重点，多了一只脚不能动弹……”

“啊！”

程晨晨大惊失色，本以为此事已算完结，谁想偏偏还有续集，而这续集俨然就像杜琪峰拍的香港警匪片。

她倒是成了剧中的亡命之人，她不会就这样被砍死了吧？

两人一路狂跑，最后拐进小巷，绕来绕去，程晨晨都快跑不动了，而身后的人依然穷追不舍。

她觉得自己极有可能在他们追上之前就断气身亡，便停下脚步道：“魏朗，我不跑了。”

“想死啊？”魏朗凶巴巴道。

“你先跑吧，他们是追你，和我没关系。”程晨晨实在跑不动了，她不想拖累魏朗，干脆让他先自顾自地逃命去吧。

“你傻啊，你跟我在一起，他们当然把你当成我的女朋友了。”

魏朗大声嚷嚷，背后已经有一个光头的大汉近在咫尺。魏朗倒也淡定，神情狰狞起来，换了一副凶神恶煞的模样。

“哟，魏爷跑得这么快是干吗啊？”光头大汉步步紧逼。

魏朗让程晨晨躲在身后，他倒是忽然冷笑了几声道：“看你叫我一声爷的分上，我就多和你说两句话。怎样啊？黑哥没种来啊？”

“你把黑哥的脚打跛了，这笔账怎么算？”光头大汉右手握着一根粗棍，一下一下往左手掌心里敲。程晨晨心想，这回惨了，魏朗平日没受伤时应该能对付得了这个硬汉，可现在他是个伤残人士，而自己又是一介女流。

这下不被打得屁滚尿流才有鬼！

魏朗还是死撑着一副硬汉的模样道：“嗬，那我的账找谁算啊？你的脑袋是绣花枕头吗？这么大个头只装着棉花吗？”

程晨晨目瞪口呆，这魏朗明显在激怒那个光头大汉，他到底想什么呢！

就算那光头大汉的确满脑棉花，是头猪，看那身材也是头三百斤的猪，即使什么也不做，光是一屁股坐下来，也能把她和魏朗坐残。

“还真以为我魏朗没有兄弟吗？知道我为什么把你们引到这条街吗？蠢了吧，这就是我魏朗的地盘，我要叫多少人就叫多少人！”

大汉撇撇嘴，眯着眼睛谨慎地望了望四周，倒有点被魏朗吓唬住了的模样。魏朗推了推程晨晨，怒吼道：“快去帮爷叫人。”

叫人？叫谁啊？

明摆着魏朗是想让她先跑，可就这样丢下一个伤残人士明显很没有人性。

程晨晨犹豫不决了几秒，心一狠，做好了要同魏朗共同进退的准备，小声道：“我不能丢下你一个啊。”

“你要是再不去请救兵，我才真的要死在这里。”魏朗压低声音冲着程晨晨道。

程晨晨一想，魏朗说得对，便拔腿就跑。跑了一小段路，她才想起，找谁当救兵啊，干脆报警吧。

报警也不妥，这样一来他们一群人都得到警局做笔录，折腾半天，指不定双方都有错，有理说不清。思来想去，她给韩东昀打了个电话，告诉他，她和魏朗现在正被黑哥的人堵在小巷里。她还是有私心的，希望弟弟不要再卷进来，所以没有告诉程威。

等待的时间总是特别漫长，她不敢乱走，只能焦急地在原地走来走去。也不知道魏朗怎么样了，虽说他平时凶巴巴的模样挺讨人厌的，可她还是不自觉地担心他的安全。

她真不该把他丢下，他现在那副模样，很有可能另一只手臂也保不全了。

她一狠心，起身往回走，却听到身后传来几声阴森森的笑声。她一回头，只见两个穿着白色背心的男人诡异地笑着朝她走来。

这条小巷本就偏僻，人烟稀少，卫生状况也不好，灰白的墙边摆着几个绿色垃圾桶，老鼠大胆地在路人面前穿来穿去。她头上冒出了冷汗，该死的韩东昀怎么还不来啊！

这回惨了！

"看，这不是魏朗的小娘们儿吗！"

两个大汉的手臂上都文着似龙似蛇的文身，他们冷森森地笑着向她快步走来。

此时，一阵突然而来的发动机的咆哮声闯进了小巷。

程晨晨目瞪口呆，只见一台庞大的蓝色哈雷以迅雷不及掩耳之势窜到了她的跟前。

驾驶座上的男人摘下头盔，一贯冷峻的模样，嘴角弯出一道冷笑，而坐在身后的赵谦予却冷不防地对着程晨晨笑了笑，道："他们说你是魏朗的小娘们儿，韩东昀你做何感想啊？"

"忍不住生气。"他平淡地回道。

"我……"程晨晨简直无语。这都什么时候了，还在意这个干吗？

"喂，你们两个臭小子哪儿来的？"其中一个黑黝黝的大汉问道。

赵谦予笑嘻嘻地挑衅道："那你们两头猪是哪里来的呢？"

两个人明显被赵谦予激怒了，面目可憎起来，左右包抄直奔过来。

赵谦予下了哈雷，让程晨晨上车。她在原地迟疑着问道："那你呢，赵谦予，你……”

“他是跆拳道黑带九段，别担心了……”韩东昀催促着程晨晨快点上车。

程晨晨戴上头盔上了哈雷，韩东昀把哈雷开得风驰电掣，她害怕得只能紧紧地搂住韩东昀窄小结实的腰。

风呼呼地从耳边穿过，她有种快要飞起来的感觉。看到韩东昀就要将哈雷开出小巷，程晨晨突然想到了魏朗，慌张地喊道：“还有魏朗，要救他啊。”

韩东昀停下哈雷，侧过头看着程晨晨好一会儿，才点点头：“好，走吧。”

韩东昀绕回了刚刚魏朗所在的地方，那里已经没有人了，只有地上的一大摊血异常醒目。

她瞪大眼睛紧张地看着韩东昀，问道：“魏朗，不会有事吧？”

韩东昀神情变得有点复杂，嘴里却坚定地说：“他那条命那么贱，不会有事的。”

韩东昀开着哈雷在乱哄哄的小巷里乱窜，却始终没看到魏朗的身影。程晨晨的一颗心跳得厉害，魏朗让她先走，万一他出了什么事，她就是最大的罪人。

“靠，怎么现在才来！”

一个熟悉的声音响起，程晨晨兴奋地回头一看，那个满头大汗、走起路有点蹒跚的人不就是魏朗吗！

“你没死真好。”韩东昀摘下头盔，冷不防地扬起嘴角淡笑。

魏朗也笑了，他摸了摸破了皮的嘴角，挑衅道：“我不会那么早死的。如果我不在，你岂不是没有对手玩了！”

“也是，没有你就少了点乐趣。”

两个大男人拳头对碰了一下，目光里有着相互嫌弃的意味，却又有点惺惺相惜的模样，程晨晨都忍不住被这个场景感动了。

才说了几句话的工夫，光头大汉就追了上来，这一次他的身后还跟着另外几个大汉。

也不知道魏朗用了什么招数，光头大汉看起来满身都是伤，模样比魏朗惨多了。

这时，赵谦予也赶来了。三个男人对六个大汉，程晨晨担忧地对着韩东昀小声道："这下怎么办？"

韩东昀却笑了，他道："记得帮我们收尸。"

"说什么呢！"程晨晨慌张地摇摇头。

"开玩笑啦！"韩东昀耸耸肩，又道，"怎么样也要保护你啊。"

结果，到医院时，的确只有程晨晨毫发无损。赵谦予毕竟是跆拳道黑带九段，只是额头受了点伤，而韩东昀和魏朗这对难兄难弟，住进了同一间病房。

魏朗的右臂本就受了伤，现在右脚又崴了，更像个伤残人士了。韩东昀除了眉心被划了一个大口子，背部也受了伤。

程晨晨出医院去帮两个病患买些小零食和水果，回到病房时，却意外发现病房外立着两个穿着黑T恤，戴着墨镜的大汉。

黑哥不会连医院都敢来胡闹吧？

她刚想进门就被两个大汉拦住，她忙不迭地给韩东昀打电话。不一会儿，那个光头大汉一瘸一拐地走出病房，咧开一口白牙，殷勤道："请，请，韩爷有请。"

这是什么情况？刚刚不是狭路相逢，恨不得削了我们的皮吗，这回怎么变了另一副嘴脸？

程晨晨疑心有诈，战战兢兢地进入病房，却见到一个四十岁左右穿着黑色中山装的男人此时跪在地上，一个劲地喊道："韩爷，小的有眼不识泰山，您就原谅我吧！"

韩东昀后背朝着天花板，趴在床上，一言不发，看似正在闭目养神。倒是魏朗剥了一根香蕉，像是看猴耍一样，笑得合不拢嘴。

程晨晨困惑地站在魏朗身边，问道："这是怎么回事啊？"

"看戏啊！"

他扬着眉，咬了口香蕉，喊道："嘿，黑哥，过来一下。"

程晨晨这才搞清楚地上跪着的人竟然就是黑哥。黑哥一瘸一拐地走到魏朗病床旁边，谄媚地挤出夸张的笑容，道："魏爷，叫我阿黑就好了，您有什么吩咐啊。"

"吃香蕉啊。"魏朗把吃了一半的香蕉递到黑哥的跟前。

黑哥恭恭敬敬地接过香蕉，三口并作两口就吞了进去，然后又冲着魏朗笑了笑。

"好吃吗？"魏朗又问。

黑哥拼命地点头道："好吃好吃。"

"那还不去倒痰盂！"魏朗突然收起笑容，目光凶狠地说道。

黑哥迟疑了一会儿，魏朗又凶道："去不去啊！大爷今天被你家的兄弟打得都没法下床了！"

"我的错，我的错！"黑哥一巴掌一巴掌地往脸上拍，拍得"啪啪"响，程晨晨听着都觉得疼。

"吵死啦！"

韩东昀不耐烦地从床上爬起来，他的后背挨了好几棍，刚刚才拍了片，还不知道是否伤到了要害。他本来可以骑着哈雷安全逃离，却还是留下来了。

黑哥正端着痰盂要走，韩东昀却喊住了他："喂——"

"韩爷，还有什么吩咐吗？"

韩东昀有气无力地问道："谁让你来的啊？"

"韩爷，真对不起！我这些小弟有眼不识泰山，出手重了点，您可千万别生气。"

"我问你，谁让你来医院的？"韩东昀这回略微提高了声调。

"韩爷……您……不知道吗？"黑哥迟疑地问道。

"知道个屁啊，知道还要问你啊！"魏朗吼道。

韩东昀脸色阴沉，突然冷冷地说道："走吧。"

黑哥弯着腰，战战兢兢地端着痰盂往病房门外走去，韩东昀又道："让你的人一起走。"

"好的！好的！"

黑哥和一众手下灰溜溜地走了，魏朗这才道："是你哥让黑哥来道歉的吧？他还真是神通广大。"

韩东昀不吭声，只是斜了魏朗一眼，道："你这副模样该是没办法参加新一季的比赛了吧？"

魏朗毫不在乎地笑了笑，道："我倒是无所谓，错过一次还有下一次。反正你都退出了，他们也不是我的对手。"

韩东昀冷哼一声，表示鄙夷和不屑。

此时病房的门被推开，程威提着大包小包的水果直奔韩东昀的病床前，殷切地问个不停："哥，你没事吧？这眉心的伤会不会留疤破相啊？"

魏朗忽地哼笑一声，道："喂喂喂，没看到这里还有个伤员吗？"

程威立马递过一袋水果，道："哦，魏朗哥，你也辛苦了。"

魏朗睨了程威一眼，望向程晨晨道："你叫来的超级粉丝啊？"

程晨晨一脸无奈："我要是不告诉他，他会跟我闹脾气的。"

"真不知道你是在养弟弟还是在养儿子。"魏朗语带戏谑。

程威殷切的关怀，让韩东昀觉得有些心烦，魏朗却在一旁幸灾乐祸地啃着苹果。

韩东昀深吸了口气，说："程威，你能帮哥做件事吗？"

"说啊，哥。"

“你带魏朗去做个检查。”

魏朗冷不防地转过脸，问道：“为什么啊？我做什么检查？”

“你脚残手残的，不需要啊？”韩东昀面带微笑道。

“是啊。魏朗哥，还是做做检查比较放心。”程威傻愣愣地回道。

说完，程威就出去借来了轮椅，把魏朗扶到了轮椅上。说是扶却多半是强迫，魏朗现在手脚不便，想反抗也反抗不了。

魏朗气恼地瞪了韩东昀好几眼，道：“别有用心地支开我，你想干吗？”

韩东昀任性地抿抿唇：“和你有关吗？”

“喂，该死的韩东昀……”

“喂，3C，你别被韩东昀迷惑了。”

“放心吧，我姐不会有事的。”

“臭小子，白救你了，韩东昀到底给你灌了什么迷魂汤！”

魏朗被程威推着走，一路喋喋不休，直到魏朗的声音终于消失，韩东昀才对着程晨晨道：“陪我去拿报告吧。”

“刚刚干吗不跟魏朗一起走？”程晨晨困惑地问道。

韩东昀穿好鞋，走到程晨晨的跟前，一只手搭在了程晨晨的肩膀上，嘴角微微上扬道：“因为我只想跟你一起啊。”

韩东昀整个人压在程晨晨的身上，程晨晨艰难地走了几步，弱弱地说：“你自己不能走吗？”

韩东昀半眯着眼，虚弱地道：“因为肩膀很痛。”

“可是……”这和脚有关系吗？

“我不是你的恩人吗？”韩东昀突然反问道。

程晨晨呆呆地点点头，韩东昀趁机催促道：“快走啊。”

韩东昀的拍片报告没有什么问题，还好背部没有伤到骨头，而眉心中间的伤缝了几针，拆线肯定会留下伤疤，日后会不会消退也不得而知。

程晨晨明显觉得有些亏欠，回病房的路上，韩东昀突然问道：“你觉得现在的我怎样？”

“什么怎样啊？”程晨晨莫名其妙地问。

“看我啊！”

韩东昀突然停下脚步，俯下身，整个英俊的脸庞就要贴到程晨晨鼻子上，程晨晨习惯性地往后躲闪，却被韩东昀紧紧地握住肩膀，无法逃离。

她痴痴地盯着面前的男人，一张棱角分明的脸庞，双眸如茫茫大海边明亮的灯塔，似漆黑深邃的夜空中的璀璨星光。

他那双眼既能够在人海中给她指引方向，也能让她彻底迷失。

“看清楚了吗？”韩东昀又动了动薄唇。

“看清楚什么？”程晨晨呆呆地问。

“我的脸啊！破相了吗？”韩东昀又问。

程晨晨觉得好笑，为什么要问她这个问题？她望了望贴在韩东昀眉宇之间的纱布，说道：“还没拆线怎么知道！”

“那你觉得呢？”

面前的男人本该冷漠淡定，此时却像个追着她撒娇的小男生一样，似乎不得答案决不罢休。

“我觉得……应该不会吧。”她愣愣地回答，“即使有了疤痕，不是更 man 吗？”

韩东昀忽然俯下身，冷不防地说了句：“原来你喜欢这样的。”

什么这样的……

程晨晨还在原地愣愣地站着，而韩东昀此时却精神抖擞地走在了前面。不是说肩膀痛吗？现在又是什么情况？

回到病房，韩东昀突然脱去上衣，程晨晨还来不及遮眼，就看到他赤裸的上半身露出的小麦色的肌肤，精瘦有型的线条，特别是那……

充满诱惑的人鱼线。

啧啧，再看下去简直会口鼻喷血。

韩东昀整个人趴在床上，程晨晨回避不及，紧张道：“你……你干吗啊？”

“等你擦药啊。”韩东昀平静地说。

“擦……药……”程晨晨紧张地小步靠近，半天才“哦”了一声。

她站在床边许久没有动作，只是紧张地拧开药膏，然后大声道：“我开始涂了啊……”

“嗯……”

“坐吧。”

“哦……”她小心翼翼地坐在床沿边，然后搓了搓双手，把药膏挤到韩东昀的背上，使劲地一下一下地搓，倒有种磨刀霍霍向猪羊的气势。

“你就不能轻点吗？”

韩东昀猛然翻了个身，直起身子，直面着程晨晨。

程晨晨眼睛避开他赤裸着的上半身，吞了吞口水，说：“对不起，我会轻点的。”

“干吗闭眼？”

“有吗？”

“脸为什么红了？”

“有……吗？”程晨晨咳了两声。

“东昀——”

病房的门突然被推开，程晨晨一惊，本想从床沿边上起身，偏偏一个趔趄没站稳，直接摔倒在地。

倒是韩东昀从容地套上了 T 恤，他抬头一看，进来的那位穿着白色衬衫、黑色纱裙的女孩正是刘星怡。

面前的场景让刘星怡感到很尴尬，可她仍是装作一副镇定如常的模样微笑道："晨晨，你也在啊。"

程晨晨羞得面红耳赤，怎么这样也能摔倒？她摸了摸额头，刚刚撞到床沿，现在好像起了个小红包。

"是啊……"她也不知道自己到底在心慌什么。

"她是来帮我擦药的。"韩东昀淡淡地说。

刘星怡不动声色地笑了，走到韩东昀的跟前问道："你伤得重吗？韩白哥也挺担心你的。"

韩东昀抬头看了刘星怡一眼，问道："是他让你来的吗？"

刘星怡点头又摇头："韩白哥只是告诉我你受伤了，是我自己要来看你的，不行吗？"

韩东昀微微蹙眉。

"我们不是朋友吗，不可以来看你吗？"刘星怡努力微笑道。

"当然可以。"韩东昀回道。

闻此，刘星怡嫣然一笑，她怎么会仅仅把韩东昀当成朋友？她很聪明，知道眼前男生所有的心思都在这个看似傻乎乎的女孩身上，她缠得越紧，他就会离她越远。那就给他个假象，让他不再提防她好了。

此时，魏朗同程威一同回来，病房一下变得拥挤起来。刘星怡认得魏朗，他是韩东昀的对手，她在美国关注过韩东昀的比赛。

"我去帮你办出院手续吧。"刘星怡踩着高跟鞋走了几步，又回头道，"你们是东昀的好朋友，大家好不容易聚在一块儿，我晚上请你们吃饭吧。"

魏朗对刘星怡并没有好脸色，他似乎猜透了这位女孩的心思，只是突然笑了声："我这样的伤残人士要避免奔波劳累，还是回家吧。"

程晨晨也以晚上有事委婉拒绝，刘星怡一下处境尴尬起来，她干笑着说："谦予在就好了，他那么贪吃，肯定会去的。"

"他没受伤，但是这么奔波了一天，我让他早点回去休息了。"

韩东昀道。

“哦……”

“晚上来我家吃饭吧。哥也好久没见你了。”韩东昀突然对刘星怡道。

“好……”刘星怡有些受宠若惊，似乎未料到韩东昀会主动邀请她去他家做客。

刘星怡下楼办出院手续，魏朗也被校长派人接走，他明显依依不舍，在大门外对着程晨晨提醒道：“刘小姐感觉不简单。”

“哪有什么简单不简单的，你想多了！而且这和我有什么关系？”程晨晨不以为然地耸肩。

魏朗意味深长地笑了声：“如果你不喜欢他，就简单了。”

她有一瞬间的失神。魏朗都伤成这副模样了，却依然不着调地戏谑道：“你可以喜欢我啊。”

程晨晨无语地白了魏朗一眼，魏朗又道：“我讲真的。”

“你怎么没完没了啊！”程晨晨翻了个白眼。

魏朗哼笑一声，上车扬长而去，只剩下程晨晨、程威同韩东昀站在医院门口。

程威故意退到一旁，只剩下程晨晨和韩东昀面对面地站着。半晌，韩东昀突然道：“你会吃醋吗？”

“莫名其妙。”

“我只是想回家处理一些事。”韩东昀继续道。

程晨晨忍不住追问：“处理好了，会回来吗？”

顿了顿，她又补充道：“我的意思是……重新回到属于你的赛场。”

“可能吧。”韩东昀微微一笑，好像自带光芒。

韩东昀好不容易回家吃一次饭，韩老爷子让李妈做了几个韩东昀喜欢的菜。韩白也在家，除了邀请刘星怡，还一同邀请了她的姐姐刘思嘉。

开饭之前，刘思嘉同刘星怡坐在沙发上陪着韩老爷子说话，韩东昀却独自去了韩白的房间。他敲了敲门，打开门，见哥哥一人坐在阳台上抽烟。

他慢慢靠近，直到到了跟前，才喊了句："哥，我回来了……"

深色的烟灰缸里已经有了十几个烟头，韩东昀知道哥哥韩白一般不吸烟，此时烟瘾如此重，应该是有些心事。

韩白掐灭了手中的烟，抬头看了看韩东昀，说："你回来了？"

"嗯……"

"看来黑哥下手有点重，医生没说什么吧？"他清淡地问道。

韩东昀不咸不淡地笑了笑，道："应该不会毁容。"

韩白点点头，目光沉沉，又道："你以后还是少管那个叫程晨晨的女孩的事情。"

韩白神通广大，韩东昀并不惊奇，哥哥想调查什么自有自己的手段，他想知道的就瞒不住。

"她的事就是我的事。"韩东昀态度坚决，并不退让。

韩白未预料到弟弟是这样的反应，眼睛里闪过一丝诧异："你食言了。"

"什么？"

"你答应过在这段时间会照顾好刘家姐妹的。"

"是，这跟程晨晨没有关系。"韩东昀冷冰冰地反驳道。

韩白淡淡地微笑，那种微笑冰凉万分。

"你动真心了？你竟然喜欢那样傻乎乎的女孩？"韩白问道。

韩东昀不知为何今天缺乏耐心，似乎程晨晨是他的要害，他不许有人说她任何不是。

"哥，你管太多了。"韩东昀背过身，又道，"时间差不多了，李妈该来叫我们吃饭了。"

“如果你和我一样，坐在这里，那女孩还会接受你吗？”韩白突兀地问道。

韩东昀停住脚步，徐徐地回头看着面前的韩白。这么多年了，他一直在利用自己的短处威胁自己，而自己也心甘情愿受到这样该死的折磨。

他为什么不能自私一点？

为自己的人生自私一点点也好。

“是你自己把岚希排挤在千里之外的。”韩东昀淡淡地回道。

“我有什么资格拖住她一辈子？”

“是你自己看低自己！你自己过不去，也想全世界陪着你过不去！”他突然怒吼道。

天色慢慢暗下来，天边铺着一片红中带灰的云朵，这样黯淡的黄昏并不让人惊喜。

应该要下雨了吧，韩东昀突然走神。

在哥哥发生意外后的这么多年，他并没有比韩白好过多少。他可以把车祸归咎于自己，他愿意受此折磨，他无数次地想把自己这双脚给哥哥，这样他才能恢复自由，身体的自由，内心的自由。

他再也不要因为愧疚而惶惶不可终日。

“你在责怪我吗？”韩白问道。

“哥，你想要什么，你到底要什么？你要的我通通可以给你。”这些年内心的压抑使得他觉得他这辈子并非为自己而活。

外面雷声突然炸开，黑云铺天盖地而来。

韩东昀从未和哥哥吵过架，即使他出了车祸后，他们也一贯用冷冰冰的态度对待彼此。

冷战是没有硝烟的战争。

他们是亲兄弟，却对彼此如此冷漠。

韩白不说话，他燃了一支烟，烟雾在指尖袅袅地弥漫起来，却许久没有送入口中。

“我先走了。”韩东昀迅速转身打开门，往楼下走去。

他黑着脸，又急又重地踩着楼梯，李妈叫了他几遍，他都没有回应。

韩老爷子叫住了他：“要吃饭了，你去哪儿？”

“对不起，爸，我想出去走走。”

他快步往大门口走去，刘星怡却拿了伞追了出来，喊道：“东昀，外面在下雨。”

他停在小院的门口，刘星怡紧跟上前，递过雨伞：“带把伞吧。”

他迟疑片刻，道：“抱歉，好不容易邀请你回家吃个饭却变成这样。”

“你跟你哥吵架了？”刘星怡关心地问。

韩东昀淡淡地笑了笑，并未接过伞，径自走进雨中。

他清楚地知道，他之所以能够重新回到赛场，是同父亲交换了一个条件。

他答应了父亲去美国读书，才换来了最后的比赛。

此时，他却后悔了。

他想反悔却不知道还来不来得及。

第九章

热爱是所有的勇气

程晨晨依然在汉堡店和冰场之间来回奔波，异常忙碌。

当她真正一心一意地为着一个梦想付出时，才发现自己之前顾虑得太多，畏惧得太多。

无端的恐惧往往让我们错失了先机。

冰上的练习永远是枯燥无趣的，作为一个花样滑冰选手总是要思考怎么样才能在冰场上取胜，除了跳得更高，滑得更快，更重要的是展现得更美。

几千次几万次的跳跃旋转的最终目的，都是为了最后能够站上领奖台。

苏岚希将近半个月都在进行魔鬼式训练，同苏岚希的近距离的观摩训练让程晨晨进步了许多。休息时间，程晨晨递过矿泉水道：“教练要是知道你这么努力，肯定很开心。”

“你不是也一样？你比我还拼，打工完了还过来训练。”苏岚希拧开瓶盖喝了两口水。

程晨晨不以为然道：“教练早就放弃我啦！上次比赛的自由曲上，我的表现那么糟糕。”

“你知道我一直以谁为榜样吗？”苏岚希突然问道。

程晨晨望了望苏岚希，问道：“谁？”

“姚勤阿姨。”苏岚希又道。

程晨晨惊愕地看着苏岚希，她万万没有想到苏岚希的榜样是自己的妈妈。

“五六岁的时候，我不知道从哪里看到了一个纪录片，是姚勤阿姨滑冰的视频，那样优雅的身姿，那样完美的跳跃，我相信你一定也没有看过你妈妈年轻时候那样精彩的表演。我很惊讶，阿姨那时脚已经出了问题退役了，虽然见到本人时，根本想象不出她之前的风采，可是在我看来她还是那么的优雅。”苏岚希又道，“我相信，我最后选择了花样滑冰是因为阿姨。”

程晨晨内心似乎有波涛暗涌。她长这么大还从未看过妈妈的花样滑冰视频，一直以来她都是从别人口中得知妈妈是位花样滑冰选手，她曾经也很优秀，却因为一次比赛的失败而黯淡无光。

“作为一个运动员，身体上的伤害是常事，而赛场上的失败更是不可能避免，那又有什么关系，克服就对了。”苏岚希又道。

“可以找到那个纪录片吗？”程晨晨突然问道。

苏岚希想了想，说：“我想，网上应该能搜得到。”

程晨晨点头，苏岚希起身又道：“除了平衡能力掌控的不足，你有没有想过，有可能是你的心理问题，导致你在密集的旋转和跳跃时容易紧张。”

程晨晨心里一惊，似乎苏岚希说到了要害处。她抬头看了看站着的苏岚希，苏岚希又道：“如果每次的比赛你都在担心失败，心理的压力过重，就很可能在同一个动作中出现失误。”

“岚希……”她忽然叫道。

苏岚希回头看着她笑道：“干吗？”

“你突然寄情于训练，是不是……”程晨晨欲言又止。

“白痴，想什么呢？”苏岚希笑了笑，道，“你好好加油，下次比赛你可做不了替补了哟。”

“我也不想做替补，我想作为一个堂堂正正的队友和对手站在你的面前。”程晨晨突然起身，眉眼弯弯，笑意满满。

程晨晨认了真，她想，最终，她一定可以作为对手，和苏岚希并肩比赛。

她回家在网上搜了很久，才搜到了关于姚勤可贵的视频，虽然画质有点模糊，但是她还是看得细致，那时的妈妈是那样的年轻，气质优雅，绽放的笑意带着明显的少女感。

她这一瞬才恍然理解妈妈的期待和这么多年来对她的要求。

因为曾经的妈妈才是真正的冰上好手。

三圈加三圈的组合跳完成得轻松自如，潇洒自如的连接步，蹲坐式旋转，一切的动作都和音乐完美地融合在了一起，似乎根本不费吹灰之力就赢得全场的掌声。

这样一个天才少女一定没有想到，有一天她会在赛场上挫败，成为一个跛脚的妇女。

这样的打击简直能摧毁一个人的人生。

她似乎在这一刻才终于彻底明白父母分开的原因，父亲虽然老实勤奋，但是他永远不能理解姚勤的梦想。没有共同语言的人又怎么共度一生？分开只是早晚的事。

她的母亲一定把对花样滑冰的所有热情和执着寄托在了她的身上，在她五岁那年，她被送往了体校学习花样滑冰。

懵懵懂懂的她还不知道花样滑冰是什么，就已经穿上了滑冰鞋。她还那么小就一次次地在冰场上摔倒，爬起，摔倒，然后继续爬起来……

她还记得第一次脚踝扭伤，她哭哭啼啼地求母亲不要再让她学习花样滑冰，母亲真的不是铁石心肠的人，她边帮她擦药边哭了起来。

她不理解母亲为什么明明哭得那么伤心，可当她脚伤好得差不多，又狠心地把她推到了训练场。从此以后，她脚踝扭伤，腰背扭伤都不再同母亲诉说，她知道母亲不会关心这些，而这是每一个花样滑冰运动员都会遭遇到的苦痛。

那时她还太小，不能够理解母亲对她的魔鬼式训练。

可即使如此，她的资质还是不如母亲，这么多年她依然未能登上领奖台，取得一枚光荣的奖牌。她一度怀疑花样滑冰到底是不是自己所热爱的。

母亲的离开，让她觉得自己辜负了母亲所有的期待，不料后来她才明白，其实她真正辜负的是自己。

她骨子里就是属于花样滑冰的，还不到一岁抓阄，她抓的是鲜艳的花样滑冰服，她喜欢冰，喜欢雪白，喜欢第一次驾驭冰刀鞋的感觉。

但是她一直以为那只是玩乐，她迷失，放弃，甚至逃避过。但是真正放弃花样滑冰，她又觉得人生变得空空荡荡的。

此时，她看了母亲的比赛视频，才得到了一种力量，这种力量让她坚信自己可以克服一切的心理障碍。

母亲从小就教会她无论身处在何处，摔倒了，就要自己爬起来。

她既然在赛场上摔倒过，就应该在赛场上重新站起来。

这是她第二次拨打母亲留下的越洋电话，接电话的依然是上次那个中年男人，操着标准的美式英语问她找谁。她吞吐地用蹩脚的英语回答，她找姚勤。幸运的是，对方听懂了她的意思，并且告诉她姚勤已经搬走，不再住在他那里，他也不知晓姚勤去了哪里。他大概是个房东。

和母亲的联系算是断了，程晨晨想，只能等待母亲来找自己了吧。

坐在空荡荡的冰场里，她深呼了口气，站起身来，蹬着冰刀鞋，一溜烟地滑行到了中央。她用力地吸了口气，将自己的眼睛蒙上了黑色的长布条。

黑漆漆的一片，看不见眼前的景象，程晨晨更加慌张无助。

但是如果这样能顺利地旋转、跳跃、落地，就是真正克服了内心的紧张和恐惧了吧。

她开始凭着感觉旋转……

一圈，两圈，三圈，然后跳跃，安全落地……

完美！

此时蒙在她眼睛上的黑布条被人用力地扯下，她睁开眼迷茫地看着面前的男生。

“魏朗，怎么是你？”她吃惊看着魏朗。

“为什么不能是我？我打了那么多电话给你，为什么不接？”魏朗怒气冲冲地问道。

程晨晨回道：“我在训练，哪有空接电话？”

魏朗无奈地叹了口气，他的右手刚刚拆了石膏，可依然还绑着绑带，挂在脖子上。

“你找我有什么事？”程晨晨问道。

“找你当保姆啊，没看到我这么惨吗？”魏朗反问道。

“行动不便就不要出门啊，不是脚也受了伤吗？”程晨晨埋汰道。

“不出门哪有饭吃啊？”魏朗表现出前所未有的可怜巴巴的模样，“你好了吗？可以带伤员去吃个饭吗？”

“好吧，我去换身衣服。”

程晨晨去休息室换了身衣服，同魏朗去了一家烤肉店。菜单上标的价格高得惊人，她放下菜单，说：“还是你点吧。”

“怎么了，不合口味吗？”魏朗又问。

程晨晨坦白地说：“我没钱，吃不起这里的烤肉。”

“又没让你请客，我请你吃啊。”魏朗对着菜单点好了菜，又问，“你最近很缺钱吗？”

程晨晨抬头看了看魏朗，她现在的确很缺钱，学习花样滑冰的学费还没有着落呢。她本想开口，可是想到魏朗已经为自己做了很多，尤其是还因为自己的弟弟受了这么严重的伤，她就将话咽了下去。

“要是……你缺钱的话，可以继续做我的保姆啊！”魏朗斜着嘴，一脸痞气。

“谢谢啊！”程晨晨笑了笑。

“怎么了？好像心事很重？”魏朗眼眸深沉起来，“刚刚你在冰场干吗蒙着双眼？”

“这是我训练自己平衡力的特殊方法。”程晨晨回答。

魏朗轻轻抿了口茶水，笑了笑：“还真是够执着的啊！这种奇葩的方法估计也只有韩东昀想得出来吧。”

她抬头望了一眼魏朗，魏朗又道：“干吗？和我在一起的时候，不要想起另一个人。”

“胡说什么呢？”

“那晚上陪我去看部电影吧。”魏朗又道，“不要拒绝就对了，你应该欠我一个，不，算是两个大人情了吧……”

程晨晨欲言又止，这回还真是欠了他一个大人情，不去还真是不行了啊！

魏朗选的是近段时间上映的一部动画片，本来就是晚场电影，整个电影院里人少得可怜，他笑得特别欢畅，程晨晨顿时觉得尴尬无比。

出了电影院，程晨晨去了洗手间一趟，魏朗在大厅等她，等她出来时，发现魏朗不见了踪影，她连打了几个电话也没有人接，只能往电影院出口处走去。

“晨晨——”

她回头一望，能在这里遇到刘星怡真是很巧。她穿着黑色连体裤，长发披肩，调皮又不失时尚，而她身边站着的人竟然是韩东昀。

她突然定住了脚步，他不是说，他们不是男女朋友吗？

可是……

她又觉得有什么好奇怪的，自己不是也和魏朗来看电影了吗？

可是这怎么会一样？她和魏朗只是朋友。那他和刘星怡难道不能是朋友吗？

她在不断否认又不断捉摸中左右为难。

“你一个人来看电影吗？看哪一场的？这么巧？”刘星怡先热情地上前打了招呼。

程晨晨愣愣道：“哦，就看那部新上映的动画片……”

“喂，3C，我找你半天了。”

魏朗拖着一只受伤的脚，慢慢走到了三人跟前。他故意鄙夷地看了眼韩东昀，嘴角笑意微微显露：“真是好巧啊。”

“都受了这样的伤还来看电影，还蛮有情调的嘛！”韩东昀面无表情，眼神寡淡。

魏朗耸耸肩，凑近了一点，直勾勾地盯着韩东昀的脸庞，道：“你不是也一样？看来脸上可能要留疤了啊。”

韩东昀脸色阴沉地别过头去，刘星怡笑着说：“我刚刚也想说遇到程晨晨好巧。其实我和东昀本来也想看那部新上映的动画片的，可是他比较喜欢惊悚片，看的时候我吓得半死。”

“动画？真是幼稚。”韩东昀不以为然。

程晨晨忍不住反驳道：“不是啊，挺有趣的。有的人不懂而已。”

程晨晨似乎也觉得自己有点莫名其妙，她为什么要出口反驳韩东昀？可她看到韩东昀同刘星怡站在一起，内心就会涌现出乱七八糟的猜测和杂念。她羡慕刘星怡这样的女孩，永远大方自如，站在韩东昀的身边也显得那么般配。

而她呢？她现在连学费都要发愁。

韩东昀盯着程晨晨看，他想她该是误会了什么。明天韩氏和刘氏有一笔生意要洽谈，两个家族在一起吃了饭，吃完饭后，星怡提议去看场电影。他答应过哥哥，要好好照顾这两姐妹。他不想在这时候搞砸一切，所以同刘星怡看了场晚场电影。不料这么巧，居然遇到了程晨晨和魏朗在一起。

为什么她要同魏朗站在一块儿，还一起看晚场电影？她不知道他会嫉妒、生气，甚至大发雷霆的吗？

可程晨晨这只小猫咪似乎没有看出他情绪的波澜，她说："很晚啦，魏朗，我们回家吧。"

她侧头对魏朗笑了笑，眉眼弯弯，笑意柔软。韩东昀内心突然波澜汹涌，恨不得打魏朗一顿。

魏朗扬扬嘴角，对着韩东昀笑了笑，点点头道："好，我送你回去，3C。"

韩东昀始终紧抿嘴唇，面无表情，而身旁的刘星怡倒是礼貌地同两人道别。

到了家，程晨晨有些疲惫，洗过澡，倒在床上翻来覆去却还是无法入睡。她在干吗？可能真的吃醋了吧。

这时，手机响起，一看号码是韩东昀。

他这时候找她干吗？

她心情抑郁地挂断了电话，不到一秒，电话却又响了起来。她按了静音，把被子盖在了脸上，心里默念着：睡觉，睡觉，睡觉。

再也不要理韩东昀了！

为什么自己的情绪永远都要被他牵着走，她才不要！

好不容易世界变得安静了下来，她望着忽明忽暗的手机终于停止了震动，深呼了口气，打开台灯，忽然发现窗外有人影闪动。

她有些讶异，握着手机慢慢靠近，心想，这么晚谁在窗外？不会是小偷吧？

而此时窗户突然被人用指节敲响了，她咽了咽口水，掀开窗帘的一角一看，站在窗外的不是别人，竟然是韩东昀。

韩东昀一定是疯了吧，大半夜站在她的窗外到底想干吗。

韩东昀指了指他手中的手机，意思让她接电话。她接起手中震动的手机，没好气地“喂”了一声，还来不及抱怨他干吗鬼鬼祟祟地出现在窗前，他就直截了当地说道：“你出来，我有话和你说。”

“你干吗？我要睡了。”她不咸不淡道。

韩东昀用一种命令的口吻说：“你不想我敲你家的门吧。”

这深更半夜的，父亲早就睡着，她可不想打扰了父亲的休息。她来不及多想，就趿拉着拖鞋，轻手轻脚地把门打开。

她望着韩东昀，那双眼眸似乎噙着露珠，澄澈明亮。

“这么晚了，你有什么事吗？”程晨晨态度生硬道。

韩东昀面无表情地说：“这里不是说话的地方。”

“那明天再说吧，很晚了，我很困了。”程晨晨又道。

“你一定要在家门外说话吗？”韩东昀冷冷地说。

“有什么话不能说吗？”

“不能——”

下一秒，伴随着细微的关门声，程晨晨已经被面前的男人拦腰抱起。她脑袋一片混沌，简直乱七八糟！

有没有搞错啊，她就这样穿着睡衣和拖鞋，衣衫不整地被韩东昀抱着一路走了。

这三更半夜的，他到底要干吗啊？

她不断地踢腿，挣扎着怒骂道：“韩东昀，你到底要干吗啊？”

“我说过了，我只想和你说说话。”

“那你把我放下啊！”程晨晨大声呼喊，“放下我啊，韩东昀！”

程晨晨被韩东昀抱着走了一路，终于在公园内停了下来。夜深人静，公园里静悄悄的，周围只有知了一声接着一声地叫。

程晨晨被韩东昀放下，她有些恼怒地看着韩东昀，问道：“你……你到底想和我说什么呀？”

“大半夜的，你没看到我穿着睡衣吗？也不顾及别人的感受……”

“程晨晨——”他突然喊道，声音低沉微哑。

她看着韩东昀有些心慌意乱，躲闪开他的目光，低头道：“你说吧。”

“你为什么和魏朗看电影？”

程晨晨一时抑郁，搞了半天，想问的就是这个吗？她气鼓鼓地说：“那……那你不是也和别人看电影了吗？”

真是奇怪，问出口后，程晨晨又觉得自己好像在吃醋。她吃哪门子醋啊？他才奇怪好吧，管人家跟谁看电影！

韩东昀也觉得自己幼稚无比，大半夜把人家拖到公园竟然问了一个这样的问题。

他一直很淡定，很沉稳，今天竟然有点乱了分寸。

“我和星怡，我们之间是朋友，因为……”

因为家族的生意，他才会这样讨好她？他觉得自己真是可笑，竟然是这样的人。

“因为什么呀？”她瞪着圆溜溜的眼睛，自言自语道，“反正和我没关系！”

“怎么会没关系？”他又问。

“有什么关系？”她闷闷地问道。

“因为你是我的。”他怒火攻心，简直不能忍程晨晨不以为然的模样。

程晨晨微微怔了怔，他的神情依然淡漠沉静，不起波澜。

可刚刚他说的那句确实是“你是我的”。

“所以，我不喜欢你和魏朗在一起。”他面无表情地说道。

她愣愣地站在原地，喉咙微微动了半天，竟然不知所措，只能支吾道：“我要回家睡觉了……”

“我们在一起吧。”他突然说道。

她默默地看着他，他又道：“我那么喜欢你，我们应该在一起。”

韩东昀的逻辑还真是奇怪，这是石膏男独特的表白方法吗？

他俊脸冷静，目光深沉，直勾勾地盯着程晨晨。

程晨晨有些发虚，侧过脸去，可是难以抑制内心的怦然心动。

她慌张地往回走，脑袋一片空白，一刹那又被韩东昀拉了回来。

“你听懂我的意思了吗？”

她摇摇头，又点点头，像个懵懂的傻女孩。

“我要做你男朋友。”韩东昀理直气壮道。

“哦……”

她没有经验啊，除了小时候隔壁的小胖子老是给她送鸡腿，她好像都没有被人表白过，也没说过喜欢啊。

“那你亲我一下。”

“啊？”她面红耳赤，目瞪口呆。

亲我一下？这句话一点也不像是出自韩东昀的口中啊。

“那你亲我一下啊！”韩东昀不依不饶道。

韩东昀什么时候变得那么幼稚了呢？程晨晨顿时觉得脸都要烧起来了，窘得说不出话来。

下一秒，韩东昀的薄唇已经贴在了她的额头上，她顿时感到额头似乎有了灼热滚烫的感觉。

“那就换我来亲你吧。”韩东昀面不改色，一脸平静。

程晨晨的内心已经地动山摇，晃得厉害。

这样的夜色真是美好，唯一遗憾的是，为什么她穿的是套睡衣！

她就这样和韩东昀在一起了吗？好像是一场荒诞的梦。

“还记得我跟你说过，让你等我一会儿吗？这段时间我可能要去美国一趟，你等我回来。”韩东昀态度强势，不容置疑。

“记得等我回来。”韩东昀丢下这句话后，转身就往黑暗中走去。

美国之行，韩东昀已经答应了爸爸同刘星怡一起回美国，他决不会食言。由于后天要远行，他又回了次别墅，吃了餐饭。那天父亲并不在，只有他同韩白安静地吃着饭。他和韩白之间的话本来就少，而这餐饭吃到最后都只听到餐具碰撞的声音。

他把公寓的钥匙交给了韩白，道："我可能会去两周左右，公寓的钥匙交给你。"

韩白迟疑地接过钥匙道："两周？爸爸可不是让你只待两周。"

"我只是答应他会去美国，并没有答应他会待多久。"韩东昀道，"到时候我会以我接受不了美国的学习进度为理由回来。"

"之前一直想让你去得远远的，现在倒是不希望你走了。"

"你不会真的以为我要在美国继承那里的产业吧？"韩东昀突然反问道。

韩氏企业的主要产业是在美国，而国内的产业只是九牛一毛。如果说韩氏企业是块大饼，那么美国的产业可以占韩氏所有产业的五分之四。

虽然他和韩白是同父异母的兄弟，可他的心里一直觉得是不是一母所生并没有什么差别，之前他同哥哥的隔阂也只是未成年时不懂事的争执。

韩白未吭声，韩东昀说："哥，这么多年你还是不了解我。我只喜欢短道速滑。"

韩白突然叹了口气，道："我带你去看一些东西。"

韩东昀跟随着韩白来到别墅三楼，韩白打开了一间他之前从未到过的房间，里面异常整洁，似乎每天都有人打扫。

满墙的获奖证书和摆在橱柜上的奖杯，都是属于一个人的。

文怡，他的生母。

原来他的生母真的是一位伟大的短道速滑选手。

"没想到吧，我们家可是出过三个短道速滑选手的。"韩白突然道。

"三个？"韩东昀疑惑道。

“你的生母，其实是我的启蒙老师。”韩白突然道。

“哥——”

韩东昀吃惊不已，韩白曾经学过短道速滑？

“我是因为长短腿而放弃了短道速滑，那时你还小，并不知道。而父亲也因为阿姨的去世伤心不已，不允许韩家再有运动员。”韩白又道。

“可惜的是，在你七岁那年跟着别人去冰场滑冰，被一个教练看上，你又哭又闹，一定要学习滑冰，爸爸才妥协了。”

“你偏偏天资优越，和阿姨很像，爸爸看你获得的荣誉越多，就越担心你有一天不能够忍受跌入谷底的伤痛，所以他老人家才会反对你学习花样滑冰。”韩白慢慢道来。

韩东昀似乎此时才知道事情的真相，真正反对他学习花样滑冰的人是父亲。

韩东昀望着满墙的证书，突然感慨万分。不知道去世的母亲，知不知道，他继承了她的基因，热爱冰场，热爱在冰场自由快速驰骋的感觉。

韩白又道：“那你自己看吧，我先出去了。”

韩白推着轮椅准备出门，韩东昀突然道：“哥，你真的喜欢做生意吗？”

“不是人人都能选择做自己喜欢的事情。”韩白突然回头看他，“有些事，我也无法选择。”

“哥，每一次比赛你都会来支持我，可你又坚决要让我离开赛场，你不觉得你很矛盾吗？”韩东昀又问。

“其实你可以不用走。”

他惊愕不已，韩白什么时候改变了主意？

“哥，你在说什么？”韩东昀反问道，“你现在说这句话是什么意思？”

“这一下，我改变主意了。”韩白突然道。

他的神情一贯的淡然平静：“我改变了主意，我觉得你去美国对我没有丝毫好处。”

韩东昀心灰意冷，他冷冷地说道：“哥，你不觉得你在玩我吗？”

“我们都被我们的父亲玩了！”韩白突然暴怒道。

空气突然冷冻，气氛变得像一条凝结的河流，而他和韩白仿佛如履薄冰。

这样死寂的气氛过了很久，韩白才突然开口：“当年的车祸，和你无关。”

他不知道韩白所说的到底是什么意思，他还没缓过神来，只能问道：“哥，你在说什么？如果……如果不是我执意去攀冰，如果你没有开车赶来，你就不会发生车祸啊！”

他依稀记得电话里韩白暴怒着让他赶紧回家，四姑娘山气温回暖，冰山融化，容易发生危险。

“我是给你打了那个电话。但是我并没有赶往四姑娘山。”韩白道。

韩东昀一脸惊愕，那天他到了山下，天已经黑了。打开手机，才看到屏幕上有许多未接来电，回电话时他才知道哥哥出了车祸。而他赶往医院的时候，才知道韩白的双脚已经保不住了。他从父亲口中得知，哥哥是为了阻止他攀冰，才会发生意外的。

“那天我的确去往成都谈一笔生意，接到父亲的电话，他老人家不习惯当面指责你，便让我去阻止你的任性妄为。他又知道你和我都在四川，便想我可以方便去看住你。”

“东昀，如果不是听从父亲的指令，我是不会管你死活的。”韩白闭起眼睛，像是陷入了沉思，他又道，“既然你误会了我是因为你而受伤，父亲就想将错就错，让你把那颗任性妄为的心收回来。”

韩东昀似乎未料到结果竟是如此，他被骗了那么久，他在无数的日夜背负着深深的愧疚，却根本和自己无关。

这简直是一个天大的玩笑。

为此他从未好好掌握自己的人生，仿佛之后的人生都要受控于韩白，可是如今他才知道自己才是真正的大傻瓜。

他突然自嘲地笑了半天。

“父亲不想让你当运动员，他就有自己的手段，而……我也只是被他控制的傀儡。”

“你可以觉得我是为了担心美国的产业被你霸占，而不让你离开。”韩白深深地叹了口气，“可此时的我已经后悔之前做的事情，我也不想让你也后悔。”

韩白兀自推着轮椅离开，只剩下韩东昀一个人虚脱又无助。他重重地瘫倒在座椅上，觉得特别疲惫。他需要好好地睡一觉，才能慢慢地消化这一切。

他望着窗外，午后绚烂的阳光，慢慢铺洒进来，他突然有一种释怀的感觉。他这些年背负的压力、愧疚好像在慢慢消散，虽然有点疼痛。

韩东昀把自己关进了别墅的三楼，翻看着母亲留下的老照片。那时候的母亲意气风发，眼睛里亮晶晶的，似乎都是对未来的美好憧憬。

其中一张是母亲穿着红色的短道速滑服装，她手里握着五星红旗，笑盈盈的，那样的骄傲，那样的兴奋，这一定是母亲在国外代表中国队参加比赛。因为父亲从未提起母亲，所以他一直不知道母亲是那么值得他骄傲和崇拜的。他不经意地翻过照片，却发现照片的背后写着一行字：热爱即是所有，让你充满勇气。

他突然觉得眼眶有点湿润，母亲留下的话，让他沉寂许久的勇气突然死灰复燃。

热爱即是所有。

第十章 你是最大的宝贝

到了飞机场，刘星怡办完托运，仍然没有看到韩东昀的身影，她想他真的要失约了吧。

刘星怡不再等待，她起身准备办理登机手续，却突然听到身后有人在叫她。她惊喜地回头，这个声音是韩东昀，他还是来了。

一件简单的白色衬衫也能把他衬托得清隽如玉，淡淡扬着的薄唇像是带着柔光，他迈着大步朝着她走来，手上空无一物。

刘星怡微笑着迎了上去，问道："你的行李都托运了吗？都办好了吧？可以登机了。"

韩东昀沉默了一会儿，道："星怡，我恐怕不能陪你回美国了。"

她早就预料到这个结果，并不惊奇，可还是那么难过："因为……因为程晨晨吗？"

他点点头，又道："准确地说，应该是为了我自己而留下。"

"星怡，我想我还是舍不得离开，因为我不想放弃短道速滑，放弃自己的梦想，放弃我热爱的东西。"

她淡淡地笑着，是啊，你还是舍不得放弃你留恋的东西。

"对不起。"他又道。

她明明想哭得要命，偏要摆出美好的笑容道："说什么对不起呢，我们是朋友啊，我们要做永远的朋友啊。"

什么朋友？她明明不想，根本不想，难过得要命，却要假装毫不在意。

“好，星怡。”

“你一定要获得冠军。我会看新闻的。”她又道。

程晨晨已经好几天没有接到韩东昀的电话了，她之前无法容忍韩东昀的若即若离，而现在她不能容忍韩东昀的不告而别。

她从赵谦予的口中得知，他真的去了美国，而且报了那里的学校，既然如此，他何必让她等待?

于是，程晨晨积极地准备新赛季的比赛，她要在选拔赛中脱颖而出，才有可能参加市优杯。新的编曲和新的动作排练，让她每天都忙个不停，根本没有心思去想别的。

她要更加努力，才能攀爬到她想到的高度。

一个星期后，她终于接到了姚勤的电话。她差点哭了出来，妈妈的失联让她一颗心七上八下的，现在终于能安全落地了。

姚勤叮嘱她要好好学习花样滑冰，并打了一笔钱到她的卡上。

她知道母亲在国外不易，但是她现在急需这笔钱，她不想欠韩东昀一丝一毫。

妈妈打来的钱加上自己之前打工的钱凑一凑，兴许就能还清之前程威欠下的三万块，并交上学费了。

韩东昀离开后，韩白找过她一次，韩白的神情严肃又认真：“东昀在韩家并没有那么容易，他肩负了很多，我已经是个残疾人，不能为他撑起一片天空。”

也许韩东昀根本无法控制自己的人生吧。这样想想，她似乎又可以体谅他了。

她在冰上自由驰骋，旋转，跳跃，微笑，轻松自如。

仿佛只有那一刻，她才可以忘记一切的烦恼。

选拔赛拉开序幕，当天程晨晨的短曲的配乐选择了电影《飞屋环游记》的原声带。她自己很喜欢这部电影，卡尔的屋顶上那成千上万个五彩缤纷的氢气球简直万分美妙，仿佛载着七十八岁卡尔的梦想和永远不变的一颗爱探险的心。

这部电影她是同妈妈在家一起看的，妈妈说她小时候也有探险的梦想，可是随着年岁的增长慢慢消失了，所以妈妈希望她喜欢什么，就要趁着年轻去实践。

所以编曲选择了这个电影的原声带，这让她兴奋不已。

徐徐的音乐声拉开了比赛的序幕，程晨晨深深地吸了口气，虽说这段时间的训练使得她身上小伤不断，但是此刻她有一种无比轻松的感觉。

双脚脚侧微微张开，在冰上慢慢滑行，紧接着是勾手三周接后外点冰两周跳跃。

她深吸了口气，完美完成！

场上响起了掌声，她舒了口气，随着音乐悠然滑行。

接着是后外结环三周跳……

动作娴熟，游刃有余，而她也慢慢陶醉在音乐跟对电影的回味中。

最后的跳跃是整个编曲当中最难的动作。

她有了一刹那的迟疑，慌忙收紧身体，向前起跳，在空中旋转，用力落冰……

似乎没有达到最好的状态，但庆幸的是，完整地完成了所有的动作。

程晨晨这一次名正言顺地重返训练场，安小沫即使愤恨不已，也无话可说。

程晨晨就要出发奔赴赛场，她趴在一个大箱子前整理行李，弟弟程威悄无声息地站在她的身旁，她猛地一惊，叫道："大白天的神神秘秘干吗？"

"姐，你要出发啦？"程威问道。

"嗯。"程晨晨点头看了看程威。

程威坐在床边，突然从身后递过一个防尘口罩，说：“北京雾霾严重，记得戴口罩。”

程晨晨冷不防抬头看了程威一眼，道：“什么时候那么细心了？”

“我当然没那么细心，是爸爸，爸爸嘱咐我让你带上的。”程威解释道。

“爸？”自从上次的事情，父亲和她的沟通越来越少。她不是没有怨恨过父亲的狠心，连学费都让她自己想办法。

“你别看爸爸气你不听他的话，执意学习花样滑冰，其实他还是很关心你的。”程威顿了顿，继续道，“他虽然有点狠心，可他也是在跟妈妈赌气。我想，如果你这次花样滑冰获得名次，他一定会开心得不得了。你也想证明给爸看，学习花样滑冰并不是一无是处吧？”

程晨晨看着程威，接过口罩道：“我会加油的。你也要加油！”

经历那么多事，程威换了个学校学习电工技术，他仿佛一下子成长了很多。

“姐，我也会加油的。虽然不能去现场看你的比赛，但是姐，你是我的骄傲，你要加油啊！”

程威难得认真，程晨晨都有点不习惯了。

“明天你出发，哥会来送你吗？”程威问道。

她茫然地看着程威，他已经去了美国怎么会来？

登机的广播响起来，她、苏岚希等一众队员和教练往登机口走去。她没有让弟弟来送自己，她想等这场美梦如愿实现，再让程威来迎接她，这时的她才是真正的王者归来。

这次比赛她不仅要正面迎战对手刘思嘉，还有自己的队友苏岚希。

刘思嘉是传说中的“拼命三娘”，运动员在私底下的艰辛旁人难以想象，而刘思嘉为了保持赛场上的完美身姿，据说一周才吃一顿肉，大多数时候只是吃蔬菜沙拉。

在一次采访中，刘思嘉坦言自己不是素食主义者，她爱肉和巧克力胜过生命，一度为了控制身材，天天喝中药，以至于最后对肉和巧克力都没了兴趣。

程晨晨以为能够控制美食的人一定有强大的意志力，而刘思嘉竟然为了控制身材喝中药，抛弃天下美食，真是不可小觑啊！更值得敬佩的是，刘思嘉常年受背伤和腰伤的困扰，一度要打止痛针才能参加比赛。在这样的条件下，她还能够取得上一届世锦赛的冠军，简直是位让人敬佩的对手。

明天就是短曲的比赛，她选用的短曲就是选拔赛时的《飞屋环游记》的原声带。如何在明天展现出不一样的一面，紧紧地抓住裁判的心呢？

一到这种超级紧张的时候，她就会一个人躲起来跳格子，今天也不例外。她找到一片空地，用粉笔画了一个小房子。

她像是回到童年的时光一样，在这样的小格子里越跳越兴奋。

"喂，谁允许你在地上乱涂乱画了？"

程晨晨一紧张，连忙用脚抹去地上的粉笔痕迹，连连道歉："对不起，对不起，我不是故意的……"

"还是那么胆小啊？"

程晨晨猛地抬头一看，竟然是魏朗。她大为惊愕道："怎么是你啊！你怎么会在这里啊？"

魏朗显得有些倦意，似乎一路风尘仆仆。他淡笑道："我是观众啊，来看你明天的比赛。"

特意来看她的比赛？程晨晨狐疑地看了他一眼，道："找我不会还有别的事吧？""你想多了，我只是单纯来看你的比赛的。"顿了顿，魏朗又道，"你又不是不知道我喜欢你。"

听到魏朗突然的一句话，程晨晨不吭声了。长时间的静默后，他笑了笑，道："只是怕以后说不出口了，你就让我多说两句吧。"

程晨晨无端地点点头，又道："那……韩东昀好吗？你有和他联系吗？”

魏朗的目光突然一暗，表情更是有点纠结，半天才道：“嗯，挺好的。”

“我就在想，为什么这两天他不接我电话，也没回短信，应该是刚去美国还没安顿下来吧。”程晨晨说。

魏朗有些犹疑，他不咸不淡道：“你还是先想自己的比赛吧。”

也是，她这个时候还想着韩东昀干吗，自己的比赛才是当务之急。

魏朗突然一笑，伸出拳头，里面紧紧攥着什么东西。

程晨晨困惑地看着他：“干吗？”

“韩东昀虽然不在，但是他托我带了一样护身符给你。”

说完，魏朗慢慢摊开手掌。程晨晨定睛一看，是一块金灿灿的奖牌，在阳光的照射下，显得异常耀眼夺目，让程晨晨半天移不开目光。

“这块金牌的分量很重，是冬季运动会索契站的短道速滑金牌。”魏朗又道，“这是韩东昀获得的最好成绩。”

程晨晨接过金牌，沉甸甸的，却让人异常安心。她缓缓道：“谢谢。”

此时的魏朗却莫名地感到一阵失落，他曾经以为自己可以自私地乘虚而入，没想到还是帮韩东昀把这块金牌交给了程晨晨。

代替情敌去安抚他的女孩？他顿时觉得有点可笑，自己什么时候这么好心了？他这辈子的好人到这里都做够了吧。可是为什么这个女孩是程晨晨？因为是她，所以他宁愿自己难受，也愿意为她做一些让她快乐的事情。

“放心吧，你一定会好运的，因为我也把我的那份好运给你了。”魏朗扬着眉，笑了笑。

她用力地点点头，但愿明天一切顺利。

比赛终于正式拉开了序幕。程晨晨知道这次必须全力以赴地奔向冰场那个宽阔的舞台，她太需要一个证明自己和感动自己的机会。抽签已经结束，苏岚希和程晨晨排在了同一组，苏岚希排在了第一位上场，压力自然很大，而程晨晨排在了倒数第二位。

上场前，一向严厉无比的林教练给了她们一些鼓励："短节目只是考察运动员的基本功，我相信晨晨和岚希都不会有问题。"

整冰结束，广播开始催促一号选手上场。苏岚希同程晨晨拥抱了一下，就径自上场，她上场后得到了全场热烈的掌声。

程晨晨相信岚希一定不会有问题，自己却紧张得瑟瑟发抖，忍不住紧紧握着那块金牌。

好运，一定会是好运。

时间就这样过去，她来不及问苏岚希的情况，已经轮到她上场了。她穿着一身俏皮的粉色表演服上场，每个花样滑冰的选手除了要在技术上表现优秀，还得在表现力和个性上给评委会留下印象。

那她给人的印象呢？

不是曼妙多姿，那就俏皮可爱吧。

把这支《飞屋环游记》原声带俏皮可爱地表现出来吧，程晨晨轻松地张开双臂，动作轻盈，像个小精灵一样。

她脑海里想起那部老电影，把自己的所有感情融入音乐中。

所有的高难度动作，她都顺利完成，真是太幸运了！

她的身体仿佛和音乐紧紧融合在了一起，而脚像是紧紧吸在了冰上，旋转，跳跃，自由自在，像一只鸟儿一样在冰上驰骋飞翔。

再也没有比这更让自己满意的时候了。

她似乎此时才感受到花样滑冰的乐趣，也才明白韩东昀所说的享受一场比赛的意义。

音乐结束，掌声一浪高过一浪。这应该是她表现得最好的一次了吧。她向全场致意，回到后台，苏岚希给了她一个有力的拥抱，道："太棒啦，程晨晨！"

她微微地舒了口气，静下心等待成绩和名次。

短曲排名暂列第二，这是她的最好成绩了。

她兴奋不已，出了赛场就给程威打电话。程威在电话那头也激动不已道：“姐，明天长曲更要加油了。”

“嗯，我会的。”

“另外，今天爸爸还看了你的比赛呢。”程威接着道，“爸爸很开心。”

“今天多亏韩东昀的金牌，虽然他在美国……”程晨晨道。

“哥他没有去美国啊。”程威突然道。

没有去美国?

程晨晨一阵惊讶，他没有离开，为什么不主动联系她呢?

“恭喜——”

程晨晨猛地旋过头，面前站着的人是魏朗。

魏朗一脸微笑，程晨晨却皱了皱眉，问道：“韩东昀，他真的去美国了吗?”

魏朗的眼里闪过一丝迟疑，很快又镇定下来：“怎么一开口就是韩东昀?”

“韩东昀，他真的去美国了吗?”程晨晨不死心地又问道。

“这个问题你不应该去问韩东昀吗?”

她愈发觉得魏朗有什么事瞒着自己，而内心这种胡乱的猜想急需得到证实。

晚饭后，魏朗送程晨晨回到训练基地，路过一个公园时，正好赶上一个男生手持着几十个气球向一个女生求婚，本来宁静的小路，一下变得喧嚣无比。

几个卖花的小女孩更是抓住了时机，在人群中寻找着商机。一个梳着马尾辫的七八岁的小女孩，仰着头递给魏朗一枝玫瑰花，稚气地道："哥哥，买一枝玫瑰花给姐姐吧。"

魏朗也不拒绝，爽快地买了一枝玫瑰花，女孩很是开心，忙不迭道："哥哥，你下回求婚一定成功。"

魏朗无声地笑了笑，程晨晨却有点窘窘的，只好当作没看到这一幕。

"放心吧，不会有这么一天。"魏朗突然道。

程晨晨侧过头看着他，魏朗轻巧地耸耸肩，道："你不必要担心，但是玫瑰花已经买了，你就接受吧。"

程晨晨接过那枝玫瑰花，说道："谢谢你，魏朗。"

"一枝玫瑰花而已，有必要这么客气吗？"魏朗不以为然地扬起嘴角微笑。

"我说的是，谢谢你这么久以来对我的照顾，还有对我弟弟的照顾。"程晨晨停住脚步，认真地说道。

魏朗愣了一下，冷笑一声："好人卡啊！我可不稀罕。"

"可是……你能不能对我说实话？"程晨晨不死心地问道，"韩东昀到底怎么了？"

魏朗未料到面前的女生会如此执拗，似乎今晚不得到答案决不会罢休。早知如此，他为什么要独自来到这座城市支持她的比赛？不来他才能躲得远远的。

魏朗无奈地叹了口气，道："他爸爸生病了。"

"伯父……"

"因为他决定留下来，不去美国，让他爸爸大为震怒，现在还在医院。"

程晨晨闷闷地不吭声，魏朗继续道："你放心吧，他会处理好一切的。"

"他只是不想让你担心。"魏朗诚恳地看着程晨晨。

她不敢细想现在的韩东昀在干吗，是不是情绪低到了极点。

夜已经深了，这样的时间，她不敢再打电话去打扰他。

算了吧，等她回去再说吧。

她想说的话，回去再和他一一述说。

她一夜辗转反侧，竟然生生地熬到了天亮。真是太糟糕了，早上的比赛该怎么办？

候场的时候，苏岚希担忧地看着程晨晨：“昨晚没睡好吗？黑眼圈好严重。”

程晨晨紧张地照照镜子，叹了口气道：“怎么办？”

“等会儿让化妆师帮你遮遮。”苏岚希建议道。

程晨晨点点头，显得有气无力。苏岚希察觉到程晨晨今天状态不佳，拍了拍她的肩膀，道：“我不管你发生了什么事，你今天可千万不能犯浑。刘思嘉的短曲出现了失误，这是我们的好机会。”

“魏朗真不应该来，我就知道他一来就没好事！”苏岚希愤愤不平道。

“和他没关系。”程晨晨扭了扭脖颈，说，“我去下洗手间。”

站在盥洗台前，程晨晨看着镜中憔悴无比的自己，忍不住倒吸了口气，她不能这样消沉下去，她还要带奖牌给韩东昀看！

一定要放松，放松！

她拍了些冷水到脸上，猛地攥紧拳头对着自己喊道：“程晨晨，加油！”

暖场过后，开始比赛。等候的时间真是漫长，直到轮到程晨晨，她才缓缓地吐气，缓慢地滑向开始的位置，朝着观众挥手致意。

然后，她摆好姿势，默默地问了自己一句，准备好了吗？

好了！现在就是最好的状态！

程晨晨在心里默默地对自己说。

反复又反复地练习，一次又一次地旋转，无数次地跌倒，枯燥到呕吐，都是为了有一天能够把最好的自己呈现给大家。

程晨晨这次的长曲选的是*Until the last moment*。这首曲子的曲名很符合程晨晨的心境，直到最后一刻。

直到最后一刻，都不要放弃。

她的参赛服装是淡紫色的，她牢记着所有的动作，哪里是难度较大的勾手跳，哪里开始躬身转，她都记得一清二楚。

不要去在意，而是让身体随着音乐舞动，最自然地跳跃，最自然地旋转，最自然地表演……

她的身体与冰面完美地契合，仿佛就是在广阔无垠的冰上世界愉悦地飞驰。

这是一场最放松的表演。

程晨晨放空了自己的所有想法，孤注一掷，不抱有任何杂念，使得这场属于她的秀变得单纯无比。

剩下最后一个直立旋转来结束这场比赛。

程晨晨从未想到一切会如此顺利，在考验体力和表现力的长曲上，她从未如此流畅完整地完成过一场表演。

这对于她来说就是最大的成功了吧。

如雷鸣般的掌声向她袭来，大小玩偶朝着她抛来，她微笑着滑行，拾起地上的玩偶朝着观众席挥手致意。

“谢谢，谢谢！”她咧开嘴，幸福地笑了。

结果已经不重要了，她已经得到了观众的肯定，也过了自己心里的那一关。

她没有输给自己，这大概就是最大的胜利了吧。

可比赛还没有结束。

她在静候结果。

分数出来了，在长曲上她竟然超过了苏岚希的成绩。

她大喜过望，这样的好成绩她万万没有想到。是因为韩东昀的金牌给了她动力吗？

是他的好运气带给了她历史上最好的成绩吗？

她急于打电话给韩东昀，“嘟嘟——”又是一阵忙音……

她有些焦急，找了个角落继续给韩东昀打电话。

直到苏岚希找到了她，兴奋地喊道：“晨晨，你好棒！”

她一头雾水地看着苏岚希，苏岚希却目光含笑道：“你还不知道吧？”

不知道什么？她一脸茫然。

“你的长曲排名第二，加上短节目分数，你和我并列排名第二……”

程晨晨根本没有反应过来。第二？她从来没有过这么好的成绩！那她是收获了一块银牌吗？

“岚希，你不是骗我吧？”她激动得差点要哭了出来。

“瞧你，我要骗你也骗你得了金牌啊。虽然这次的金牌还是被刘思嘉抢走了……”

“啊啊啊……岚希，我终于可以站上领奖台了！”

她突然大叫了起来，心里那种成功的喜悦不言而喻。她不是没有想过站在领奖台上，她做梦都在想，她想告诉大家，她不会一直是个替补选手。

可是以前，她觉得这些离她都太远太遥不可及了，即使她非常想拥有。而现在的感觉就像一场梦。

“这点出息……”苏岚希嗔道。

程晨晨却激动得满脸通红，抓起苏岚希的手像个孩子一样绕着圈子，跳了起来。

直到站在领奖台上，捧着那枚沉甸甸的银牌，程晨晨还是觉得眼前的一切是那么的不真实。

颁奖结束后，刘思嘉特地叫住了程晨晨。程晨晨微微有些讶异，不知刘思嘉叫住她什么事。

“恭喜你，程晨晨。”刘思嘉大方地伸出手来同她握手。

她握着刘思嘉的手，微笑着回应：“谢谢。”

“希望我们下次能在东京的世锦赛上见面。”刘思嘉又道。

她愣了愣，世锦赛，她从没有想过，她现在迫切地想回家，想见到韩东昀，告诉她自己得奖了。

虽然只是一块银牌，但是对于她来说弥足珍贵。

她偷偷找了个角落，再次拨通了韩东昀的电话。

“嘟嘟——”

由远及近的手机铃声在向她慢慢靠近，她猛地一回头，惊讶得瞪大了眼睛，来人竟然是韩东昀。

她挂断了电话，简直不敢相信，他会出现在她的面前。

“还好，赶上了。”韩东昀轻轻扬了扬嘴角。

她竟然一时说不出话来，半天才磕磕绊绊地说：“你……你怎么来了？”

“处理好一切就来了，谢谢你等我。”

韩东昀微微扬唇，眼里熠熠生辉，她却忍不住哭了起来。

“对不起……”

“笨蛋，你哭什么？”

“不好意思，我只获得了一块银牌。”

“那不是更好？你用一块银牌换了我的金牌，很划算的生意。”韩东昀接过程晨晨手中的银牌，眼神漆黑明亮。

“那你岂不是很吃亏？”程晨晨笑着反问道。

韩东昀长臂一勾，将她紧紧地揽进了怀中，道：“一点也不亏。”

程晨晨静静地埋在韩东昀的怀中，听着他在她耳边温柔地说：“因为你才是最大的宝贝。”